光文社文庫

文庫書下ろし／長編時代小説

夜叉萬同心 お蝶と吉次

辻堂 魁《かい》

光 文 社

この作品は光文社文庫のために書下ろされました。

目次

北
東
南
西
鐘ヶ淵
大橋
隅田村
千住道
三河島
田端
日暮里
小塚原
日本堤
駒込
谷中
金杉上町
新吉原
隅田川
寺島村
今戸町
千駄木
白山
鷲神社
山谷堀
今戸橋
下谷
東叡山寛永寺
浅草寺
小梅村
根津権現
御薬園
本郷
小石川
幡随院
広徳寺
阿部川町
東本願寺
浅草花川戸町
中堂
伝通院
吾妻橋
新堀川
田原町
竹町ノ渡し
不忍池
三間町
駒形堂
並木町
菊坂町
池之端仲町
下谷広小路
御徒町
蔵前
湯島天神
水戸徳川家
春日町
牛込
森田町
御米蔵
神田明神
外神田
神田川
向柳原
天王町
神楽坂
牛込御門
小石川御門
水道橋
浅草橋
柳橋
御竹蔵
昌平橋
筋違御門
和泉橋
柳原土手
両国広小路
本所
番町
田安御門
俎板橋
雉子橋御門
一ツ橋御門
内神田
回向院
馬喰町
両国橋
竪川
市谷御門
清水御門
神田橋御門
小伝馬町
今川橋
日本橋
新大橋
常盤橋御門
北町奉行所
小名木川
室町
江戸橋
麹町
江戸城
半蔵御門
呉服橋御門
日本橋
南茅場町
仙台堀
深川
材木町
西之御丸
南町奉行所
永代橋
鍛冶橋御門
京橋
八丁堀組屋敷
霊岸島
富岡八幡宮
桜田御門
永田町
赤坂御門
石川島
数寄屋橋御門
西本願寺
越中島調練場
山王日枝神社
新橋
築地
佃島
溜池
幸橋御門
汐留橋

序　花町の春

寛政《かんせい》の御取り締まりを、深川《ふかがわ》の永代寺《えいたいじ》門前仲町《もんぜんなかちょう》は免《まぬが》れた。

深川でやられた岡場所《おかばしょ》は、富《とみ》ヶ《が》岡八幡《おかはちまん》二ノ鳥居より東方の土橋《どばし》、入船町《いりふねちょう》と三《さん》十三間堂町《じゅうさんげんどうちょう》だった。御取り締まりがあって瞬《また》く間に二十年のときがすぎ、門前仲町は昔と変わらぬ賑《にぎ》わいをとり戻している。

博龍《はくりゅう》は、樫《かし》の杖《つえ》を突いて馬場通りに佇《たたず》み、一ノ鳥居から八幡の二ノ鳥居の先までおよそ二、三町（約二二〇〜三三〇メートル）の通りを、はるばると見わたした。

高く白い曇り空の下、門前仲町の町家《まちや》が通りのずっと先まで続いている。参詣客《さんけいきゃく》がぞろぞろと通りかかり、参詣を済ませたあと、境内の二軒茶屋あたりで、芸者を揚《あ》げて酒宴を催《もよお》すのに違いない一団も見え、夕刻ほど騒々《そうぞう》しくはないものの、はや馬場通りを賑わしている。

荷車《にぐるま》引きらが、醬油樽《しょうゆだる》か何かの樽を堆《うずたか》く積み重ねた荷車を、がらがらと音をたてていく台も引いていく。

寛永《かんえい》年間（一六二四～一六四五）、洲崎《すさき》の永代島に永代寺と富ヶ岡八幡を創建したとき、この通りで祭礼の流鏑馬《やぶさめ》がとり行われた。以来、一ノ鳥居の内を洲崎の町家と言い、門前仲町の東西に真っすぐな通りは、馬場通りと呼ばれた。

博龍は、指の長い掌《て》で少しかがんだ腰を擦《さす》りさすり伸びをした。

通りの北側に、火の見櫓《やぐら》が白い曇り空を背に高くそびえ、櫓の屋根の周りを鳥影《とりかげ》が舞っている。

春は名のみの肌寒い午前だった。

古い町だがな。

ひと言呟《つぶや》き、やや前かがみに杖を突いて、年寄らしい歩みを再び進めた。

何年も前、六十の坂を越した。

栗皮《くりかわ》色の着流しの下腹を、小倉織《こくらおり》の霜降地《しもふりじ》の角帯《かくおび》でゆったり締め、紺足袋《こんたび》に古《ふる》草履《ぞうり》をつけている。地肌が透《す》けた薄い白髪《しらが》を後ろに束《たば》ねて、飾りのような小さな髷《まげ》に結《ゆ》い、角頭巾《すみずきん》を載せた姿がのどかな老《お》いを囲《かこ》っている。

白く垂《た》れた細い眉毛と、ずっと頰笑んでいるような切れ長な目つきが穏やかで、ひと筋に結んだ口元やすっと引いた鼻筋の凜々《りり》しさは、博龍の顔だちに何かしら品のよいめでたさを感じさせた。

通りかかりの住人や、ふと目の合った表店《おもてだな》の中の誰であれが、「おや、岩本《いわもと》のご亭主」とか、通りの北側につらなる二階家の出格子《でごうし》から、化粧を済ませて顔をのぞかせた娼家《しょうか》の女衆《おんなし》が、「旦那さん、どちらへ」などと声をかけてくるのを、

「ちょいとさ……」

と、何気ないひと言とそのめでたげな頬笑みを軽くかえして、博龍はゆらゆらといきすぎていくのだった。

馬場通りの先の北側に、仲町では一番大きな茶屋の尾花屋《おばなや》が見える。

二階にたてた櫺子窓《れんじまど》が、曇り空の下でも派手はでしい朱《しゅ》色に塗られているので、すぐに尾花屋とわかる。尾花屋と通りを隔《へだ》てて、山本《やまもと》、山城《やましろ》屋、梅本《うめもと》などのこれも仲町では大きな茶屋が、二階家の瓦《かわら》屋根を並べている。

仲町の見番《けんばん》が、その尾花屋と軒庇《のきびさし》を隣り合わせている。

子供屋《こどもや》に抱えられるのであれ、町家の裏店《うらだな》に住む自分稼《じぶんかせ》ぎであれ、芸者衆は男女ともに見番と呼ばれる組合の取り締まりに従う決まりである。

茶屋や揚屋《あげや》から芸者に口がかかった折りの取次と玉代《ぎょくだい》の精算《せいさん》は、見番が行う。

見番の店には、仲町の芸者衆の名を書いた板札《いたふだ》がかけてあり、指名の多寡《たか》、玉代の稼ぎによって板札の順位が入れ替わった。板札の一枚目にかかった芸者を《板頭《いたがしら》》とか《板元《いたもと》》と呼び、二枚目を《板脇《いたわき》》と言った。

門前仲町では、芸者を《子供》と呼んだ。

博龍は、仲町の子供屋《岩本》の亭主である。気が向くと、抱えの芸者の日々入れ替わる板札の順位を確かめに、馬場通りの見番へ顔を出した。

仲町の芸者は、始まりは売られた子供が小童《こじょく》と呼ばれる抱えになって、子供屋の雑用をこなし、三味線《しゃみせん》、唄《うた》と踊りの稽古《けいこ》に明け暮れる。

数年がたった十四、五から豆《まめ》芸者としてお座敷に出て、子供放れした十六、七ごろには床《とこ》芸者となる。床芸者は、線香一本金一分の線香五本ほどの値で転ぶのが定めである。

色《いろ》と呼ばれる客を数多く持って、見番の板頭に板札をかける芸者もいれば、客に抱えられた妾《めかけ》同様の芸者や、せめていつかは借金をかえし、自分稼ぎぐらいになるつもりだったのが、つまらぬ男に入れ揚げて逆に借金をふくらませ、挙句《あげく》に身を持ちくずしていく女もいる。

北の吉原《よしわら》が《意気地《いきじ》》なら、いよさのすいしょで気はさんざの《いさみ》でいくのが辰巳《たつみ》の仲町の羽織《はおり》芸者ながら、ひと皮剝《む》けば、身を売らなければならなかった女であることに、北も辰巳も変わりはしない。

深川芸者が素足《すあし》に紫縮緬《むらさきちりめん》の紋付《もんつき》羽織を着《つ》け、男髪に男仕立ての男装で座敷に出て、《はおり》と呼ばれるようになったのは、宝暦《ほうれき》のころからである。

豆芸者に男の着る羽織を着せ、男髪の男仕立てで客席に出したのが、羽織芸者と騒がれ評判を呼んだ。

それで、一人前の芸者も男仕立てに羽織を着け始めた。

だが、それの元を質《ただ》せば、売笑《ばいしょう》のための女の身の売買が禁じられていた門前仲町の芸者屋が、芸者を抱える雇入《やといいれ》証文を、表向き、男名前の男仕立てに偽装《ぎそう》したことが始まりだった。

亭主と言っても、およそ三十年前、博龍は岩本の家付き娘だった鶴次《つるじ》に惚《ほ》れられ、粋《いき》半分に洒落《しゃれ》半分で婿《むこ》に収まり、見た目は野暮《やぼ》なのらくらでも、中身は元武士の垢《あか》ぬけたつもりの、じつは女房に食わせてもらっているだけの亭主である。

抱えた子供のことは、万事、女房の鶴次に任せている。

ただそれでも、見番にかけられた板札を見にいくのは、抱えた子供の順位が上がっていればなんとなく嬉しく、反対に下がっている子供は可哀想《かわいそう》に、どうせ売らねばならぬ身なら少しでも子供によいようにと思え、博龍自身に何ができるわけでもないのに、気になってならないからだった。

元は武士の性根《しようね》の抜け殻《がら》に、芸者屋の亭主の気だてが、識《し》らず識らず染みのようにこびりついているのを、このごろやっと気づいた。

こんな老いぼれになってやっとかい、と自分でも呆《あき》れる。

見番の軒をくぐった博龍に、見番雇いの黒看板《くろかんばん》の男らが、おいでなさいやし、おいでなさいやし、と彼方此方《あちこち》から声をかけてきた。

仲町で岩本の亭主・博龍を知らぬ者はない。博龍が男らに会釈《えしやく》をかえしていると、奥の帳場《ちようば》格子についていた与右衛門《よえもん》が、店の間《みせま》のあがり端まで出てきて話しかけた。

「岩本さん、おいで。どちらかへお出かけで」

「築出新地《つきだししんち》までいった戻りさ。判人《はんにん》の照次郎《てるじろう》に会ってきた。今度雇い入れた文太《ぶんた》の証文を書き換える用があってね。大した書き換えじゃないが、いくらあたしみてえなのらくら亭主でも、こういうことは他人任せにはできないし。そいつを済ましたついでに、うちの子供の板札を確かめにきたのさ」

博龍は、店の間の壁にずらりと並んだ板札を見わたした。

板札には、子供屋抱えも裏店住まいの自分稼ぎも含めて、仲町のすべての芸者の名前が書かれている。

一番目にかかった板札に、吉次《きちじ》の名が読めた。

与右衛門も板札へ顔を向け、納得したふうに言った。

「やっぱり、板頭は吉次だね。満中陰《まんちゆういん》の法要《ほうよう》が終るのを待ちかねていた客の指名が次々に入って板頭にかえり咲いた。さすが、仲町一の売れっ子だ」

「吉次は辰巳一、いや、吉原のどれほどのお職《しよく》でも、辰巳の吉次には敵《かな》わねえ。ありがてえことだよ」

「まったくさ。仲町のご亭《て》さんや伯母《おば》さんらの言うには、仲町の芸者は見識が高いが、吉次の前にいくとみな急に殊勝《しゆしよう》になるらしいからね」

博龍と与右衛門が、声をあげて笑った。

門前仲町では、茶屋の亭主と女房を《ご亭さん》《伯母さん》と芸者衆らが呼び出し、誰もがそう呼ぶようになっていた。

「まあ、あがって茶でも……」

与右衛門が勧めるのを、女房の鶴次が待っているからと断り、博龍はまた参詣客の通りかかりが賑やかな往来に出た。

尾花屋とは反対方向へ往来を少し戻って、土産物《みやげもの》屋の表店を一軒おいた、天水《てんすい》桶《おけ》わきの木戸から路地へ入った。

路地は、南北に真っすぐなひと筋に、二筋が東西に交差し、低い軒と間口は一間半（約二・七メートル）からせいぜい二間（約三・六メートル）ほどの狭い二階家が、路地の両側に隙間《すきま》なく続いている。

そのまま、路地を曲がらずに北へ抜ければ、住人が《裏》と呼ぶ永代寺堀端《ほりばた》の堤道《つつみみち》に出られた。

この町内に六軒の仲町の子供屋が集まっていて、岩本もその一軒である。どぶ板に杖を、こつ、こつ、と鳴らしていくと、どこかの店で富本《とみもと》を復習《さら》っている節廻《ふしまわ》しと三味線が聞こえてきて、花町《はなまち》の練《ね》れた息吹《いぶき》がこまやかに流れた。

博龍は、ほっ、と吐息《といき》をついた。

二筋目を西へ折れ、軒庇と軒庇の間の、高曇りの空にかかる火の見櫓をさしていく数羽の小粒のような鳥影を眺めた。肌寒い曇り空のせいで、路地のどの店も二階の出格子の狭い物干し台に、今日は洗濯物を干していない。

角から三軒目の格子戸わきに、春の花が咲くにはまだ間があって、空《から》の素焼きの小鉢がときを持て余すように重ねてある。

博龍は表の格子戸を引き、しんとした店に入った。だが、人の気配はある。

「戻ったよ」

小声をかけつつ、寄付《よりつ》きの三畳伝《づた》いに土間を台所へいき、杖を提《さ》げて板間へあがった。ところへ、雇い入れたばかりの小童の文太が間仕切の葭戸《よしど》を引き、まだ八歳の蕾《つぼみ》のように初々《ういうい》しい笑顔を見せた。

「旦那さん、お戻りなさい」

「ほい、戻った。女将《おかみ》はいるのかい」

間仕切の葭戸ごしへ顎《あご》を杓《しゃく》って言うと、

「いますよ」

と、鶴次の声が聞こえた。

「女将さんに看《み》てもらって、手習《てならい》を復習ってました。手習が済んだら、三味線の稽古です」

文太が痩身《そうしん》で背の高い博龍を、黒目がちな大きな目で見あげて言った。

「そうかい。手習も三味線も、だんだんと上手くならねばな」

博龍は、男児ふうの束ね髪に結った文太の頭をひと撫でして、板間続きの四畳半をのぞいた。四畳半は岩本の内証《ないしょう》も兼ねていて、桐《きり》の長火鉢《ながひばち》がある。火鉢の鉄輪《かなわ》に、黒い鉄瓶《てつびん》がかかっている。

鉄瓶のそそぎ口から、湯気がかすかにのぼっている。

鶴次は、文太の手習用に出した小机のそばに坐《すわ》っていた。手にしている手習帳から、福々しい顔をあげた。

「お帰り。済んだかい」

「ああ、すぐ済んだ」

長火鉢の座に腰を落ち着けた博龍は、杖を傍《かたわ》らに寝かし、懐《ふところ》から抜き出した証文をくるんだ折封《おりふう》を鶴次に差し出した。

「大した違いはねえが、証文の文言のことだからちゃんとしてくれなきゃ困るぜって言ってやったら、照次郎が申しわけなさそうに笑っていやがった」

鶴次は折封を大事そうに手にとり、内証の押入の、子供の雇入証文を収めてある手文庫《てぶんこ》に仕舞った。

「手習はこれまでだよ。片づけておしまい。すぐに三味線の稽古だからね」

文太に言いつけ、長火鉢の博龍に茶を淹《い》れる支度にかかった。

博龍は、文太が「はあい」と可憐《かれん》な返事を寄こし、硯《すずり》に墨や筆、手習帳、お手本、長く使って彼方此方《あちこち》墨のついた手習用の小机を、てきぱきと片づけるのを見やりつつ、鶴次の淹れた茶の湯呑を手にした。

「静かだな。みなは」

「八十吉《やそきち》と梅次《うめじ》と新三《しんぞう》は富本の稽古へ、忠吉《ちゅうきち》は常磐津《ときわず》の稽古へいってます。吉次と松助《まつすけ》は、ついさっき吉次にお座敷がかかりましたので、今、着付けをお咲《さき》が手伝っているところです」

鶴次が天井を指差した。

二階に人の立ち動く気配が、わずかにあった。

「そうかい。この刻限《こくげん》にもう吉次に指名がかかったかい。さすが見番の板頭だ。やっぱり馴染《なじ》みだろうな」

「そうでなきゃあ、八十吉と松助をいかせてるところですよ。何しろ、水戸《みと》屋敷の佐河《さが》丈夫《たけお》さまですから……」

と、鶴次は意味ありげな目つきを博龍に寄こした。

「うん？　御三家《ごさんけ》の御留守居役《おるすいやく》が、昼前から馴染みの芸者をあげて茶屋遊びかい。お役目はいいのかね。これはいよいよ、例の噂が噂じゃなくなるのかもな。そうなったら、まさに玉の輿《こし》だな」

「そうですよ。なのに、吉次はあまり嬉しそうじゃないんですよ。本人は何も言いませんけど、佐河さまにあんまり乗り気じゃないっていうか。今日もせっかくのご指名なのに、支度にぐずぐず手間どって、お座敷を縮尻《しくじ》りやしないかと、気が気じゃありませんよ」

「吉次らしいじゃねえか。苦労して育ててくれた母親を亡くしたばかりで、そういうことを考える気にはまだなれねえのさ。それに、羽織芸者でも、生身の人間が勤《つと》めるんだ。好きや嫌い、肌が合うの合わないのはあるさ」

「悲しいのはわかります。でも、それはそれ。これはこれですよ。羽織を着けたらいさみでいくのが辰巳芸者なんです。吉次は、そういうところが辰巳芸者になりきれないっていうか、自分は自分、他人《ひと》は他人《ひと》って性根があの子の肚《はら》の底にあるんですよ」

「そうかい?」

博龍は小さく笑った。湯呑をおき、長火鉢の抽斗《ひきだし》から長煙管《ながギセル》をとり出して一服《いっぷく》吹かした。すると、鶴次は手習道具の片づけを済ませた文太に、

「文太、二階へいって吉次姐《ねえ》さんの支度がまだかかりそうか、見てきておくれ。あたしが気にかけてるとかなんとか、言うんだよ」

と言いつけた。

「はあい。女将さんが気にかけてますよって、吉次姐さんに言ってきます」

文太が台所の板間を通って、階段のある寄付きへいった。

「あ、女将さん、吉次姐さんがおりてきました」

文太が言った。階段をゆっくりおりてくる音や軋《きし》みが聞こえ、鶴次は慌《あわ》ただしく立っていった。

そのあとから寄付きへいくと、吉次と松助が階段をおりたところだった。

まだ十六、七の、深川芸者では嫁入り盛りの歳の松助は、小柄で小太りに紅柿《べにかき》色の着物の裏地は萌黄《もえぎ》の無地を着け、浅葱《あさぎ》縮緬の太幅帯に鳶《とび》色の羽織姿。

一方の背のすっと高い吉次は、山吹《やまぶき》の襲色目《かさねいろめ》に装い、枯草《かれくさ》色がかえって映《は》える双鶴文《そうかくもん》の帯を締め、紫《むらさき》羅紗《らしゃ》の羽織を羽織っていた。

二人ともに島田《しまだ》へ笄《こうがい》二本と簪《かんざし》一本、深川芸者らしく仕掛の櫛《くし》がひとつで、褄《つま》をとり、鶴次と、鶴次の後ろの博龍へ艶《あで》やかな相貌《そうぼう》を寄こした。

軽子《かるこ》のお咲が、土間で二人の履物《はきもの》をそろえていた。

「女将さん、旦那さん、いってきますよ」

この春二十二歳の吉次が、ちょいとそこまで、といった軽々とした風情《ふぜい》を寄こした。

「いってらっしゃい」

鶴次がかえし、博龍がふむと頷《うなず》きかけると、吉次はぱっちりとした目に、父親に向ける子供のような無邪気な笑みを浮かべた。

そこはかとない色香が、整った目鼻だちの冷《ひや》やかさを甘く乱して、吉次と目を合わせると、博龍でさえはっとさせられる。

吉次は、二十歳をすぎて青眉《せいび》にはしているけれど、歯は染めていない。

そういうところが、鶴次の言う吉次の辰巳芸者になりきれないところなのかもしれなかった。

二人が土間へおり、軽子のお咲が三味線の筥《はこ》をかついだところへ、鶴次が切火を、ちっちっ、とかけた。文太があがり端に膝をそろえ、

「吉次姐さん、松助姐さん、いってらっしゃい」

と、元気な声で言った。

芸者は二人ひと組で座敷に出る。

軽子のお咲が芸者の廻《まわ》し方《かた》で、芸者の送迎、吉原なら若い者がやる筥男役、客との対応や見番への連絡、また、座敷に出る芸者衆の着物の世話なども引き受けている。元は仲町の芸者で、今は亭主持ちで岩本に通いで勤め、

「あっしは深川を出たことがありやせん」

と、ちょっと自慢げに言うのが口癖《くちぐせ》だった。

吉次、松助、筥をかついだお咲の順に、三人が格子戸をくぐり出ていき、店の中はまたしんとなった。

「やれやれ。じゃ、文太、三味線の稽古を始めるよ」

「はあい」

文太の稽古が始まるのを機に、博龍は長火鉢のわきの杖をつかんで、襖《ふすま》で間仕切した内証の奥の、そこも四畳半の居間へ入った。居間は、押入の隣に仏壇が飾ってあり、閉《た》てた腰付障子《こしつきしょうじ》に、庭の灰色の明るみが薄く射していた。

障子戸を引いて、濡縁《ぬれえん》ごしに建仁寺垣《けんにんじがき》で囲ったわずか二坪《つぼ》ほどの庭に向き、前かがみになった腰を擦りさすりしながらしゃがんだ。

杖をわきに寝かせ、庭から流れてくる湿《しめ》った冷気に老いた身を任せた。

熊笹《くまざさ》と小さな石燈籠《いしどうろう》と、厠《かわや》へいく濡縁のそばの手水《ちょうず》などが、形だけながら子供屋の小さな庭の体裁を整えていた。

建仁寺垣の先に隣家の屋根があり、屋根の上に高曇りの空が広がっている。

やがて、鶴次が三味線をひと撥《ばち》ひと撥と鳴らす毎《ごと》、文太のたどたどしくついていく三味線の音が、しんとした店の静けさをほのかに乱した。

ふと、文太の三味線のたどたどしい音に合わせ、博龍は呟くように唄った。

さんさ時雨《しぐれ》か萱野《かやの》の雨か、音もせできて濡れかかる。

博龍の脳裡《のうり》に、お笙《ふえ》とお花《はな》の姿が甦《よみがえ》った。

あれは、今日のような肌寒い春の朝だった。お笙とお花は、ほの暗い寄付きの欞子窓を背に、三味線を語りかけるように鳴らしていた。初々しい童女《どうじょ》の面影《おもかげ》を残した十六歳のお花が、可憐な美声《びせい》でさんさ節を唄った。

鶴次と並んでいた博龍は、艶やかさとそれでいて物憂《ものう》いほどの物悲しさにくるまれたお花の節廻しに聞き惚れた。

思わず涙しそうになった。

二階に寝起きしている抱えの子供衆らが、お花の甘い唄声に引き寄せられるように、階段途中までそっとおりてきて、寄付きのお花をのぞき見ていた。

博龍は鶴次より先に、つい口を出した。

「お花、さんさ時雨は祝儀唄《しゅうぎ》だぜ。その節廻しは誰に倣《なら》った」

お花は、結綿《ゆいわた》の下の桜色に耀《かがや》く容貌を、無邪気にほころばせた。

「姉さんです。お客さんが喜んでくれるから、こんなふうに唄うといいよって」

「姉さん？　姉さんがいるのかい」

すると、お笙が三味線にあてる撥を止めて言った。

「はい。お蝶《ちょう》と言いましてね。この子の三つ上の姉です。おぎゃあと生まれたときから苦労して育てて大きくしてやったのに、親の恩を忘れて、ろくでなしの男と所帯を持って、さっさと家を出ちまいましてね。挙句に男には逃げられ、小さな子を抱えて、しなくてもよかった苦労ばかりしていますよ。ですからさ、旦那さん。この子までろくでなしの男に持っていかれちまう前に、こちらで抱えていただいて、親に少しは楽をさせてもらわないと、苦労をして育てた甲斐《かい》がないじゃありませんか」

「大丈夫よ、おっ母さん。姉さんの分まで、あたしが稼いで親孝行してあげるから、心配いらないよ。姉さんだって、おっ母さんのことはずっと気にかけてるけど、仕方がないのさ」

「どうだかね。娘なんて、ちょいと姿のいい男が現れたら、親のことなんかすっかり忘れちまうんだから。子の親になるなんて、本途《ほんと》につまりませんね、旦那さん……」

博龍は鶴次と顔を見合わせ、それから言ったのだった。

「お花、仲町の子供屋がどういう勤めか、わかっているのかい」

「はい。踊りも稽古をして、お座敷でちゃんと踊れるようになります。お客さんに指名してもらえるように一生懸命に勤めます。お客さんに望まれたら……」

お花は言いかけて口をつぐみ、二重《ふたえ》の瞼《まぶた》を震わせ目を伏せた。

「そうかい。わかっているのかい」

博龍が繰りかえすと、お笙は三味線を膝に抱いたまま、いきなり大粒の涙をぽたぽたと三味線の上に滴《したた》らせたのだった。

そうだ、と博龍は庭を見つめて思い出した。

あれはもう六年も前の、博龍が六十一歳になった年だった。

六十の声を聞いて、そろそろこの世に仕舞いをつけるころ合いかと思い始めた矢先、お花が現れて、博龍はこの子供がどうなるのか、今少し生き長らえて見てみたいと、年甲斐《としがい》もなく思ったのだった。

なぜそう思ったのか、六年がたった今もわからないが……

九鬼《くき》家下《しも》屋敷の五本松《ごほんまつ》が、堤道を越して小名木川《おなぎがわ》の水面へ枝を伸ばす猿江町《さるえちょう》のこのところを、鍋屋堀《なべやぼり》と言った。また、竪川《たてかわ》から小名木川までの十間川《じっけんがわ》と、大《おお》島橋《じまばし》をくぐった小名木川の上大島町《かみおおじまちょう》のあたりを、釜屋《かまや》堀とも言った。

このあたりには、鍋や釜、釘鉄銅物の問屋が多く集まり、鍋釜作りの職人らも多く住んでいた。

小名木川南岸の八右衛門新田《はちえもんしんでん》へ渡す弥兵衛《やへえ》の渡しに近い大島橋ぎわに、地蔵堂《じぞうどう》がある。その地蔵堂をすぎ、上大島町の北のはずれまでいった十間川の堤端《つつみばた》に、徳兵衛《とくべえ》の鍛冶屋《かじや》があった。

町家からはずれたそのあたりはもう大島村で、徳兵衛は鍋釜作りの職人ではなく、大島村のみならず、洲崎村、猿江村、亀戸《かめいど》村あたりの百姓相手に、鋤鍬鎌鉈《すきくわかまなた》、鎖釘《くさりくぎ》などを鍛《きた》えあげる昔ながらの農《のう》鍛冶だった。

春は名のみの、高曇りの肌寒いその日、十間川の堤端に戸を開いた徳兵衛の鍛冶場では、火床《ほど》に炭火が真っ赤に熾《おこ》り、親方と弟子が、鎌作りの地金《じがね》と鋼《はがね》を鍛《たん》接《せっ》する《じきり》の相槌《あいづち》に火花を散らしていた。

ひとりは刺子《さしこ》の筒袖《つつそで》の長着《ながぎ》に襦袢《じゅばん》、股引《ももひき》を着け、黒足袋を履いた五十代半ばの徳兵衛。そして今ひとりは、同じ筒袖の長着に山袴《やまばかま》姿の、黒足袋を履いて、豊かな黒髪を桂包《かつらつつみ》にした若い年増《としま》だった。

親方が徳兵衛で、弟子の女が向槌《むこうづち》の長柄《ながえ》をとっていた。

女の頬は赤らみ、火床にくべる炭や汗で汚れて顔だちはわからないが、背丈は徳兵衛よりあって、手足も長く悍《たくま》しい身体つきだった。

農鍛冶の鍛冶場で、女衆が働くのは珍しくなかった。

鍛冶屋の年季奉公は、およそ十年を要した。年季が明けてから一、二年の礼奉公をしてやっと自分の鍛冶場を持つことができた。

女は徳兵衛に叱られながら五年以上も修業を続け、まだ磨き仕上げの途中ながら、このごろようやく、徳兵衛の向槌が務まるほどになっていた。

赤く焼けていた鋼が黒く大人《おとな》しくなり、徳兵衛は、「ふむ」とむっつりとした合図を女に送った。

相槌を止めて、徳兵衛が鋼を火床へ戻すと、女が鞴《ふいご》を吹いて火床の炭火を燃えたたせ、地金と鋼が再び赤く焼けるまで加熱し、鋼の焼けたころ合いを見計らって引き出し、また鍛接の火花を散らすのだった。

親方と弟子は、相槌の鍛接を四回から五回繰りかえし、じきりをようやく終えて、次に《こみ》という茎《なかご》作りにかかった。

こみを作って鎌の大体の形ができあがったところで、徳兵衛は女に言った。

「よかろう。お蝶、休憩だ」

弟子のお蝶は承知していて、こみ作りを終えた鎌を藁灰《わらばい》に素早く入れた。藁灰を使うのは、焼き入れと焼き戻し前のまだ熱い鎌を急に冷まして、内部に罅《ひび》などが入らないようにするためである。

朝六ツ（午前六時）前の薄暗い刻限から仕事を始め、休みなく働き、五ツ半（午前九時）ごろ、汗まみれになった身体にようやくひと息入れる。

炭俵《すみだわら》や和鋼やくず鉄の入った叺《かます》と鍛冶道具が、ずらりと並んだ鍛冶場の一角《いっかく》に、一台の長腰掛があって、お斉《さい》が床《ゆか》にちょこなんと腰かけ、徳兵衛とお蝶がひと息入れるのを待っていた。

この刻限、ひと息入れるころを見計らって、鍛冶場の裏の主屋《おもや》から、徳兵衛の女房のおとねが、ぬるい番茶と塩辛い漬物をお斉に運ばせる。

お斉は、床にちょこなんとかけて、まだ土間に届かない足をぶらぶらさせている。お斉の横に、盆に載せた土瓶《どびん》と重ねた椀《わん》、大根《だいこん》や胡瓜《きゅうり》、青菜《あおな》の漬物を山盛りにした鉢が、いつものようにおいてある。

大島村のこの徳兵衛の店で、お蝶はお斉を産んだ。

そのころの、女にしては長身でふっくらとしていたお蝶の身体つきは、七年のうちに無駄な肉が削ぎ落され、胸のふくらみのほかは、男子のように悍しい体軀《たいく》になっていた。

ほんのりと桜色に白かった肌は、長い年月、白粉《おしろい》と紅《べに》を刷《は》く機会もなく、鍛冶場の火床に焙《あぶ》られて赤く焼け、三味線に撥をあて、艶やかにさんさ節を唄っていたころの面影はもうなかった。

だが、きれ長な鋭《するど》い目つきに鼻筋や口元がきりりと締まり、「徳兵衛とこの嫁は案外にいい女だぜ」と、大島村界隈の男らの間では、お蝶の器量が、案外に窃《ひそか》な評判にはなっていた。

お蝶は桂包をとって長い黒髪を背中に垂らし、汗の伝う顔をぬぐいつつ、お斉の隣に腰かけ、徳兵衛は盆を挟んでかけた。

お斉は腰掛をおりてぬるくした番茶を椀につぎ、「はい、爺《じい》ちゃん。はい、これはおっ母さん」と差し出した。

徳兵衛は、気むずかしそうな顔をわずかにゆるめて受けとり、喉を鳴らしてたちまち飲み乾《ほ》した。

「お斉、もう一杯くれ」

「お斉、おっ母さんにも、もう一杯だよ」

徳兵衛とお蝶が言い、お斉は小さな手で上手に土瓶の茶を、爺ちゃんとおっ母さんの椀についだ。

「上手にできたね」

おっ母さんに褒められ、お斉は爺ちゃんとおっ母さんの役にたっていることが嬉しかった。

またおっ母さんの隣に腰かけ、おっ母さんの大きな身体にすがった。おっ母さんの大根の漬物をかじる音が、おっ母さんの温かい身体を通して伝わってくるのを、じっと聞いていた。

おっ母さんがいてよかった、とお斉は思う。

すると、大きな音をたてて大根をかじっていた爺ちゃんが言った。

「お蝶、おめえ、ずい分鍛冶屋らしくなってきたな。おれは、親父の弟子になってから、この鍛冶場を任されるまでに十年以上かかった。たった五、六年で、そこまで腕をあげるのは大したもんだ。始めたときは、これほどやるとは思いもしなかった。おめえは呑みこみが早いし、腕《うで》っ節《ぷし》も男に負けちゃいねえ。おめえは筋がいい」

お蝶は黙って大根をかじっていた。

堤端の鍛冶場の戸が開かれ、十間川ごしの曇り空の下に、町家や寺院の山門が見えている。

「おめえ、この鍛冶場を継ぐ気があるのか」

徳兵衛が言い、お蝶はすぐにはこたえなかった。

「おれも、そろそろ身体がきつくなって、隠居を考えねばならねえ。女が鍛冶場で働くのは、珍しいことじゃねえ。お蝶がやる気なら、この鍛冶場を任せてもいい。おれがいるうちは男名前の後ろだてになれるし、もしも、よい鍛冶屋の職人がいたら、そいつを亭主にして、夫婦でやっていくのでもかまわねえ。お斉を育て、女鍛冶屋として生きるんだ。おめえならやれそうだ」

お蝶は黙って、鍛冶場の外を見やっていた。

「おれたち夫婦に倅《せがれ》はいねえと、とっくに諦《あきら》めた。埒《らち》もねえ任侠《にんきょう》に身を持ちくずして、親を捨て、女房も子も捨て消えたろくでなしに、帰る家なんぞありはしねえ。おとねとも、そんな話をするんだ。おめえも、あんなろくでなしの男はさっぱりと忘れて、自分の思うようにしていいころだってな」

お蝶には、この世はわからないことだらけだった。

このごろは、鉄太郎《てつたろう》のことを思い出しても、何も感じなくなっていた。

自分はこのまま、女鍛冶屋として生きて、老いていくのだろうか。

先のことは、わからなかった。

七年前、伊勢崎町《いせざきちょう》の裏店《うらだな》を出るとき、あんなろくでもない男のために親を捨てる気かい、とおっ母さんは責めた。今から思えば、おっ母さんの言う通り、ろくでもない男に惚れたのかもしれない。

ろくでなしの亭主もおっ母さんも、もういなくなった。

けれど今、自分にはお斉がいて、お斉を育てていく務めがある。

それだけが、お蝶には確かなことだった。

お蝶は、自分にすがっているお斉の痩せた小さな身体に長い腕を廻し、強く抱き寄せた。お斉のやわらかく小さな身体が、自分とひとつに感じられた。

お斉は確かにいる。あたしの子だもの。今はそれしか考えられなかった。

「わからない」

お蝶はやっと、徳兵衛にこたえた。

それを言うまでに、荷を積みあげた船が十間川を何艘《そう》も通っていった。

第一章　芸の道

一

翌日から、春めいた数日が続いた。

だが、二月中旬のその日は、朝から冷たい北風が吹いた。

北風は通りに砂塵《さじん》を巻きあげ、薄黄色い煙が渦巻くように、亀島町《かめじまちよう》の町家の屋根から屋根へと吹き流れていった。

南側と東側に濡縁を廻《めぐ》らした居間の腰付障子が、組《くみ》屋敷の屋根を乗りこえ、庭を廻りこんでくる風に弄《なぶ》られ、がたがたと寒そうな音をたてていた。

震えるたびに、隙間風が居間に入ってきた。

ようやく寒さがやわらいできたかと思ったのに、また季節外れの冬が舞い戻ったような、そんな寒い朝だった。

北町奉行所隠密廻《おんみつまわ》り同心《どうしん》の萬七蔵《よろずななぞう》は、五尺八寸（約一七五センチ）の引き締まった体軀に、紺地の袷《あわせ》と小楢《こなら》色の細袴に二刀を帯び、菅笠《すげがさ》を手にとった。

顎の骨がいく分張って、中高《なかだか》の鼻筋の下に大きめの唇《くちびる》をきゅっと結んだ顔つきはいかつく見えるものの、よく見ると、母親譲《ゆず》りの奥二重のくるりとした目にそこはかとない愛嬌《あいきよう》があって、この男のいかつさをやわらかくなだめている。

「いくか」

七蔵は呟いたとき、襖の外で、倫《りん》の甘ったるい鳴き声がした。

襖を引くと、黒光りのする廊下に白い姿を映している倫が、冷たい灰色の目で七蔵を見あげていた。倫は前足の片方を少し持ちあげ、七蔵に何かを言いたげな仕種《しぐさ》をして、また甘ったるく鳴いた。

「おれを、呼びにきたのかい」

話しかけながら、倫の白い毛のふさふさした身体を片腕に抱えあげ、廊下を台所のほうへゆるゆるといった。

中庭の板塀ぎわに植えた松や椿《つばき》が、北風にあおられ、寒そうに枝葉をゆらしていた。それでも空は晴れ、雀《すずめ》の群《むれ》がそれらの木々の間を飛び交《か》い、一臺《だい》の石燈籠の周りでも鳴き騒いでいる。

片引きの舞良戸《まいらど》を引くと、台所の板間に切った炉《ろ》の炭火が、七蔵と倫をほのかな温《ぬく》もりでくるんだ。

明るい縹《はなだ》色の着流しを尻端折《しりはしょ》りして、黒股引の樫太郎《かしたろう》が、台所の板間のあがり端に腰かけていた。勝手の土間では、お梅《うめ》が流しで朝餉《あさげ》に使った碗や皿や鉢を洗っていて、お文《もん》はお梅と並んで膳《ぜん》を布巾《ふきん》で拭《ふ》いている。

「旦那、お早うございます」

樫太郎はあがり端から立って、快活に言った。

「あら、倫」

お文が七蔵の腕の中の倫を見つけて、膳を拭きながら呼んだ。

すると、倫はすぐに七蔵の腕から飛び降り、炭火が熾《おこ》って温かい炉のそばにちょこんと坐った。

「ただ今お茶を……」

お梅が、洗い物の手を止めて濡れた手を前垂《まえだ》れでぬぐい、七蔵が出かける前、毎朝飲んでいく茶の支度にかかろうとした。

「すぐに出るから、今日はいい」

七蔵はお梅を止めて土間におり、菅笠をつけて顎紐を結びつつ、

「朝から向島《むこうじま》だ。船でいく。天気はいいが、大川《おおかわ》は風が冷たいぞ」

と、樫太郎に言った。

「向島まで、承知しやした。これぐらいの寒さは、どうってことありませんよ」

樫太郎も菅笠をかぶった。

「そうかい。若いからな。お梅、お文、いってくるぜ」

「いってらっしゃいませ」

並んで辞儀《じぎ》を寄こしたお梅とお文に、ふむ、とかえし、炉のそばの倫へ目をやると、倫は楽そうに寝そべっていた。

「あら、倫、旦那さまのお出かけなのに、しょうがない子ね」

お文が言っても、倫は寝そべったまま清々《せいせい》している。

倫は深川からきて、七蔵の組屋敷に勝手に住みついた雌《めす》の白猫である。門前仲町の芸者を思わせる、ちょっといさみ肌の気性が七蔵を笑わせる。

お梅はもう十数年以前、七蔵の父親代わりだった祖父・清吾郎《せいごろう》が寝たきりになったとき、祖父の世話と所帯のきり盛りを住みこみで頼んだ、やはり深川からきた気のおっとりとした女である。

祖父が半年後に亡くなってからも、七蔵の男所帯の家事一切を任せていた。

年が明けたこの春、六十歳になったのかならぬのか、お梅は、おや、あたしゃいくつでしたっけ、ととぼけている。

この春十五歳のお文は、七蔵の母方の叔母《おば》・由紀《ゆき》の孫娘である。

一昨年の文化四年（一八〇七）より、行儀見習《ぎょうぎみならい》と称《しょう》して七蔵の組屋敷に奉公を始めたが、行儀見習は口実で、八丁堀《はっちょうぼり》の町方《まちかた》同心の暮らしが珍しく、好奇心をそそられ、どうしても七蔵さんのお屋敷で奉公を、と自分から言い出した。

しかし、理由がなんであれ、すっかり萬家の暮らしに馴染んでいて、近ごろ七蔵はお文が自分の娘のように感じられ、十五歳と言えばもう小娘ではないお文の先のことを考えなきゃあなと、少々頭を悩まし始めていた。

お梅とお文に見送られ、七蔵と樫太郎は北風の吹きつける往来に出た。

日枝山王御旅所《ひえさんのうおたびしょ》と薬師堂《やくしどう》のある往来をいき、南茅場町《みなみかやばちょう》の鎧《よろい》の渡しに着くと、七蔵は風に煽《あお》られぬように菅笠を押さえ、堀の西方を見やった。

「久米《くめ》さんが日本橋《にほんばし》から船でくる。その船で向島までいく」

「向島まで、久米さまとご一緒するんでやすね。向島のどちらへ」

「水戸家の下屋敷だ。人に会う」

「おっと、水戸家でやすか」

と、樫太郎は水戸家の名を聞き意外そうな顔つきを見せた。

「隠密の御用《ごよう》だ。向こうに着いたら、おまえも町方の御用聞《ごようきき》じゃねえ。そのつもりでな」

「へい。承知しやした」

樫太郎はまだ二十歳だが、隠密廻りの御用聞に慣れた口ぶりで言った。

鎧の渡し場は、南茅場町から小網町《こあみちょう》二丁目への渡し場で、対岸の小網町二丁目三丁目の堀端に土手蔵《どてぐら》がずらりと並んでいて、此岸《しがん》の南茅場町側には船宿の船が、下流のほうにいく艘も浮かんでいる。

堀の上流のほうから、びゅうびゅうとうなる風が水面を波だたせ、船宿の船をゆらしていた。

北の堀江町《ほりえちょう》の堀留《ほりどめ》に分かれる入堀に、思案橋《しあん》が見える。だが、堀は真西の江戸城のほうへとゆるやかに曲がって、その先の江戸橋や日本橋は見通せない。

「あ、旦那、久米さまの船がきました」

その堀をゆるやかに曲がってきた猪牙《ちょき》に、普段の継裃《つぎがみしも》を茶羽織に着替えた久米の姿が見えた。

久米が渡し場の船寄せに七蔵と樫太郎を見つけ、手にした扇子《せんす》をふった。

久米のかぶった黒塗りの笠が、陽射しを受けて耀いていた。

久米信孝《のぶたか》は北町奉行・小田切土佐守《おだぎりとさのかみ》の内与力《うちよりき》である。

南北両町奉行所の三廻りと言われる、定《じよう》廻り、臨時《りんじ》廻り、隠密廻りは、支配役の与力はおかず、南北町奉行の直属だった。

隠密廻りの七蔵に奉行の命令を伝える役を、内与力の久米信孝がしばしば務めた。久米は目安方《めやすかた》を拝命《はいめい》している。

内与力とは、町奉行所に属する与力ではなく、奉行に直属する家臣であり、側衆《そばしゆう》である。奉行が転免《てんめん》するときは内与力も役目を終える。

昨夜、七蔵は奉行の小田切土佐守からある指図を受けた。

明朝、すなわち今日の朝、久米信孝とともに向島の水戸家下屋敷に向かい、久米の引き合わせる水戸家のある人物の申し入れについて隠密に探るべし。

くれぐれも、屋敷内の余人に町方とは知られぬように身形《みなり》を拵《こしら》え、引き連れる御用聞にも用心を促《うなが》しておくように、というものだった。

「申し入れの子細《しさい》はその者より直《じか》に聞いたうえで、どのように調べを進めるか、手だては萬の判断に任せる。ただし、その者は水戸家の体面《たいめん》を背負《しよ》っておる。町方には立ち入れぬ事情があることを、わきまえておけ」

徳川御三家の水戸家の体面を貶《おとし》めるような事態は、断じてあってはならぬ、よいな、と奉行は念を入れた。

町奉行所の支配外の武家屋敷に、町方の御用は滅多《めった》にない。ましてや、徳川御三家の水戸家ならば、なおさらである。その水戸家のある人物より、町方ごときに隠密の申し入れというのは、尋常《じんじょう》ではない。

しかも、ある人物に引き合わされる場所が、小石川御門外《こいしかわごもんがい》の上《かみ》屋敷ではなく、向島の下屋敷でというのも、江戸の町家で水戸家の侍《さむらい》に、あってはならない何かがあったか、と七蔵は妙なきな臭《くさ》さを嗅《か》ぎ始めていた。

猪牙は鎧の渡しから入堀をくだり、箱崎《はこざき》、三俣《みつまた》を抜けて大川へ出た。

砂塵を巻きあげて霞《かす》んだ空に、天道《てんどう》が白々とした光を放っていた。冷たい川風が、いっそう厳しく吹きつけ、川面は荒れて白波をたてていた。

艫《とも》のねじり鉢巻きの船頭《せんどう》が櫓《ろ》を軋《きし》らせ、大きく上下しながら漕《こ》ぎのぼっていく猪牙の船縁《ふなべり》を、波がしきりに叩いた。

樫太郎は表船梁《ふなばり》の板子《いたこ》へ片膝立ちに坐り、片手を立てた膝頭におき、片手は菅笠を押さえて、舳《へさき》の前方へ身体を凝《じ》っと向けている。

七蔵と久米は、胴《どう》船梁と艫船梁の間のさな（船底）に、左右の船縁へ分かれて着座し、小縁《こべり》へ肘を載せていた。

　三俣を抜けてすぐに新大橋《しんおおはし》をくぐった猪牙は、一面に広がる白波に翻弄《ほんろう》されながらも、大川を懸命に遡《さかのぼ》っていく。

　やがて、ずっと前方に見えていた両国橋《りょうごくばし》の近くまできて、冷たい風にもめげず、ゆったりと反《そ》った橋をいき交う人々の姿が、見分けられるほどになった。

　両国広小路《ひろこうじ》を往来する人出も多く、橋の袂《たもと》から元柳橋《もとやなぎばし》まで大川端《おおかわばた》につらなる岡《おか》すずみの茶店にも、客の姿が沢山《たくさん》見えていた。

「まんさん」

　と、久米は七蔵に親しみをこめていつもそう呼ぶ。

　七蔵は久米へ向き、はい、とかえした。

「今日引き合わせるのは、斗島半左衛門《とじまはんざえもん》という水戸家の目付役《めつけやく》だ。三日前に出《しゅっ》府《ぷ》し、着いた当日の夜以外は、一昨日昨日と、向島の下屋敷に滞在していると聞いた。三十をすぎたばかりの相当の切れ者で、家柄もよく、いずれは殿さまのお側近くに仕え、水戸家を支える逸材《いつざい》と将来を嘱望《しょくぼう》されておるようだ。わたしに言わせれば、まだ童《わらべ》に毛の生えた程度の若蔵だがな」

　久米の皮肉な物言いに、七蔵は思わず微笑した。

文化六年（一八〇九）のこの春、七蔵は四十三歳。久米は四十八歳になっている。

「水戸より江戸在府の殿さまに何かの祝儀の報告役を申しつかった、との名目で出府し、小石川御門外の江戸屋敷の殿さまに報告した折り、江戸見物でもしていけとお言葉があったとかで、それから下屋敷に移ったらしい」

「江戸見物をするなら、下屋敷では不便ですね」

「不便だが、江戸のどこへ見物にいったか、上屋敷の者らには知られにくいだろうな。昨日、供《とも》も連れずひとりで呉服橋《ごふくばし》の奉行所に、お奉行さまを訪ねてきた。水戸家の年寄《としより》衆に、わがお奉行さまと以前より昵懇《じっこん》の人物がいて、斗島さんはその方の添状《そえじょう》を携《たずさ》えていた。お奉行さまに、町方のほうで隠密に調べてもらいたいことがあると、申し入れがあったのだ」

猪牙は両国橋もくぐり、浅草《あさくさ》側に並ぶ浅草御米蔵《おこめぐら》の土蔵が白い漆喰《しっくい》の土塀、本所《ほんじょ》側には諸藩の蔵屋敷や幕府の御竹蔵《おたけぐら》などが見えている。

本所側の川縁《かわべり》を、吹きつける風に乗るように、数羽の白鷺《しらさぎ》が飛翔《ひしょう》していた。

「久米さんは、斗島さんの申し入れをご存じなんですか」

七蔵は訊いた。

「挨拶《あいさつ》はしたが、斗島さんはお奉行さまとお二人だけで面談して、わたしはいかなる調べかを直には聞いておらん。余《よ》ほど、用心していたんだろうね。大まかな話は、斗島さんが帰ってからお奉行さまよりうかがい、そういう調べならば、やはり萬七蔵しかおりますまいと申しあげた。それで昨夜、萬《まん》さんにお指図があったというわけだ」

浅草御米蔵と本所の河岸《かし》通《どお》りの間の御厩《おんまや》の船渡しと、浅草材木町《ざいもくちょう》と中ノ郷《なかのごう》竹町《たけちょう》を渡す竹町の船渡しは、白波のたつ風の所為《せい》で、船留めになっていた。

大川橋とも呼ばれる吾妻《あづま》橋が、だんだん近づいてきた。

両国橋ほどではないものの、風の中の吾妻橋にも人通りが目についた。

「調べが表沙汰になると、御三家の水戸家の体面に疵《きず》がつきかねないんですか」

「まあ、そうなんだろうな」

久米は吾妻橋を漫然と見やっていたが、すぐに七蔵へ向いた。

「だがな、萬さん。じつは水戸家の体面のためだけでもないんだ。つまり、隠密にしなければならない事情が、水戸家の家中にもあるってことさ。どういう事情か、子細は承知していないがね」

「ほう。水戸家の家中に……」

久米は黙って頷いた。

吾妻橋をすぎると、大川は浅草川、あるいは隅田川《すみだがわ》と呼ばれる。浅草側の橋の袂に、新河岸川《しんがしがわ》舟運《しゅううん》や荒川《あらかわ》舟運の平田船《ひらたぶね》が舫《もや》う花川戸《はなかわど》の船着場があり、対岸の中ノ郷の川縁では水鳥が鳴き騒ぎ、蘆荻《ろてき》の覆《おお》う川原や川面を、ここでもいく羽もの白鷺が飛び廻っていた。

対岸の前方に、向島の水戸家下屋敷の土塀がもう見えていた。

猪牙は船縁に波飛沫《なみしぶき》をたてて浅草川をなおも遡り、水戸家下屋敷を目指してほどなく源森川《げんもりがわ》へ入った。

二

斗島半左衛門は、三十をすぎたばかりの歳にしては、少々老けて見えた。

色青白く、顎の細長い割には額《ひたい》と月代《さかやき》の広い才槌頭《さいづちあたま》の、目がぱっちりとして育ちの良さを感じさせつつも、その目つきには能吏《のうり》の自信が漲《みなぎ》り、いかにも頭のきれそうな気むずかしい気質《ぞ》を感じさせた。

そこは、隅田川の土手道沿いにつらなる長屋の一室で、土間続きの狭い板間と押入があるだけの殺風景な四畳半だった。

土手道側に縦格子の明かりとりが開いていて、隅田堤《づつみ》の木だちと波だつ紺色の水面、そして、川向こうの浅草の町並が木だちの間に見通せた。

看板を着けた下男《げなん》が、下屋敷の表門から三人を長屋に案内した。

下男は冷たい川風が吹きこむ明かりとりの障子戸を閉て、土間奥の小さな台所で茶の支度をした。

少し遅れて、黒紺の羽織に縞《しま》袴の半左衛門が長屋に現れ、並んで着座した七蔵と久米に、明かりとりを片側にして対座する位置に坐った。

樫太郎は、三人とは離れた板間に着座した。

下男が茶の支度を終えて退《さが》っていくと、半左衛門は沈着《ちんちゃく》な口ぶりで言った。

「斗島半左衛門でございます。この風の中をわざわざご足労《そくろう》いただき、痛み入ります。何分、屋敷の者にもそれがしが出府した事情は知られぬようにいたしております。私事《わたくしごと》にて知人が訪ねてくるとのみ申しており、このようなむさ苦しい長屋にお通しいたした次第です。申しわけございません」

「いえ。われらは客ではなく、御用があってきたのですから、お気遣《きづか》いは無用です。この者は萬七蔵です。北町奉行所の隠密廻りに就いております。昨日、斗島どのお申し入れの一件は、お奉行さまのお指図により、この萬七蔵の掛《かかり》といたしました」

久米が七蔵へ手をかざした。

「萬七蔵と申します。このたびの掛を相務めます」

七蔵は膝に手をおき、辞儀をした。

半左衛門は七蔵をしばし見つめ、自分を納得させるかのように小さく数回頷いた。それから、

「早速《さっそく》のご配慮《はいりょ》かたじけない。礼を申します。して、あの者は……」

と、板間に控えている樫太郎へ目をやった。

「樫太郎と申し、わたくしの御用聞を務めております」

「樫太郎でございます。よろしくお願いいたします」

樫太郎が手をつき、歯ぎれよく言った。

「町家の者ですな」

「町家の探索は、町家を知る御用聞の働きがなければはかどりません。樫太郎のほかにも、何名かのわが手の者がおり、みな隠密廻りの探索を心得ております。よって、おそらくこのたびもその者らを使うことになりますので、それはあらか

じめご了解いただきます」

「さようですか。ならば、いたし方ありません。誰をどのように使うか、萬さんのご判断にお任せいたします」

「樫太郎、こちらにきて戸を閉めてくれ」

七蔵は板間の樫太郎に声をかけた。

樫太郎は四畳半へにじり入り、間仕切を閉じた。そして、七蔵の後ろに畏《かしこ》まった。やおら、七蔵は半左衛門に言った。

「では、お申し入れのお調べの子細を、改めておうかがいいたします」

しかし、半左衛門はしつこく念を押した。

「くれぐれも、この一件が表沙汰にならぬよう、厳《げん》に守っていただかねばなりません。よろしゅうございますな」

「承知しております」

と、それは久米がこたえ、七蔵は大きく首肯《しゅこう》した。

土間の竈《かまど》で、湯を沸《わ》かした残り火が小さくゆれていた。

強くなったり弱くなったりして吹きつける土手の風が、明かりとりに閉てた障子戸を、ぱたぱたと叩いていた。

しばしの沈黙ののち、半左衛門は言い始めた。

「わが水戸家江戸屋敷勤番《きんばん》に、淡井順三郎《あわいじゅんざぶろう》と申す勘定衆諸入用方《かんじょうしゅうしょにゅうようかた》がおります。もはや、おりました、と言うべきかもしれませんが。去年十二月の初め、その淡井順三郎が上屋敷より忽然《こつぜん》と姿を消し、はやふた月になる今も尚《なお》、行方《ゆくえ》が知れぬままになっておるのです。淡井がいかなるわけがあって姿を消したのか、脱藩《だっぱん》を計《はか》り遠い他国へ欠《か》け落《お》ちしたならば何処《いずこ》へか、同じ江戸屋敷勤番の上役傍輩《うわやくほうばい》は申すにおよばず、国元に残しております隠居の老父母、また妻子にも思いあたる節《ふし》はなく、誰もが淡井の不可解な失踪《しっそう》に戸惑い、いたずらにときがすぎていくばかりでございました」

そこで半左衛門はそれを口に出すことをはばかるように、束《つか》の間《ま》をおいた。

「しかしながら、子供の神隠しでもあるまいし、痩せても枯れても二本差しの侍がわけもなく姿をくらますなどあるはずもないと疑念を懐《いだ》き、諸入用方の淡井は江戸屋敷において、一体いかなる務めを果たしていたのかと、気にはなっておりました」

勘定方には、水戸家三十五万石の金銀の収支や家臣の禄《ろく》や給米、領国内の米相場、藩札、家臣への貸付金などを職掌《しょくしょう》とする勝手方《かってがた》。年貢徴収《ねんぐちょうしゅう》、廻米《かいまい》、領国内の普請《ふしん》、新田、の事務などを掌《つかさど》る取箇方《とりかかた》。また、小物成《こものなり》の賦課《ふか》や藩主霊廟《れいびょう》の管理、運上金冥加金《うんじょうきんみょうがきん》の上納《じょうのう》事務、山林の管理運営、私領地の境界などをめぐる公事方《くじかた》と、多岐にわたって掛があった。

淡井順三郎の就いていた諸入用方は、領国内の陣屋《じんや》の経費や、田地や畑地、漁猟、特産物などの各村町の名主《なぬし》に委託《いたく》している徴税《ちょうぜい》事務をあつかい、そのほかに今ひとつ、幕府御勘定奉行へ贈答《ぞうとう》する入用の管理があった。

「幕府御勘定奉行への贈答とはいかなる入用か……」

と、半左衛門は語った。

水戸家が小石川御門外の上屋敷、根津《ねづ》の中《なか》屋敷、向島の下屋敷と、いずれも広大な江戸屋敷を維持し、多くの家臣を江戸に勤番させ、徳川御三家の親藩《しんぱん》としての体面と幕政における影響力を保つために、毎年、莫大な費《つい》えを要した。

しかし、領国水戸に飢饉《ききん》があって年貢の大幅な減少や、江戸屋敷において大きな普請、また主家《しゅけ》と幕閣《ばっかく》や諸大名《しょだいみょう》との交際費などがふくれあがるなどして、江戸屋敷の勝手向《むき》に支障《ししょう》が出る事態がしばしば起こった。

というより、江戸屋敷の勝手向に支障が出る事態は、毎年のことだった。

本来なら、領国よりの送金がなければ決算は済まなかったが、水戸家では、領国からの送金を待たず、幕府御勘定所より借用金を受け、毎年二月、幕府の総勘定の折りに決算を済ませるのが慣例《かんれい》になっていた。

ただし、代々にわたってその慣例を踏襲してきたものの、しばしば決算の済まない事態が起こっていて、そのさいは、御勘定奉行の裁量により、新たな借用金を受けて決算を済ます便宜《べんぎ》が、親藩ゆえに図《はか》られてきた。

それゆえ、江戸屋敷では勝手方の二人の御勘定奉行への贈答、すなわち、つけ届けをすることも合わせて慣例になっていた。

それが、諸入用方が管理していた幕府御勘定奉行への贈答の入用である。

例年、勝手方二人の御勘定奉行への贈答額は、二十五両ずつの五十両とほぼ決まっていた。

ところが、十年ほど前からの諸色高騰《しょしきこうとう》に伴《ともな》い江戸屋敷の借用金が増え、そのため、借用金の実務を執《と》る勘定組頭《くみがしら》や勘定衆への贈答も、主家の許しを得て新たに始められていた。

ひとりの贈答額は御勘定奉行ほどでなくとも、つけ届けをする相手が増えた分、御勘定所への贈答の総額は二百数十両にふくれあがって、殊《こと》にここ数年、贈答額は増え続け、この分では二、三年のうちに三百両を超えかねなかった。

行方を消した淡井順三郎が、水戸家江戸留守居役の佐河丈夫《さがたけお》の配下につき、幕府御勘定所への贈答の管理に携《たずさ》わっていたことはすぐに知れた。

仮令《たとえ》、つけ届けが三百両にふくらんでも、水戸家三十五万石の勝手向、あるいは水戸家が毎年抱える借用金に較べれば微々《びび》たる額にすぎなかった。

ただ、淡井順三郎は家禄《かろく》が五十俵《ぴょう》二人扶持《ににんぶち》に、三年前より江戸屋敷詰《づめ》を命ぜられ、江戸勤番のわずかな加給があるばかりの下級藩士だった。

初め、半左衛門は、淡井がおのれの禄をはるかに超える贈答の管理をする役目についているうち、つけ届けごときなら多少のことは、とつい魔が差して勘定を誤魔化《ごまか》し着服《ちゃくふく》するにいたったのではないか。着服が発覚しそうになって切羽《せっぱ》つまり、やむを得ず国も両親も妻子も捨てて出奔《しゅっぽん》したのではないか、結局そういう事情なのではないかと疑っていた。

だが、年が明けた新年一月、半左衛門は支配役の目付に呼ばれ、淡井順三郎失踪の事情を調べる命を受けた。

支配役の目付は、姿を消した淡井順三郎には城下に屋敷もあり一家の者も残されている、一家の者をこのまま放ってはおけず、事情を調べたうえで、残された淡井家の処置などの裁断《さいだん》を殿さまに仰《あお》ぐしかあるまい、と言った。

半左衛門は、江戸で起こった淡井順三郎の失踪の事情調べが、江戸屋敷にも目付役が勤番しているにもかかわらず、何ゆえ国元の自分なのですかと訊ねた。

するとと上役は言い添えた。

「江戸屋敷では却《かえ》って調べにくい事情が働く恐れがある。よって、江戸屋敷では調べにくいことを調べるべし。そして、これはもっと上からの内々の御沙汰である。そう承知しておくように」

もっと上からの内々の御沙汰、と言われ半左衛門は初めて疑念を懐いた。

もっと上とはどなただ。もしかして、淡井順三郎の失踪には、単純な公金着服では済まない裏がひそんでいるのか。

急ぎ、淡井順三郎が配下についていた江戸留守居役の佐河丈夫へ、残された淡井家に対し君公に裁断を仰ぐ必要があり、そのための慣例にのっとった調べと称して、淡井が行方を消した当日の行動と、淡井の役目である御勘定所贈答の入用管理について精査し、その報告を求める書状を送った。

その一方、城下においては、淡井順三郎がいかなる家臣か、淡井家がどういう家柄か、などの訊きとりを行った。

淡井家は、身分の低い一代抱えながら、代々番代わりを果たし勘定衆として水戸家に仕える家柄にて、当代の順三郎を知る者は、実直な人柄であり、親を敬《うやま》い妻子を慈《いつく》しみ、勘定衆の役目にも謹厳《きんげん》であると、口をそろえて言った。

「順三郎を子供のころから存じておるが、あの男が欠け落ちなどと、不埒《ふらち》なふる舞いをするとは思えぬ。なんぞ不慮《ふりよ》の災難に遭《あ》ったと思われる。これだけ長く行方知れずというのは、おかしい。気の毒だが、順三郎はすでに亡くなっているのではないか」

という古老《ころう》の声も聞けた。

佐河丈夫より返書が届くのに、さほどときはかからなかった。

お訊ねの御勘定所贈答の入用を改めて精査したところ、淡井に勘定を一任していた帳簿、並びに当該事項に不審な点は見あたらず、また、幕府御勘定所への訊きとりも行い、その精査を裏づけるものであった、と記されていた。

また、淡井順三郎の失踪当日の行動についてはこうだった。

失踪当日十二月五日、淡井順三郎は勤めの休みを上役の佐河丈夫に願い出て、午後遅く、傍輩ら二人と湯島《ゆしま》一丁目の酒亭へ出かけた。

三人は夕刻の七ツ（午後四時）すぎまで酒席《しゆせき》を囲み、そののち、順三郎は寄るところがあると傍輩らに告げて別行動をとり、屋敷に戻った傍輩らは、翌朝、順三郎が屋敷に戻っていないことを知った。

すでに、淡井の当日の行動の訊きとりは、傍輩らに行われており、傍輩らは順三郎の言った寄るところについては、まったく知らないと証言していた。

このたびの要請により、再度、傍輩らを質したところ、かなり以前、順三郎が深川の岡場所で女郎《じょろう》と戯《たわむ》れた話をしたのを思い出し、もしかして、江戸勤番の無聊《ぶりょう》の慰《なぐさ》めに、深川の岡場所に馴染みがいたかもしれないと、改めて言った。

しかしながら、これはこちらが執拗《しつよう》に質したため、そう言えば、と深川の話を以前聞いた覚えがあるというばかりの、傍輩らの推量にすぎない。

順三郎の平素《へいそ》の勤めぶりに、目だったところはないものの、こちらの指図を守って役目をそつなくこなし、改めて指摘するところはない。

ただ、順三郎はおのれ自身の事柄を人前に表すことを好まぬ気性らしく、勤め以外の日ごろのふる舞いについては、周囲に殆《ほとん》ど見せたことがなく、傍輩の推量通り、順三郎にどこかの岡場所に馴染みがいたとしても、そういう男であったかと思った程度である、と佐河の返書に書き添えてあった。

ひゅう、ひゅう……

と、土手でうなる風が、明かりとりの障子戸を震わせた。竈の残り火が小さな炎をゆらし、四畳半の肌寒さをやわらげていた。

そこまで話した半左衛門は、風の音に聞き入るような沈黙の間をおいた。

七蔵が、半左衛門の沈黙の間を埋めた。

「つまり、淡井順三郎さんの行方を捜すことが、斗島さまのこのたびのお申し入れなのですね。手がかりは、もしかしたら深川のどこかの岡場所あたりに、あるかもしれないと」

「もしかしたらでは、ありません。淡井順三郎失踪の手がかりが、深川のどこかにあるのは間違いないと思われるのです。去年暮れの十二月、淡井順三郎は深川で姿を消した。それに、間違いないのです」

半左衛門が、やけに明快に言った。

「間違いない？　そうなのですか」

七蔵が聞きかえすと、半左衛門はしっかりと首肯した。

七蔵と久米が顔を見合わせ、久米は首をかしげた。

「御留守居役の佐河丈夫さまに、淡井順三郎失踪と御勘定所贈答の入用管理について精査を求めたのは表向きにて、じつは、窃《ひそか》にわが手の者を江戸表に遣《つか》わし、この一件の実際のありようを探らせておりました。今月になって、その者の報告が届き、それによれば、御勘定所贈答のかなりの入用に、御勘定所への贈答には使われず、どこかに消えている疑いがあるというのです」

「贈答の入用が贈答には使われず、どこかへ消えていると疑われるなら、それは着服した者の懐に消えているとしか、考えられませんな」

久米が皮肉な口調で言った。

「そうなのか、あるいはそうではないのか、動かぬ証拠があるわけではありません。何しろ、御勘定所贈答の入用管理は淡井順三郎に一任されており、上役の佐河さまの書状では、入用の帳簿や書付などに疎漏《そろう》なところは見つからなかったとありますし、しかも、それを管理していた当人が行方知れずなのですから、これが確かであると、言えることは今のところないのです」

「着服があったかなかったか、それを明かす証拠はない。けれども、贈答の入用が贈答に使われていなかった疑いはある。入用を管理していた淡井さんは姿を消し、行方知れずになった。ただ、行方を捜す手がかりは深川にあるのは間違いないと、斗島どのは確信しておられる。贈答に使われなかった入用がどこに消えたか、それを明かす鍵をにぎる淡井さんを、深川で捜せということですな。わかりませんな。何ゆえ深川なのですか」

半左衛門は、自信が漲るぱっちりと見開いた目に一瞬戸惑いを見せた。才槌頭の下の気むずかしそうな顔を、風に震える明かりとりへ向けた。そして、

「深川の永代寺門前仲町に、仲町一と評判の羽織芸者がおります。名は吉次。お二方は吉次の名をご存じですか」

と、さりげない言葉つきに変えて言った。

「ふむ。仲町の羽織の吉次ですか。名を聞いた覚えはありますな」

久米が即座《そくざ》にこたえた。

「仲町の吉次は、評判の羽織です。吉原のお職も、辰巳の吉次には敵わないと聞いています。もしや、吉次が淡井さんの馴染みだったのですか」

と、七蔵も続けた。

「たぶん、それはないと思われます。諸入用方の勘定衆の給金で、評判の吉次を馴染みにはできません。入用を着服していれば別ですが」

「では、淡井さんと吉次にどのようなかかり合いが、あるのですか」

「淡井順三郎ではなく、淡井の上役の御留守居役の佐河丈夫さまが、門前仲町の茶屋へしばしばあがり、吉次を指名しているのが江戸屋敷では評判なのです」

七蔵と久米は、また顔を見合わせた。

久米が唇をへの字に結び、「ふうむ」とうなった。

そういうことか。それで深川か。

七蔵は思った。

半左衛門は、淡井順三郎の失踪を調べるために出府したにもかかわらず、小石川御門外の上屋敷からこの向島の下屋敷に移り、町奉行所に隠密の調べを申し入れた。おぼろげながら筋が通った気がした。

しかしながら……

七蔵が再び問いかけた。

「贈答の入用が贈答には使われずどこかへ消えた疑いは、手の者が幕府御勘定所への調べにより探り出されたのですね」

「贈るほうと受けとるほう、双方の事情がありますゆえ」

「斗島さま、この調べはもはや、水戸家江戸屋敷にて落着するのではありませんか。それが落着すれば、淡井順三郎さんの姿を消した子細と行方も、おのずと明らかになるはずです。江戸の町方が隠密に手をかけずとも……」

「いや、われらが望むのは、諸入用方の淡井順三郎が何ゆえどこへ消えたか、それを明らかにすることのみなのです。もっと上のどなたかは、おそらく江戸屋敷の中でそれを落着させる手だてを望んでおられません。よって、内々の御沙汰が国元のわたしに、わざわざくだされたのです。徳川御三家の水戸家の体面を損なわぬよう、できるだけ家中にしこりを残さぬよう、江戸市中で起こったことは江戸市中のこととして、内々に処置せよと」

江戸のことは江戸で？　なるほど、そういうことか。

厄介《やっかい》な探索になりそうな予感がした。

「とは言え、調べにあたっては水戸家の名は出さざるを得ません。それはよろしいのですね」

「どうぞ」

「淡井順三郎さんの風貌、あるいは、見た目で本人とわかる徴《しるし》のような目だつものがあれば、お聞かせください」

「わたしも淡井順三郎がどのような男か、会った覚えがありません。歳はこの春三十五歳。中背《ちゅうぜい》の痩せた、生真面目《きまじめ》な勘定衆とのみ聞いたばかりにて。そうですな。唯一、左の頬骨のあたりに、子供のころに負《お》った一寸（約三センチ）足らずの疵が薄く残っているようです」

「左の頬に一寸足らずの薄い疵ですね。いいでしょう」

七蔵は言った。

「深川とひと言で申しましても、江戸屈指の繁華《はんか》な町地で、岡場所も多く、深川の門前仲町は、北の吉原の遊女に並ぶ、辰巳の羽織が評判の花町です。この樫太郎のほかにも、御用聞を使うことになります。わたしは掛取《かけとり》の七助《ななすけ》という者になりすまし、淡井さんの行方を追います。見知らぬ者が掛取の七助の使いで斗島さまをお訪ねする場合が、あるかもしれません。それもご承知願います」

「承知いたした」

半左衛門は不機嫌そうな顔つきに戻り、凝《じ》っと七蔵を見つめていた。

三

嘉助《かすけ》が竜閑橋《りゅうかんばし》を渡って鎌倉河岸《かまくらがし》の往来に出たころ、本石町《ほんごくちょう》の時《とき》の鐘《かね》が暮れ六ツ（午後六時）を報《しら》せた。

朝っぱらから吹きすさんでいた北風は、夕方には止んで、人通りのまばらになり始めた鎌倉河岸に、懈《け》だるい春めいた気配がたちこめていた。

西の空の果てには、夕焼けの帯がかかっている。

鎌倉河岸の往来から小路へひとつ折れ、《し乃《の》》と標《しる》した軒行灯《のきあんどん》をかけた小料理屋の前までくると、裾《すそ》をからげた老竹色《おいたけいろ》に滝縞《たきじま》の上着をなおした。

暖簾《のれん》を両手で軽くわけ、格子戸をくぐった。

折れ曲がりの土間の片側に、衝立《ついたて》でわけた小あがりの座敷が並び、座敷はすでに客で埋まって賑わっていた。

「嘉助親分、おいでなさいまし」

土間の先にも垂らした半暖簾をわけて、女将のお篠《しの》が白粉顔をのぞかせた。

「旦那は、お見えかい」

「はい。みなさんおそろいですよ」

お篠は、甘い声で艶やかな姿態《したい》をつくった。どうぞ、と中幅帯のだらり結びを見せて、先に立っていった。小あがり沿いと厨《くりや》のわきを抜け、間仕切した四畳半二つの座敷が続く奥へ通った。

「親分が、お見えです」

お篠が声をかけ、襖をそっと引いた四畳半の座敷に、久米信孝と萬七蔵、御用聞の樫太郎、三味線長唄師匠《ながうたししょう》の顔を持つ花房町《はなぶさちょう》のお甲《こう》がいた。

「親分、急に呼び出して済まないな」

七蔵が嘉助より先に声をかけた。

「いえ。樫太郎とお甲に任せて隠居のつもりが、旦那のお声がかからねえと、惚《ぼ》けてしまいそうで、どうもいけやせん」

嘉助は座敷にあがって、樫太郎とお甲に会釈を送った。それから、久米には丁寧な辞儀をした。

「久米さま、老いぼれがお世話になりやす」

「そうかい。こっちもね、親分の知恵と腕を借りにきたのさ。頼むよ」

久米が地黒の顔を、にやにやと皺《しわ》だらけにした。

「女将、いつものぬる燗《かん》だ。肴《さかな》は任せる。今夜は話が長引くかもしれんので、料理は四半刻《しはんとき》(三十分)ばかりしたら、勝手に出してくれ。それと、酒の肴に大根のおでんを忘れずにな」

承知いたしました、と女将が嫣然《えんぜん》として退っていくと、久米はにやにや顔を内与力の不敵《ふてき》な面《つら》がまえに戻した。

「七蔵組がそろったところで、萬《まん》さん、話を進めてくれるかい」

「ええ、では。親分、お甲、御三家の水戸家の目付から、昨日、北町のお奉行さまに内々に探索の申し入れがあった。去年の十二月五日のことだ。小石川御門外の水戸家上屋敷の勘定方の役人がひとり、姿を消した。役人は未《いま》だに行方がわからねえ。他国へ欠け落ちしたか、もしかしてもう死んでいるか、それも不明だ。姿を消した場所は、おそらく深川だ。深川にはもういねえかもしれねえが、行方を探る手がかりは残っていると思われる。その行方を探る。ただし、おれが掛を命じられたのは、これが隠密に探らなきゃあならねえ一件だからだ。江戸の町方が、行方知れずの役人の行方を探っていると、大っぴらにできねえ事情がある。殊《こと》に、水戸家の江戸屋敷にはな」

「ほう？　水戸家のお目付さまが、北町のお奉行さまに行方知れずの役人の探索を申し入れてきたんですね。なのに、水戸家の江戸屋敷には、江戸の町方が行方知れずの役人を捜していると、知られちゃあならねえんですか」

嘉助が不思議そうに言った。

「まあ、そうだ。水戸家では独自に事情を調べ、役人の行方を捜してはいるが、昨日、目付がお奉行さまに申し入れるまで、町奉行所に役人の探索願いを出していなかった。役人の姿を消した場所が深川らしいと、つかんでいたにもかかわらずだ。昨日、奉行所にきた目付も、供も連れず窃《ひそか》に、ただ、水戸家の重役の添状を持っていただけだ。つまり、水戸家の江戸屋敷でも目付が町方に探索を申し入れたことを知っているのは、目付当人と、ほかにどれだけいるか……」

「旦那、なんだかよくわからない話ですね。江戸屋敷でも役人の行方を捜しているのに、それとは別にということですか」

お甲が言った。

「お甲、じつはおれもこの探索の事情を、隅から隅まで知っているわけじゃねえんだ。今日、久米さんと樫太郎の三人で、水戸家の向島の下屋敷へ目付を訪ね、役人が行方知れずになった経緯《いきさつ》を聞かされた。だが、目付は水戸家の内情の奥の奥までは話さなかった。それは、徳川御三家の体面、あるいは家中にも大っぴらにはできねえ事情とかかわりがあって、何とぞ、そっから先はご推察《すいさつ》を、という応対だった。そうでしたね、久米さん」

「そうだ。つまり、町方は深川で姿を消した役人の行方を、隠密に探り出しさえすればいいのさ。口には出さなかったが、探り出したあとの処置は水戸家にて窃に執り行うゆえ、仮令《たとえ》どのような事情があったとしても、水戸家の内情のそっから先の詮索《せんさく》はお断りいたす、という姿勢だ。だいたいが、目付は国元からこの調べのためにわざわざ出府して、小石川御門外の上屋敷をすぐに出て、向島の下屋敷に移り、家中の者にも知られぬよう、ひとりであれこれ策を廻らしているらしいのだ」

「家中の者にも知られぬように、ですか。外から見えねえ妙なからくりが、水戸家の江戸屋敷にからんでいそうですね。そのからくりと消えた役人が、深川にかかり合いがあるんですね」

「そういうことなのだろう」

久米は首肯した。

「去年暮れの十二月五日、水戸家江戸屋敷詰《づめ》の淡井順三郎という勘定衆諸入用方が姿を消した……」

七蔵が事情を話し始めたとき、燗酒と肴の膳を給仕《きゆうじ》の女が運んできた。燗酒の芳香が鼻をくすぐり、おでんの大根が四畳半に甘い湯気を燻《くゆ》らせた。給仕の女は心得ていて、膳を並べてすぐに退っていった。

久米が熱いおでんの大根を頬張り、口をはふはふさせた。お甲も大根をひと切れ口に入れ、「美味しい」と呟き、大根を頬張った樫太郎は染みた煮汁を味わいつつ、お甲の呟きに、ですね、というふうに笑みをかえした。

嘉助はそんな三人を横目に見ながら、燗酒の杯《さかずき》をゆっくりと口に運んだ。

この春、六十一歳の嘉助は、日本橋北の本小田原町《ほんおだわらちょう》で髪結《かみゆい》《よし床《とこ》》を営《いとな》む亭主でもある。もう歳ですから、と白くなった髷を撫でて言いつつ、七蔵の声がかかると御用聞の血が騒ぎ、今なお御用聞の足が洗えない老親分である。

樫太郎は木挽町《こびきちょう》の文香堂《ぶんこうどう》という地本《じほん》問屋の倅だが、家業には身を入れず、十代の半ばから嘉助の下《した》っ引《ぴき》を始めた。嘉助が七蔵に口を利《き》いて、十七歳のときから七蔵の御用聞を勤めてきたこの若衆も、もう二十歳になった。

姐さん、と樫太郎が呼ぶお甲は、二十九歳である。

外神田《そとかんだ》花房町の矢兵衛店《やへえだな》で、三味線長唄の板札を軒下に吊るしている。

その三味線長唄師匠の表の顔の下にもうひとつ、七蔵の御用聞の顔を持って、はや四年の歳月が流れていた。

三味線長唄師匠の普段は艶っぽい装いだが、その宵のお甲は、萌黄がかった青《あお》苔《こけ》色の小袖《こそで》に地味な竹文《たけもん》の丸帯をきゅっと締めた目だたない扮装《ふんそう》に拵え、ただ、静かな顔だちに紅だけをさりげなく差している。

四畳半に面して、ほんの隙間ほどの鶯垣《うぐいすがき》を廻らした小庭が隣家との間にあって、引違いの明障子《あかりしょうじ》が閉ててある。

ついさっきまでは、暮れなずんでいた宵の明かりが、明障子にまだかすかな赤みを映していた。

しかし、赤みはとうに消え、行灯の明かりが明障子を白く照らしている。表戸のほうに客の出入りがあるたびに、女将の甘いにこやかな声や客の笑い声が、途ぎれ途ぎれに聞こえてくる。

「門前仲町の羽織の吉次と言やあ、今、深川一の売れっ子ですね」

そのとき、嘉助がぼそりと言った。

「親分も知ってるのかい。よっぽどいい女なんだろうな。吉原のお職も、辰巳の吉次には敵わねえと、以前、そんな評判を聞いただけで、見たことはねえが。お甲はどうだい」

「あたしも、見たことはありませんが、辰巳の吉次の名は知っています。うろ覚えですけれど、辰巳の吉次には確か姉がひとりいて、深川では評判の美人姉妹という噂を聞いたような」

「そうか。評判の美人姉妹と噂になった姉がいたのか。器量よしの姉の評判を聞かねえってことは、姉のほうは羽織にはならなかったんだな」

「吉次に姉がいたというだけで、それはどうか、知りません」

「萬さん、吉次に会って、淡井順三郎の行方を探るか」

と、久米が口を挟んだ。

「淡井順三郎が深川で姿を消したのは、羽織の吉次が仲町にいたからじゃありませんかね。わたしにはそう思えてならねえんです。吉次の話を聞けば、何か手がかりがつかめそうな気がするんですよ」

「そうだ。わたしもそう思う。斗島が深川に間違いないと確信しているのも、口には出さないが、われらと同じだからだ」

「親分、お甲、樫太郎、おれは霊岸島《れいがんじま》の掛取《かけとり》の七助になる。水戸家の江戸屋敷詰の淡井順三郎は、町家の銭屋や金貸に借金を負っていて、借金の返済を始終迫られていた。それが去年、淡井は借金をかえさぬまま国元の水戸へ戻り、当分出府する予定はない事態になって、借金は踏み倒されたも同然になった。ところが、国元へ戻ったはずの淡井順三郎の姿が、深川の岡場所や盛り場で遊んでいるのが見かけられ、同様の差口《さしくち》もあって、どうやら淡井が国元へ戻った話は、借金返済から逃れる方便とわかった。そこで霊岸島の掛取の七助が雇われ、淡井が馴染みにしている深川の遊里や盛り場を聞き廻っている、ということにする。七助と使用人の樫太郎の訊きこみは、まずは、羽織の吉次からだ」

七蔵は続けた。

「そこで親分には、一ノ鳥居の南側、蜆川周辺の蛤町《はまぐりちよう》、黒江町《くろえちよう》、それから大島川の南の新地《しんち》あたりまでの岡場所と賭場《とば》を廻って、淡井の行方の手がかりを探ってくれ。御用じゃねえふうに拵えてもらわなきゃならねえ。いいかい」

「そりゃあもう……」

嘉助は手にした杯を宙に止め、物思わしげな素《そ》ぶりを見せた。

「旦那、あたしは何をしますか」

と、お甲が言った。

「お甲には、ちょっとむずかしい調べをやってもらう。小石川御門外の水戸家江戸屋敷で、留守居役の佐河丈夫の評判というか、どういう人物か、どういう性根で、金銭欲や物欲が深いかどうか、上にはどんな顔をし、下にはどういうふる舞いをするのか、そいつを探るんだ。血筋家柄やら役目に忠実な能吏だとかどうとか、そんな表向きはどうでもいい」

「淡井順三郎の上役の、佐河丈夫を調べるんですね」

「そうだ。佐河は仲町の茶屋へしばしばあがり、吉次を指名している。それが、ただの客と馴染みの羽織の間柄なのか、あるいは、客と馴染み以上の間柄なのか、できればわかるとありがたい。町方の調べと、気づかれねえようにな」

「承知しました」

萬さん、と久米が口を挟んだ。

「仲町の吉次が佐河の馴染みだと、江戸屋敷では評判だった。斗島半左衛門は、それを知り、淡井の消えた場所が深川に間違いないと確信した。だが、われら町方にほのめかしただけでそれ以上を言わなかったのは、家中の事情には立ち入ってくれるなと言いたいのだろう。そっから先はご推察を、じゃなかったのかい。きっと斗島は、余計な詮索だと思うだろうね」

「そうは言っても、斗島さまは町方が水戸家の内情を詮索するのは、わかっていると思います。斗島さまの手の者の調べで、御勘定所贈答のかなりの入用が贈答には使われず、どこかに消えている疑いが判明した。消えた入用は、着服した者の懐に消えたと考えるのは、子供でもわかる理屈です。着服があったとしたら、入用管理を一任されていた淡井順三郎が一枚噛んでいるのは、間違いねえでしょう。しかしながら、斗島さまに届いた書状では、入用の帳簿や書付などに疎漏なところは見つからなかった。本途に見つからなかったんですかね。着服があったかなかったか、それを知っているに違いねえ淡井は、深川で行方知れずになった。おそらく、淡井がいなくなって都合のいい事情が、誰かにあるんですよ。諸入用方の給金で、評判の吉次を馴染みにはできない。入用を着服していれば別だと、斗島さまは言ってましたね。けれど、吉次を馴染みにしているのは上役の佐河ですよ。事は子供にわかるほど単純でも、根はずい分深くて、そいつを明かす証拠を掘り出すのは簡単じゃねえ。だとしても、掘り出さなきゃあ、町方の面目が施《ほどこ》せないじゃありませんか。上役の佐河が配下の淡井順三郎をどのように使っていたか、そいつを探るのはこの一件の肝《きも》ですよ」

「ふむ、そうだ。その通りだ」

すると、嘉助が杯の酒をひと息にあおり、ことん、と杯を膳に戻して言った。

「旦那、あっしは別のところから探っていったほうがいいんじゃねえかと、今の話をうかがって思うんですがね」

「別のところから？　どういうことだい」

「いえね。淡井順三郎が去年の十二月五日に行方を消して、もう年が明けて二月の中旬です。どっかに生きて身を隠しているのか、とっくに江戸を離れているのか、もしかしてもう仏さんになっているのか、そいつはわからねえ。あっしの経験と勘じゃあ、こういうとき、尋ね人は大抵《たいてい》、仏さんになっておりやす。まことに気の毒ですが、淡井順三郎はもう亡くなっている公算《こうさん》は大きい」

「わたしもそう思うよ。淡井順三郎はもう亡くなっていると思う」

久米が神妙《しんみょう》に言った。

「この江戸じゃあ、身元の知れねえ仏さんが、毎日のように出ておりやす。亡骸《なきがら》を引きとる身内がいる仏さんは、まだいいほうで。町内に身元の知れねえ仏さんが出て、町役人《ちょうやくにん》が亡骸を始末するときは、深川あたりじゃあ、築出新地や石置《いしおき》場《ば》の人足《にんそく》らに手を借りなきゃならねえ。ということは、そこらの人足にあたっていけば、去年暮れの十二月の初めごろ、身元の知れねえお侍の亡骸を実際に始末した人足が見つかるかもしれません。その中に、左の頬に一寸足らずの古疵のあるお侍の亡骸があったとしたら、その亡骸がなぜ仏さんになったのか、不慮の災難だったのか、急な病いだったのか、それとも殺されたとか、知っているやつがいるんじゃありませんかね」

「亡骸が語るか……」

「へい。仏さんは嘘をつきやせん。それと、あっしはこの通り、長いこと町方の御用を勤めて面が割れておりやす。あっしが淡井順三郎の行方を追えば、町方が探っていると、水戸家に知れてしまう恐れがありやす。なら、御番所《ごばんしょ》にお尋ね願いが出されている数々の家出人を、身元不明の仏さんの中に捜していることにしちまえば、大っぴらに調べてもばれる心配はねえし」

「なるほど。それがいい」

久米が同調した。

「わかった。親分にはそっちを頼むぜ。おれから親分とお甲に知らせることがあったときは、樫太郎をいかせる。そっちも、わかったことを樫太郎に伝えてくれ」

と、七蔵は言った。

すると、嘉助は「それと、旦那、もうひとつ」となおも言った。

「門前仲町に、あっしの知り合いがおりやす。旦那の御用聞を勤めるずっと前の、あっしが四十二、三のころに知り合った男で、名前は博龍《はくりゅう》。仲町の岩本という子供屋の亭主です。歳はあっしより六つ上の、今は六十七歳の爺さんです。御用の筋で深川へいった折り、たまたま話をする機会がありましてね。さっぱりした気持ちのいい心だてで、妙に気が合って、互いの身の上話なんぞを気軽に話し合う間柄になりました。岩本の亭主に納まる前は、軍書読《ぐんしょよ》みの浪人《ろうにん》でした」

「軍書読みの浪人が、子供屋の亭主に納まったんだな」

「岩本の家付き娘に惚れられて、亭主に納まったんです。知り合ったときはすでに五十近い歳でしたが、それでもすっとした立ち姿のいい男でしたから、若いころはさぞかし持てたでしょうね。江戸で軍書読みをする前は、信濃《しなの》の侍だったのが、わけありで国を捨て江戸へ出てきたそうです。国のことは聞いてくれるな、ただ恥さらしの日々だった、刀はとうに捨てたと、酒を呑んだ折りに自分を笑って言っておりやした」

「元は、信濃の侍か」

「岩本の営みは、女房で芸者の鶴次に任せておりやすが、身売りをした抱えの子供らに、親身になっていろいろ相談に乗ってやるので、情のある亭主、と仲町の茶屋でも博龍の評判は知られておりやす。本小田原町の髪結の嘉助から聞いたと言えば、博龍からいろんな話が聞けると思いやす。仲町の大抵の事情に通じておりやすし、たぶん、博龍を介してなら、吉次は気を許して水戸家の佐河丈夫のことや、もしかしたら、淡井順三郎の身の上についても、案外な手がかりが聞けるかもしれませんよ」

「そうかい。そういう知り合いがいるとありがたい。だが、おれは掛取の七助を装うつもりだから、親分の気心の合う仲間に、親分の名を借りて偽《いつわ》りを言うことになるんだぜ。いいのかい」

「いいんですよ。あとでわけを話せば、了見《りようけん》してくれます。博龍に会えばわかります。あっしは、旦那と博龍は気が合うと思いやすぜ」

嘉助が言ったとき、

「はい。お料理の支度が整いました。お膳を換《か》えますね」

と、襖の外にお篠の甘い声が聞こえた。

座敷の襖が引かれ、お篠と給仕の女が料理の膳と湯気ののぼる新しい徳利《とつくり》を運んできた。旨《うま》そうな香りと店の賑わいが、四畳半に流れた。

四

永代橋の天辺《てつぺん》から、永代寺門前仲町の火の見櫓が見える。

火の見櫓は、深川の家並みよりはるかに高く、ぼんやり霞んだ春の空を差して天道の光を浴びていた。

昨日は、朝から昼を廻るまで冷たい北風が吹きつけたが、今日は打って変わってのどかに春めいた天気になった。

その日の七蔵は、五尺八寸の痩身によろけ縞を着流し、黒褐色《こつかつしよく》の無地の角帯をゆったりと締め、白足袋に麻裏つきの草履《ぞうり》。羽織は着けず、編笠《あみがさ》を目深《まぶか》にかぶった、お店者《たなもの》にも表店の商人にも見えない、古物商《こぶつしょう》の客にいそうな好き者《すしゃ》ふうの扮装に換えていた。

従う樫太郎は、明るい縹色の着流しを尻端折りにして、黒股引と黒足袋草履に菅笠をかぶった、こちらは昨日と同じ拵えである。

腕には風呂敷包みの、佐原屋の永代団子《だんご》の菓子折りを抱えている。

永代橋を渡り、佐賀町《さがちょう》、相川町《あいかわちょう》、富吉町《とみよしちょう》、黒江町を抜け、一ノ鳥居をくぐった門前仲町の、参詣客の行き交う馬場通りをとった。

賑やかな馬場通りの北側、山本町《やまもとちょう》をすぎてほどなく、南側に格子戸を両開きに開いた茶屋の梅本がある。

その梅本の北向かい、天水桶のわきから木戸を北へ折れ、七蔵と樫太郎は、裏店が並ぶ路地のどぶ板を踏んだ。

南北と東西に交《まじ》わる、どこも同じ道幅の路地の二筋目を西へとった。

その男は、角から三軒目の引違いの格子戸わきに、栗皮色の着流しの背中を丸めてしゃがんでいた。

男は、軒庇の陰の板壁沿いに並んだ素焼きの小鉢に植《う》えた、まだ花のない新しい葉柄《ようへい》に、小さな柄杓《ひしやく》で水をそろそろとかけていた。

柄杓で小盥《こだらい》の水を掬《すく》い、小鉢へそっとかけるたび、透きとおった水の糸がひと筋垂れ、小鉢の葉身が小躍りするように震えていた。

柄杓をとる男の手や、着流しの裾をたくしあげて見える臑《すね》や草履をつっかけた素足は、肌が透けて見えそうなほど痩せていた。薄くなった白い束髪《そくはつ》に飾りのような小さな髷を結い、角頭巾を載せていた。

店の板壁にたてかけた樫の杖は、男のものと思われた。

馬場通りの賑わいは路地まで届かず、うららかな静寂《せいじやく》が流れていた。子供屋の多い界隈のどこかの店で、三味線を復習《さら》う音色がほのかに聞こえてくる。

どの二階の出格子の狭い物干し台にも、帷子《かたびら》や襦袢、浴衣《ゆかた》などの洗濯物が干してあり、洗濯物が並ぶ物干し台の彼方に、西の空の火の見櫓が見えた。

「春を待つ青い葉が、心地よさそうに躍っておりやすね。それは、金盞花《きんせんか》でございやすか」

七蔵は男の丸い背に声をかけた。

男は顔だけをひねり、上目遣いに七蔵を見あげた。

白く垂れた細い眉毛の下のきれ長な穏やかな目が、七蔵から樫太郎へ向いて、薄く頬笑んだ。

「葉を見て、金盞花とわかるのかい。昨日、花売りが通ったんでね。早いのだと、今月から来月あたりに赤い花を咲かせやすと言うので、ひと鉢、買ったのさ」

「さぞかし、鮮《あざ》やかな赤い花が咲くでしょう」

「だといいね」

男はまた柄杓に水を掬った。

「旦那さん。ちょいとお訊ねいたしやす」

「何を、お訊ねで」

男は背を見せたまま葉に水をやりながら、案外に張りのある声で訊いた。

「へい。ご町内で子供屋を営んでおられる岩本さんのお店を、訊ねておりやす。確かこの路地と、聞いてめえりやした……」

「そうかい。おめえさんたち、岩本を訪ねてきなすったのかい」

男は柄杓を小盥に残し、曲がった腰を擦りさすりしながら立ちあがった。板壁にたてかけた杖をつかみ、ようやく、という身ぶりで腰を伸ばすと、五尺八寸の七蔵と殆《ほとん》ど変わらない痩身をひねった。

「岩本はうちだ。岩本の誰に用だね」

「やはり、さようでございやしたか。お姿を拝見したとき、こちらじゃねえかなと思っておりやした。では、旦那さんは、ご亭主の博龍さんでございやすか」

「おれが博龍さ。おめえさんらは」

博龍は老いて痩せてはいても、骨格に悍《たくま》しさがまだ感じられた。

七蔵と樫太郎は頭《こうべ》を垂れた。

「お初にお目にかかりやす。あっしは七助と申しやす。住まいは霊岸島町の銀四郎店《ろうだな》でございやす。あっしの生業《なりわい》は、一種の金融業《きんゆうぎよう》と申しやすか、霊岸島、八丁堀、日本橋から神田界隈の、日ごろ、様々なご商売を営んでいらっしゃいやすお客さん方より依頼を請《う》け、掛取、つまり掛売の代金のとりたて屋でございやす。こっちはうちの若い者で、良太郎《よしたろう》でございやす」

「良太郎と申しやす」

樫太郎が、また丁寧な辞儀をして名乗った。

「掛売の代金のとりたてで、うちの子供に用かい」

「いえ。岩本のご亭主の博龍さんをお訪ねいたしやした」

「おやおや、おれに掛売の代金が残っているってかい。そんな覚えはねえぜ。それとも、女房にとりたてかい」

「そうじゃございやせん。本小田原町の《よし床》の嘉助さんに、博龍さんのお人柄をうかがったんでございやす。その折り、仲町のことなら博龍さんが大抵のことは知ってるよ、と嘉助さんからお聞きしたもんで、不仕付《ぶしつ》けを顧《かえり》みず、お訪ねいたした次第でございやす」

「七助さんは嘉助の知り合いかい。嘉助とはしばらく会ってねえ。あの男ももう爺さんだが、変わらずにやっているかい」

「へい。嘉助さんは六十一歳になられて、数年前にご養子さんによし床を継がせて隠居をなさったものの、身についた職人気質《かたぎ》が隠居暮らしをさせてくれねえと見え、昔と変わらず、腕のたつ髪結の親方をなさっておられやす」

「嘉助らしいや。けど、お互いこの歳になって変わらねえのは何よりさ。そうかい、嘉助から聞いてきたのかい。なら、掛取なんぞに用はねえと無下《むげ》に追いかえすわけにはいかねえな。どういう用件か知らねえが、まあ、入んな」

博龍が小盥の水をどぶ板に流し、格子戸へ身をかえしたとき、島田の年増が路地を通りかかって、

「旦那さん、こんちは」

と、声をかけていった。

「やあ、お出かけかい。今日はいい日和《ひより》だね」

博龍は年増をにこやかに見送り、表の格子戸を引いた。

「生憎《あいにく》、女房も子供らも習事の稽古やらお使い物を届ける用やらが重なって、おれひとりが留守番なんだ。なんのおかまいもできねえが、あがってゆっくりしていってくれ」

博龍は、寄付きの土間から勝手へ通った。

流し場に小盥と柄杓をおき、台所の板間へあがった。台所の板間と長火鉢のある内証の奥の四畳半へ、七蔵と樫太郎を案内した。

「楽にしてくれ。茶の支度をするから」

と内証に戻り、長火鉢にかけた鉄瓶の白湯《さゆ》で茶の支度を始めた。

腰付障子を引き開けた四畳半は、濡縁ごしに建仁寺垣を廻らした小庭に面していた。熊笹と小さな石燈籠と、濡縁のそばの手水に、子供屋の粋な趣《おもむき》があった。

隣家の屋根の向こうに春霞の空が遠く望め、その空に、かすかな三味線の音と富本らしき節が流れ、まだそれほど忙《せわ》しさのない、昼間の花町の気配がそこはかとなく漂っていた。

博龍は、三つの蓋付《ふたつき》の茶碗を載せた盆を片手に持ち、片手に杖を提げていた。

盆をおき、杖を傍らに寝かせて、茶托《ちゃたく》の碗をそれぞれの前へ並べた。

「この歳で、立ったり坐ったりに杖が手放せなくてね。ま、茶でも飲みながら」

「掛取風情に、畏れ入りやす」

「掛取風情などと、引け目を感じることはないよ。掛取も人の生業だ。七助さんがやらなくても、誰かがやるのだから。こっちは子供屋の亭主だ。他人の生業をとやかく言っても、自分に跳《は》ねかえってくるだけさ」

博龍は十分に白い歯を見せて頬笑んだ。

七蔵は、風呂敷包みを解いた佐原屋の菓子折りを差し出した。

「こりゃあ、評判の佐原屋の永代団子だね。佐原屋の永代団子は、うちの子供らにも人気なんだ。お気遣い、痛み入るよ。遠慮なく」

「嘉助さんが、博龍さんに、ずい分とご無沙汰をして済まない、よろしく伝えてくれと、仰《おつしや》っておられやした」

「ご無沙汰はこっちも同じさ。嘉助はまだ還暦を迎えたばかりだが、おれは古希《こき》に近い六十七さ。このごろは自分の後始末の支度にかまけて、空《むな》しく一日一日が明け暮れていくばかりだ。それに、嘉助は今でも町方の御用聞を勤め、廻り方も一目おく腕利《うでき》きの親分だ。おれみてえな、暇な年寄の相手をしていられねえのは無理ねえ。七助さん、嘉助が萬七蔵とかいう北町の隠密廻りの御用聞を勤めているのは、聞いていなさるだろう」

「へい。隠密廻りの萬七蔵かどうかは、嘉助さんは御用聞のほうは滅多に話されませんので存じませんが、無闇《むやみ》な掛取をして、お上《かみ》の御用になるんじゃねえぞとは、希《まれ》に言われやす」

「お上の御用になるほどの、無闇な掛取をするのかい」

「しない、とは申しやせん。約束の期限通りに、掛売の代金を払わない方もおられますのでね。ですが、大抵の掛取がとりたてる相手は、あっしら掛取のお客さんのお客さんですよ。お上の御用になるほどの無闇なとりたてができないから、あっしら掛取に仕事が廻ってくるんです。お客さんのお客さんに無闇なとりたてをする掛取に、掛取は務まりません」

「はは、そりゃもっともだ」

博龍の、大らかな笑顔が人懐《ひとなつ》っこく七蔵と樫太郎へ向けられた。

「で、七助さん、用件を言ってごらんよ。何が訊きたいんだい」

「へい。お訊ねしてえのは、あるお侍さんのことでございやす。この方にはほとほと手を焼かされておりやして、だいぶ以前から捜しておりやすが、どうも埒が明きません」

と、七蔵はさりげなく眉をひそめてきり出した。

「仲町にかかり合いのある、お侍さんなのかい」

「仲町っていうか、深川にかかり合いのありそうなお侍さんで」

「深川と、ひと口に言っても広いからね。仲町なら、少しはわかるが。どこのお侍さんだい。名前は？」

「御三家の水戸家のお侍さんです。名前は淡井順三郎。勘定衆の諸入用方で、江戸詰が三年になる方でございやす」

「水戸家の淡井順三郎か。聞いたことはねえな。その淡井順三郎に、掛取の用があるんだな」

「あっしが、掛取に雇われたんでございやす。去年の十二月でございやす」

「まずは、水戸家の江戸屋敷へ訪ねたんだろう」

「へい、それが……」

と、七蔵は事情を語って聞かせた。

「それで仲町に限らず、深川で見かけた噂やら差口を元に彼方此方《あちこち》探って、かれこれ二月《ふたつき》になりやす。ところが、まったく尻尾《しっぽ》がつかめやせんし、水戸家の江戸屋敷にもう一度訪ねやしても、同じ応対で門前払いを喰《くら》わされるばかりで、話になりません」

かすかな三味線の音《ね》と富本らしき節《ふし》が流れ、博龍は凝っと聞き入った風情を見せていたのを、さりげなく改めるように言った。

「淡井順三郎が、掛売の代金を済まさないまま、深川の盛り場でこっそり遊んでいるのなら、そりゃあよくないね。しかし、七助さん、それだとおれに訊かれても同じだよ。おれは子供屋の亭主だから、淡井順三郎の馴染みの芸者が仲町にいるとでもいうなら、多少は七助さんの役にたてるかもしれないがね」

「博龍さん、ご相談にあがりやしたのは、その芸者のことなんでございやす」

うん？　と博龍は首をかしげた。

「門前仲町に、今、深川全盛の芸者がいると、聞こえておりやす。名は吉次。辰巳の吉次と言えば、うっとりするほどの器量よしに、親譲りとかの浄瑠璃《じようるり》三絃《さんげん》の芸が達者で、座敷のとり廻し、盃《さかずき》の所体《しよてい》もほかの芸者と違い、昼夜万客の指名がかかって寸暇《すんか》なしと」

「辰巳の吉次は、この地に並ぶ者のない羽織さ。吉原のお職も敵わねえ」

「その吉次さんに、少々お訊ねしてえことがあるんでございやす。博龍さんに吉次さんへ、口を利いていただけやせんか。ほんのちょっとの間でいいんです。むろん、中に立っていただいたお礼はいたしやす」

七蔵は身を乗り出して言った。

「まさか、淡井順三郎が吉次を指名したことがあるのかい。お訊ねとは、そういうことかい」

「そうじゃありやせん。勘定衆の諸入用方の給金で、全盛の吉次を指名するのは無理ですよ。淡井順三郎は、掛金の払いさえ滞《とどこお》っているんですから。あっしが言うまでもありやせんが、博龍さんは同じ水戸家の江戸御留守居役の佐河丈夫さまが、吉次にぞっこんなのは、ご存じでございましょう。佐河丈夫さまが、仲町全盛の吉次に入れ揚げていると、水戸家の江戸屋敷でも、窃《ひそか》な噂になっているそうでございやす」

「水戸家の佐河丈夫さまの指名は、吉次によくかかると聞いているがね」

「これも博龍さんならご存じでしょうが、御留守居役はお城付《しろつき》とも言われ、諸大名のお歴々《れきれき》とのおつき合いは言うにおよばず、何よりも御公儀《ごこうぎ》のご重役方、三奉行さま初め諸奉行さまとの交際やご贈答は欠かせません。遅耳になって御留守居役を縮尻《しくじ》っては、お役を解《と》かれかねねえ。魚心《うおごころ》あれば水心《みずごころ》、融通無碍《ゆうずうむげ》でございますので。当然、御留守居役の交際にかかる、相当の入用を管理する下役《したやく》がおりやす。淡井順三郎がその入用管理を任されているんでございやす。つまり、水戸家勘定衆諸入用方の淡井順三郎は、江戸御留守居役の佐河丈夫さまの下役なんでございます」

博龍の人懐っこいにこやかさが消え、真顔になった。

「入用管理を任されているぐらいですから、淡井順三郎も佐河さまのお供で仲町の茶屋にあがり、酒宴の座敷に同座していたはずです。必ずではねえとしても、供侍《ともざむらい》の中にしばしば見受けられたに違いねえんです。だとすれば、淡井順三郎が次にいつ佐河さまのお供で仲町の茶屋にあがるか、ひょっとしたら、淡井順三郎自身にも、深川のどこかの遊び場にいきつけがあるとかないとか、馴染みがいるとかいないとか、吉次ならそんな噂話のひとつやふたつ、知っているんじゃねえかと思うんです。博龍さん、吉次からそこら辺の話が聞けるように、お口添え願えませんか」

「そうかい。佐河丈夫さまの供侍の中に、七助さんのとりたてから逃げ廻っている淡井順三郎がいるのかい」

そのとき、店の表戸が引かれ、女たちの華やいだ声や寄付きにあがる賑わいが居間に届いた。

「稽古から戻ってきたようだ」

博龍は、居間から間仕切を引いたままの内証へ顔を向けた。

内証の次が台所の板間で、その次に表戸を入ってすぐの寄付きがある。

台所の板間を踏んで内証の葭戸《よしど》が引かれ、三人の薄化粧の女たちが代わる代わる手をつき、「旦那さん、ただ今」と、内証ごしの居間の博龍へしっとりとした辞儀を寄こした。

女たちの島田の髷が黒々と耀《かがや》き、花町の甘美な情感が居間に流れてきた。

「うん、戻ったかい」

博龍が穏やかな声をかけた。そして、

「吉次、おまえにお客さんだ。ちょっとこっちへおいで」

と言った。

「はい……」

吉次と呼ばれた女が匂いたつような風情で立ち、内証と居間の敷居の手前にきて着座した。七蔵らのほうへ手をついて、

「吉次と申します」

と、喉の白い肌をかすかに震わせ可憐な声を寄こした。

吉次の着物の白茶の地に草色の柳葉《やなぎば》模様と、うっすらと結んだ口元の紅色が艶やかに映えていた。

「いいから、こっちへおいで」

博龍が手招きし、吉次が居間へ入る姿から七蔵は目を離さなかった。

ああ、と樫太郎は、うっとりとした声をもらした。

五

「旦那、本途に綺麗でしたね。あれじゃあ、辰巳一と評判になるはずですよ。驚きました。なんだか、博龍さんに一杯食わされたって感じで、あっしは今でも胸がどきどき鳴って、収まりません」

七蔵の背中で、樫太郎が言った。

「ああ、博龍さんに一杯食わされたな。おれも同じだよ。吉次の話を夢心地で聞いた気分さ」

「おれたちが啞然《あぜん》としたんで、博龍は笑ってた。

七蔵と樫太郎は、声をそろえて笑った。

七蔵と樫太郎は、岩本の店を出て、賑やかな馬場通りを一ノ鳥居のほうへ向かっていた。門前仲町の火の見櫓が、午後の青白い空にかかっている。

樫太郎がまた言った。

「だけど、吉次が淡井順三郎を知らなかったってえことは、御留守居役は、下役の淡井順三郎を仲町の茶屋へ連れてこなかったんですね。どうせ芸者を揚げて酒宴を開くんだから、たまには淡井順三郎を供に従えて、酒ぐらい呑ませてやればいいのに」

「供侍は、供の勤めを縮尻らぬよう、上役や主《あるじ》が呑んで戯れようとも、自分はそういうわけにはいかないのさ」

「だったら、水戸家の何役かはわからないけど、吉次の言った井筒重造《いづつじゅうぞう》とか川中左助《かわなかさすけ》とかが、御留守居役の供をして、御留守居役の陣笠連みてえに呑んで戯れているのは、片落ちじゃありませんか。それに、尾上天海《おのえてんかい》とかいう浪人者だって、しばしば御留守居役の供をしているわけでしょう。淡井順三郎は御留守居役の供を、どうして申しつけられなかったんでしょうね」

「なぜかな。斗島さんの調べたところでは、淡井順三郎は生真面目な役人だったらしいから、もしかして、御留守居役が仲町の茶屋遊びに淡井の管理している入用を使っていたら、淡井は異を唱えて、供どころではなかったかもな」

「ああ、そうか。そうですよね。だから斗島さんは、淡井順三郎の行方知れずは深川にかかり合いがありそうに……」

「樫太郎、もしかして、さ。早合点《はやがてん》は禁物だ」

「旦那、吉次からは、淡井順三郎が深川で行方知れずになった手がかりになりそうな話は、何も聞けませんでしたね。あっしは、さっき吉次を見たとき、何かありそうだと、ぴんときたんですがねえ」

樫太郎が残念そうに言った。

「そうでもねえぜ。吉次の話に手がかりはあったさ。御留守居役の供侍の井筒重造と川中左助の話は、一度訊いてみなきゃあな。二人はたぶん、淡井順三郎と同じ御留守居役配下の傍輩《ほうばい》だろう。淡井の行方知れずにかかわる、表沙汰にしてはならねえ事情を、何か聞けるかもしれねえだろう」

「ああ、そうか。斗島さんが言ってた、贈答には使われていないかもしれない入用の使い道とかですね」

「そういうことも含めてだ。それに、尾上天海という浪人者も、気にかかる。御留守居役とどういうかかり合いだ。井筒と川中の供がいるのだから、茶屋遊びの警護役に雇われた侍とは思えねえ」

「尾上天海は去年の十二月ごろから、御留守居役の供をして、茶屋によく見えるようになったお侍さんだって、吉次は言ってましたね。御留守居役と気安く言葉を交わしているので、吉次は初め、水戸家の偉いお侍さんだろうと思っていたんですよね。でも、あとになって高砂町《たかさごちょう》の浪人とわかってきたって」

「去年の十二月ごろなら、淡井順三郎が行方知れずになったのも、その月の初めだ。ただの推量だが、淡井順三郎と尾上天海になんらかのかかり合いがあったとしても、おかしくはねえ」

「小石川御門外の水戸家の上屋敷にも、尾上天海は御留守居役を訪ねているかもしれませんね」

「それもあるかもな。掛取に無駄足はつき物だ。ひとつ、尾上天海にあたってみるか」

七蔵は後ろの樫太郎へ首をひねり、笑いかけた。

二人は一ノ鳥居をくぐり、黒江町の往来をとっていた。

「旦那さん、吉次です。ちょいとお話を聞いてもらって、かまいませんか」

掛取の七助と良太郎の二人連れが引きあげ、それを機に二階へあがっていた吉次が、ほどもなく階下へおりてきて、間仕切の葭戸ごしに言った。

「いいよ。入んな」

博龍は内証の長火鉢の座につき、煙管を手にしたところだった。

吉次は葭戸をそっと引いて内証の畳を撓《たわ》ませ、そして、そっと閉じた。

白茶の地に草色の柳葉模様の裾から、白い素足がのぞいていた。

物思わしげな表情を伏せ気味に、長火鉢から一間（約一・八メートル）余を空け端座《たんざ》し、やおら顔をあげ、陰のある頬笑みを博龍に寄こした。

「旦那さん、お茶を淹れましょうか」

吉次が陰を隠すかのように言った。

「おれはいいよ。おまえが飲みたきゃ、勝手におやり」

吉次は、いえ、と膝においた手の甲に手を重ね、強く擦《こす》った。

博龍は、煙管の火皿を長火鉢の炭火にあて、薄い煙を吹いて一服した。長火鉢の縁に雁首《がんくび》を、こん、とあてて吸殻《すいがら》を落とし、すぐに新しい刻《きざ》みをつめて火をつけ、また薄い煙を、ふう、と吹いた。

吉次は言いにくそうに、真っ白な手の甲を手で赤くなるまで擦った。博龍は煙

管の吸殻を落とし、

「なんだい。いい話かい。それともよくない話かい」

と、老いの皺で笑みを刻み、誘いかけてやった。

「旦那さんがどう思うか、お聞きしたいんです」

吉次の広い額のなめらかな肌に、小庭のほうより射す午後の明るみが、白く映えていた。

「いいかよくないか、思うのは吉次なのに、おれが聞いてもいいのかい」

「旦那さんがいいと思うなら、あっしもいいと思うんです。旦那さんがよくないと思うなら、あっしもよくないって……」

吉次は、はっきりとは最後まで言わなかった。

博龍は、三服目の煙を吹いて煙管をおいた。

「なんだか、むずかしそうだね。水戸家の佐河さまのことかい」

「わかりますか」

「そうじゃねえかなと、思ったのさ。おめえと佐河さまのことは、鶴次ともよく話すんだ。吉次はどういうつもりなんだろうねってさ。さっき、掛取の七助に訊かれるまま、おめえが佐河さまのお座敷の様子をさらりと話すから、そうなのかと、わかった気がした」

「そうなのかって、どうわかったんですか」

「佐河さまは、三日にあげず尾花屋にあがっておめえを指名し、仲町の吉次は水戸家御留守居役のお妾《めかけ》さま同様、と言われるほどのありがてえご贔屓《ひいき》だ。仲町の羽織となったからには、辰巳一の売れっ子になって、見番の板頭を張るのは自慢だぜ。お陰で子供屋の岩本も儲かるって寸法さ。そんな大事なご贔屓の佐河さまの身の廻りを、おめえがまるで世間の噂話か他人事《ひとごと》のように、すらすらと七助に話して聞かせるのが、意外だったのさ」

「だってそれは、七助さんが旦那さんの古い馴染みの、嘉助さんという髪結さんのお口利きがあって見えたんですもの、ちゃんとおこたえしなくちゃって、思ったんですよ。相手が掛取だって、旦那さんの馴染みの口利きで訪ねてきた方を、おろそかにはできないじゃありませんか」

「はは。そいつは気を遣わせたた。痛み入るよ。たださ、吉次にとっては、水戸家御留守居役の佐河さまも、惚れました、でつとめるお客のひとりなのかって、さっき思ったよ。あの七助め、おめえが隠さずに全部話すもんだから、佐河さまのお座敷の様子ばかりか、供侍のことまでいやに根掘り葉掘り訊いてたな」

「お訊ねの淡井順三郎さんのことは、お見かけした覚えがありませんので、役にたてなかったけれど……」

吉次は言いかけて、物憂げに言葉をきった。

その沈黙をそっと退《しりぞ》けるように、博龍は訊いた。

「佐河さまが、どうかしたかい」

「今日、お師匠さんの午吉《うまきち》さんの店に、尾花屋の女将さんがきたんです」

「ほう。踊りのお師匠さんの店に、尾花屋の女将さんがきた。するってえと、おめえに用があったんだな」

「稽古が終って帰りしな、女将さんに稽古場の隅へ呼ばれて聞かれたんです。後日、たぶんうちの亭主が間に立って、岩本のほうへはちゃんとした申し入れをすることになるけれど、佐河さまはあっしを落籍《ひか》せて、湯島か下谷《したや》あたりに一軒持たせて世話をしたいとお考えになっていて、だから、あっしの気持ちを確かめておきたいと仰っているんだけれど、どうなんだいって」

「なるほど。とうとうきたかい。おめえは、女将さんにどう言ったんだい」

「そういうことは、岩本の旦那さんにお任せしていますって、言いました。そしたら、女将さんが言ったんです。羽織なんだからそれはそうだけれど、佐河さまは、仮令、羽織であろうと妾であろうと人は人、当人の気持ちをおろそかに考えたくはない、と仰ってくださったんだよって」

「おろそかに考えたくはない、ね」

「佐河さまは、本途に心根のお優しいできたお方だね、御三家の水戸家の御留守居役ともなると人物のできが違うよ、そんな立派なお方に見初《みそ》められて、それでこそ辰巳一の吉次だね、よかったね、おめでとう、喜んでお世話になりますと吉次の気持ちをお伝えしておくよって。ですからあっしは、はい、岩本の旦那さんにお任せしますって、言いました」

「そう言ったんなら、いいかよくないか、おれに聞いて意味があるのかい」

「だって、あそこではそう言うしかなかったんですもの」

吉次はなおも手を擦りつつ、まるで童女のようにしょげていた。

小娘じゃあるまいし、と博龍は吉次のいじらしい仕種に身をつまされた。

「気が乗らないのかい」

博龍は、口の中に苦みを感じながら言った。

じれったいぐらいの間をおいて、吉次はこたえた。

「わからないんです。気が乗るとか気が進まないとか、そういうのじゃなくて、おっ母さんの満中陰がすぎたばっかりだし、今はそういうことを考えられないんです。生きて今ここにいる、それだけしか考えられないんです」

「吉次、岩本の亭主として言えば、そりゃあ願ってもねえいい話だぜ。おまえのおっ母さんが生きていたら、腰を抜かすぐらい喜びそうな話じゃねえか。おめえはまだまだ若いが、十年二十年とずっと羽織を勤められるわけじゃねえ。身も心も疲れ果ててぼろぼろになる前に退いて、実《じつ》のある男を見つけて懇《ねんご》ろになり、小さくとも所帯を持って、子の親になり、いつか年老いてと、そんなささやかな暮らしができりゃあ、まだいいほうだ。先のことは誰にもわからねえ。これが一番と言える廻り合わせなんて、ありゃしねえ。これがましだと、ちょっとでも思えることをやるしかねえんだ」

吉次は、居間の奥の腰付障子を開け放した小庭のほうへ顔をそむけ、何も言わなかった。二階の子供の動く気配が、天井にかすかな音をたてた。

「だが、岩本の亭主じゃなく、先のねえ老いぼれの戯言《たわごと》を言うなら……」

と、博龍は言った。

「何もいい話かよくねえ話かで、決めなくたっていいんだ。どうせ人はいつか死ぬ。いきつく先が同じなら、老いぼれの言うことなんか気にかけず、今を生きていったらいいんだ。気が乗らねえなら、気が進まねえなら、佐河さまにお断りしたって、おれはいいんだぜ。おめえがそうしてえなら、鶴次にも、尾花屋の亭主にも言ってやる。そうなったらなったで、岩本はこれまで通り、辰巳一の吉次にせいぜい稼いでもらうってわけだ」

「旦那さんなら、どうしますか」

束の間、博龍は考えた。

「おれはこれまで、流れるままに流されてきただけだ。あと先のことなんか、考えたこともなかった。何もかも、成りゆき任せだった。けど、成りゆき任せに流されながら、内心ではひやひやもんだった。なんでこんなことになっちまったんだろうってな。てめえの馬鹿さ加減には気づかずさ。まったく、馬鹿ほど恐いものはねえ。挙句にこうなった」

博龍は煙管をとり、もう一服するかと思った。火皿に刻みをつめ、炭火にあてた。そして、薄煙を小庭のほうへ吹いてから言った。

「おれなら、明日考える。明日はもうくたばっていたら、そういうことかいと諦めるし、生きていたら、明日のお天道さまを見て決める」

六

二月の半ばが近くなったその日、吉次と小童の文太は、十間川に架《か》かる大島橋を東へ渡り、十間川の堤端を北へとった。

二人は、上大島町はずれの徳兵衛の鍛冶場へ向かっていた。

鍛冶場は十間川の堤端へ両開きの戸を開いて、十間川の土手道や対岸の猿江町の町家に、鋼の力強い槌音を響かせていた。

春らしいのどかな日が、続いていた。

吉次と文太は、徳兵衛の鍛冶場に着き、両開きに開いた戸口に立った。

春の空の下を歩いてきた所為《せい》で、鍛冶場はとても薄暗く見えた。

炭俵や和鋼やくず鉄の入った叺《かます》、鍛冶道具が並び、鍛冶場の中心に炭火の真っ赤に熾った火床《ほど》があって、親方の徳兵衛と向槌の長柄をとったお蝶が、かた作りをした鎌の刃を、《ひらめ》という完全な形まで打ち延《の》ばす槌をふるい、黒い鉄塊《てっかい》がまるで吠えているかのような音をたてていた。

お蝶は、ぼろのような刺子《さしこ》の筒袖の長着に山袴姿で、黒足袋を履き、髪を桂包にして、戸口に立った吉次と文太へ広い背を向けていた。

鍛冶場の一角に一台の長腰掛があって、童女のお斉がその床に腰かけ、数本の長い釘や短い釘をとり混ぜてひとりで遊んでいた。

お斉は戸口に立った人影に気づき、あっ、と顔をほころばせた。

急いで長腰掛の床を降り、「お花ちゃん」と走ってきて、吉次の長い腕にからみついた。

「お斉、こんにちは」

吉次は、お斉に明るく笑いかけた。

「おっ母さんに用なの」

「そうだよ。おっ母さんにね、お話があってきたんだよ」

徳兵衛とお蝶の相槌は、まだ続いている。

「この子はね、文太だよ。八歳だから、お斉よりひとつ上の姉さんだね。文太、この子があっしの姪《めい》のお斉だよ。仲良くしてやってね」

「はあい。お斉ちゃん、こんにちは」

「文太さん、こんにちは」

お斉は嬉しそうに言った。同じぐらいの背丈の二人の童女は、すぐに打ち解け合い、無邪気な笑みを交わした。

そのとき、槌音が止んだ。

「よかろう、お蝶。こんなもんだ」

徳兵衛は、まだ黒い鉄塊にすぎない鎌の刃をかざして言った。そして、その目を戸口の吉次のほうへやった。

「お花がきてるぞ」

お蝶は気づいていて、ようやく長柄の槌をわきへ下げて吉次へ向いた。

「どうしたんだい」

お蝶は吉次へ声をかけた。形のいい顎に伝う汗を、手の甲でぬぐった。

「どうもしない。姉さんの顔を見たくなったのと、ちょっとだけ話したいことがあるのさ」

「じゃあ、もう少し待っててておくれ」

「お蝶、おれがはたてをやるから、それが終るまで休んでいい」

形のできた刃のゆがみをとり、やすりをかける工程が《はたて》である。

徳兵衛はお蝶から吉次へ向いて、声を投げた。

「お花、主屋におとねがいるから、あがっていけ」

「はい、ありがとうございます。でも、姉さんにちょっと話があって寄っただけですから。すぐお暇《いとま》しますので、おとねさんには、帰りしなに声をかけさせていただきます」

「そうかい」

徳兵衛はあっさり言って、次のはたての支度にかかった。

吉次は姉のお蝶に会いに、徳兵衛の鍛冶場を訪ねる機会が時どきあった。その折り、あがれ、と徳兵衛に勧められても、鍛冶場の裏の主屋にはあがらなかった。きおいと意気が売りの仲町の芸者であっても、所詮、三両の《口留金》で転ぶ身である。

きっといい気がしないに違いない、と吉次はいつも遠慮した。

お蝶が刺子の筒袖で顔の汚れをぬぐいつつ、吉次のそばへきて頰笑んだ。

「いらっしゃい」

「うん。これ、いつものお煎餅《せんべい》だけど、みなさんで」

文太が、仲町のゑちこや万吉で買ってきた松風《まつかぜ》煎餅の菓子折りを抱えていて、それをお蝶に差し出した。

「ありがとう。お斉、お花ちゃんにいただいたよって、これを爺ちゃんと婆《ばあ》ちゃんに持っていってくれるかい」

お蝶は、菓子折りをお斉にわたした。

うん、とお斉は菓子折りを抱えて走っていき、刃にやすりをかけ始めている徳兵衛に、「爺ちゃん、お花ちゃんにいただいたよ」と見せた。

「おう、そうかい。婆ちゃんに見せてきな。お花、いつも済まねえな」

お斉が鍛冶場の裏へ走り出ていき、徳兵衛が吉次に声を寄こした。吉次は、いいえ、と愛想笑いをかえし、

「外で……」

と、お蝶を誘った。

土手道に出た二人は、十間川端《ばた》に並び、青緑に耀く川面を見おろした。

炭俵を堆《うずたか》く積んだ荷船が、川面を乱して小名木川のほうへ漕ぎすぎていき、艫《とも》の船頭が土手のお蝶と吉次を見ていた。

春霞に覆われた空を、二羽の鳥影が戯れるように飛び廻っていた。

お蝶が胸を反らし、大きく息を吸ってから言った。

「何かあったんだろう。話してごらん」

「あのね、姉さん。あっしを落籍せたいって人がいるの。水戸家の身分の高いお

侍さんで、歳は二十離れた四十二。国元には奥方さまがいらっしゃるけれど、湯島か下谷あたりに一軒持たせてもらって、世話になるお話なの」

吉次が物憂げに言った。

「よかったじゃないか。いつまでも羽織を続けることはできないんだし、いつかいい人ができたら、その人の世話になって……それが女の道じゃないか」

「そうなの？」

「気が進まないのかい」

「わからない」

と、吉次は思いに耽《ふけ》った。

文太はお蝶と吉次から離れた土手の、川縁の花を摘《つ》んでいた。

お斉が戻ってきて、文太と一緒になって、花を摘み始めた。童女たちのはれやかな声が聞こえる。

「川のそばへ寄っちゃあいけないよ。気をつけるんだよ」

お蝶は童女らに声をかけた。

吉次は小首をかしげるようにして、文太とお斉の様子を見ていた。

お蝶は、吉次の艶やかな島田の黒髪を見て言った。

「どっちにしても、子供のおまえの決めることじゃないだろう」

「岩本の旦那さんがね、気が進まないなら、断ってもいいって」

「博龍さんが、言ったの」

吉次の横顔が頷いた。

「今より楽な暮らしが、きっとできるのに」

「旦那さんも言ってた。願ってもないいい話だって、おっ母さんが生きていたら、腰を抜かすぐらい喜びそうな話だって。でも、どんなにいい話でも、おっ母さんの満中陰がすぎたばっかりで、今は深川から離れたくないの」

「おっ母さんはもう、何もわからなくなっていたけれどね。あたしが、おっ母さんを悲しませて、おっ母さんはだんだん自分がわからなくなっていったんだ。あたしの所為だね」

「姉さんひとりの所為じゃないよ。姉さんが鉄太郎さんと所帯を持って、あっしが岩本の子供に抱えられて、おっ母さんは寂しくてならなかったんだよ。あっしが岩本に抱えられたとき、やっと片づいて清々した、これから楽をさせてもらうよって、口では強がってたけど、伊勢崎町の店におっ母さんはひとり残って、本途は寂しくて悲しくて切なくて……」

「ごめんね。妹のおまえに全部押しつけちゃって」

「仕方がなかったんだよ。あたしらに、ほかの生き方なんて、できなかったんだもの。仮令できても、変わりはしないもの。大して変わりは……」

吉次はそう、自分に言い聞かせた。

七

お笙《ふえ》は旅芸人の女の娘で、父親を知らなかった。

物心ついて間もなく、宮古路千寿太夫《みやこじせんじゅだゆう》という木挽町の浄瑠璃語りに捨て子同然に売られ、母親は姿を消した。

お笙は幼いときから、浄瑠璃の三味線と豊後節《ぶんごぶし》の語りを、千寿太夫に厳しく仕こまれた。稽古は朝から晩まで続き、暗くなって眠くて稽古が上手くできないと、手に痣《あざ》ができたりおでこに瘤《こぶ》ができるほど、撥や拳《こぶし》で打《ぶ》たれた。

豊後節の浄瑠璃語りは、風紀を乱すという理由でお上が禁じていたため、千寿太夫は木挽町の操《あやつ》り座《ざ》の舞台にあがることはなかった。

釆女ヶ原《うねめがはら》や切通《きりとおし》の辻に立ち、道ゆく人々に豊後節を悲痛に語って聞かせ、わずかな報謝《ほうしや》を得て口を糊《のり》していた。

千寿太夫が豊後節を語るころ合いを見計らい、幼いお笙は道ゆく人々の間を鉢を持って廻らされた。一銭か二銭、せいぜい十銭ほどを、「御報謝《ごほうしや》」と哀《あわ》れげに言いつつ乞《こ》うのだった。

お笙がまだ小柄な身体に余る三味線を抱え、松竹梅《しようちくばい》に鶴亀《つるかめ》を配した鶴亀文の派手はでしい袢を着けて女太夫に扮《ふん》し、千寿太夫と辻に立って豊後節を語り始めたのは十歳のときだった。

それでも、宮古路千寿太夫の名は豊後節の好き者の間には知られていて、ときにはそういう好き者のお座敷に呼ばれたり、寺社の境内の小屋掛の粗末《そまつ》な舞台にも、お笙は千寿太夫についてあがったこともあった。

お笙が十三、四歳のころより、その器量のよさが人の目に留まって、あれはどういう娘だ、千寿太夫はどこであんな上玉《じようだま》を拾った、と噂がたった。

そのころ、木挽町の操り座の座頭《ざがしら》が千寿太夫を訪ね、お笙と一緒に操りの舞台にあがらないかという誘いがくるほどだった。ただし、ご停止《ちようじ》の豊後節は語らず常磐津節か富本節で、と座頭に言われると、

「冗談じゃありませんよ」

と、千寿太夫はにべもなく断った。

「あたしゃねえ、座頭。豊後節しか語りませんよ。語りたくないんです。お笙にも豊後節しか習わせなかったし、豊後節でなきゃあお笙にも語らせるつもりはありません。豊後節の語る心中物が風紀を乱し、お上が禁じているからですって。確かに、世間には男と女の心中が絶えません。それがありのままの世間だから、仕方がないじゃありませんか。あたしゃ、ありのままの世間をお客さんに語って聞かせているだけです。ありのままの世間を支配しているのは、お上なんです。豊後節がありのままの世間を語って風紀が乱れるからと豊後節を禁じるなら、ありのままの世間を支配して心中者を出しているお上も禁じなきゃあ、筋が通らないじゃありませんか」

操り座の座頭は、こりゃ話にならないと、眉をひそめて帰っていった。

もしもあのとき、千寿太夫がわかりました、では常磐津で、あるいは富本で、と座頭に従っていれば、その後の千寿太夫とお笙の境遇は、だいぶ違う様子になっていたかもしれない。

しかし、千寿太夫は頑《かたく》なだった。

それからも、千寿太夫とお笙は、相も変わらず町家から町家へと江戸市中を流して廻り、辻に立って道ゆく人々に語って聞かせて報謝を乞い、ときには酒亭の座敷に呼ばれ、希《まれ》には裏店の高座《こうざ》で語り、その日暮らし同然の日々を送った。

そうして歳月が流れ、お笙が十七の秋だった。

千寿太夫とともに日本橋通南のある問屋の酒宴の座敷に呼ばれて、浄瑠璃を語ったあと、お笙は手代《てだい》ふうの客から、

「うちの旦那さんがおまえをね、ちょいとね」

とそっと声をかけられ、その手代ふうの手引きで、旦那を相手に春を鬻《ひさ》いだ。

帰りの夜道、気づいていながらお笙にそれを務めさせた千寿太夫が、お笙をなじって問いつめた。

「おまえ、あの旦那と懇ろになったのか」

「仕方がないじゃありませんか。米櫃《こめびつ》は空なんですから。豊後節だけじゃあ、三日と持ちませんよ。師匠が黙って見てりゃ、あっしが稼ぎますよ」

お笙は師匠に言いかえした。

「稼ぎを出しな。全部だよ」

お笙は身を売った稼ぎを全部、千寿太夫に差し出した。

「ふん、まあまあだね」

「あっしのお陰ですからね」

「何を言う。おまえをここまで育てたのは誰のお陰だと思っている。これぽっちじゃ、雀の涙ほどの恩返しにしかならないんだよ」

「師匠、豊後節ばかりじゃあ、お客が減っていきますよ。今は富本が大流行《おおはや》りですから、富本もやればいいじゃありませんか。常磐津だって、一中《いっちゅう》だって、河東《かとう》だって、お客の望みに合わせたっていいじゃありませんか」

「だめだ。未《ま》だ修業の身のおまえに芸の何がわかる。豊後節はね、人の悲しみの叫びだ。苦しみのうめきだ。それを語って聞かせるのが、本物の芸なんだ。豊後節のほかにだなんて、勝手なことは許さないよ」

「だったらあっしをいっそ、岡場所の年季奉公に出してくださいよ。前借《まえがり》のお金は全部師匠のものですから、そうすれば師匠はご飯をちゃんと食べられて……」

「馬鹿言うんじゃない。おまえは、浄瑠璃語りの芸人なんだよ。浄瑠璃語りは浄瑠璃を語ることが生業なんだ。女郎は身を売るのが務めだ」

千寿太夫は、お笙を叱りつけた。

秋の虫が鳴く帰りの夜道で、十七歳のお笙は悲しくて声を殺して泣いた。

そうしてまた歳月は流れて、千寿太夫とお笙はどうにか生き延びた。

三年がたち、お筌が二十歳になったその年の初め、千寿太夫が豊後節を語り風紀を乱した廉《かど》によってお上の取り締まりを受け、江戸追放になった。

千寿太夫は、すでに六十近い齢《よわい》だった。

「あっしゃあ、上方《かみがた》へ上りもうひと花咲かせるつもりさ。けど、上方までおまえを連れてはいけない。これ以上、おまえの面倒は見きれない。これからは、自分の面倒は自分で見るんだ。豊後節を忘れちゃいけないよ。おまえは、浄瑠璃語りの芸人なんだからね」

千寿太夫との、それが永遠《とわ》の別れであった。

お筌はひとり残され、三味線弾きも浄瑠璃語りも、続ける気が失せた。三味線に触れるのも浄瑠璃を語るのも、もう二度とご免《めん》だった。

ただ、自分の手足のようになっていた三味線と女太夫の衣装は、子供のころから馴染んだ思いが残り、愛《いと》おしくて手放せなかったが。

木挽町の裏店の店賃が払えず、裏店を追い出されたお筌のいきついた先は、深川の色茶屋だった。

お筌は三角屋敷の色茶屋の、表向きは茶汲女《ちゃくみおんな》でも、隠れ売女《ばいた》の伏玉《ふせだま》になった。

十七歳のときに春を鬻いだ、あのときと同じことをすれば金が稼げるんだからと、お笙は自分に言い聞かせた。

お客ひとりにつきいくら、の給金で務めた。

上玉の器量だったので、お笙にはすぐに馴染みの客が多くついた。

お笙を落籍せたいという話も、いくつかきた。

だが、師匠の千寿太夫の恐い顔が脳裏をよぎり、阿呆《あほう》、何をやっている、芸の修業はどうしたと叱声《しっせい》が聞こえて、囲われるのであれ所帯を持つのであれ、その気にはなれなかった。

お笙はどの話も断った。

三角屋敷の色茶屋で暮らして一年半がたったある日、東ノ助《とうのすけ》という瓦葺《ぶ》きの職人が茶屋の客になり、お笙を一切《ひときり》二朱《しゅ》で買った。

数日がたって、東ノ助はまた現れてお笙を指名した。

今度は一昼夜二分二朱、朝なおしで泊まっていった。

二度目のとき、東ノ助は自分が瓦葺きの職人で、生国《しょうごく》はどこそこでと、いろいろとお笙に語って聞かせた。そして、お笙の身の上も訊ねた。

お笙は、純朴《じゅんぼく》な男の問いかけについ気を許し、自分にはお父っつあんもおっ母さんもいない、幼いころ浄瑠璃語りの師匠にもらわれて厳しい芸を仕こまれ、

と千寿太夫と暮らした遠い昔の話をした。すると、

「浄瑠璃語りって、どんなものなんだ。聞かせてくれ」

と、純朴そうに言うので、お笙は、語るのは二度とご免だと思っていた浄瑠璃を、なぜかふと、東ノ助になら語って聞かせてもいいと思った。

地蔵菩薩《ぼさつ》は是《これ》をあわれみ、子《こ》やすへいさんのぐわんをおこし玉《たま》ひ、かりに人間とうまれ、たんばの国の……

と、三味線に撥をあて、浄瑠璃のほんのひと節を聞かせた。すると、東ノ助は語りの節廻しを面白いと笑い出し、

「おめえも笑え。悲しそうな顔をするな。おれも悲しくなるじゃねえか」

と、お笙の頬を大きな両掌でくるんだ。温かな掌だった。

お笙は、そんなことを言い、そんなことをする男は初めてだった。

自分でもよくわからない不思議な気持ちが起こり、東ノ助を凝っと見つめた。職人らしくたくましい身体つきだが、意外に優しい顔だちだった。笑顔が可愛らしかった。

この気持ちは一体どうしたんだろう、なぜなんだろう、とお笙は思った。

東ノ助が次にきたのは、それから十日ばかりがすぎてからだった。

いきなり、東ノ助はお笙に言った。

「おれの女房になってくれ。おれと所帯を持って、末永くともに暮らすんだ。おめえを落籍す金はある。親方から借りてきた。これからは、おれがおめえを守ってやる。おめえに苦労はさせねえ。いいな」

お笙は東ノ助に強い力で抱き締められた。

そのとき、よくわからない不思議な気持ちが、わからないまま、すとん、とお笙の腑《ふ》に落ちた気がした。

あっしはこの人の女房になるんだね、とそれだけがわかった。

秋の西の空が真っ赤に燃える夕方、お笙は、三味線を背にかつぎ、身の廻りのわずかな物だけを風呂敷にくるんで抱え、東ノ助に手を引かれて、一年半暮らした三角屋敷の色茶屋を出たのだった。

仙台堀《せんだいぼり》沿いの伊勢崎町の、土間と四畳半ひと間の裏店で所帯を持った。

東ノ助との所帯は、お笙にとって地に足がつかない、胸のときめく歓喜と不安をない交《ま》ぜにした、これが絵空事の夢なら覚めないで、師匠、あっしを守って、と祈りたくなるような日々の始まりだった。

東ノ助はお笙にはすぎた、よき亭主だった。

所帯を持ってほぼ一年半がすぎた春、お蝶が生まれた。

お笙はお蝶を両腕に抱いて、喜びを通り越して胸が締めつけられて息苦しいほどの愛おしさを覚えた。

あまりの愛おしさに、泣けて泣けて涙が止まらなかった。

お蝶が生まれてから、お笙と東ノ助は、同じ伊勢崎町の土間続きに寄付きの三畳間と横六畳二間の裏店に越した。

そうして、さらに三年がたったまた同じ春に、お花が生まれた。

お笙は二十六歳だった。

だが、東ノ助と所帯を持ち二人の子に恵まれた日々は、長く続かなかった。

お花が生まれて三月《みつき》もたたないある日、地震が江戸を襲った。

東ノ助が働く普請場《ふしんば》の瓦葺きの最中の建物が崩れ、瓦葺きの職人と大工が、瓦を葺いたばかりの屋根の下敷きになり、命を失った。

江戸市中を地震が襲ってから半刻《はんとき》(一時間)余がたって、伊勢崎町の裏店に、東ノ助の死の知らせが届いた。

それから、大八車《だいはちぐるま》に乗せられた東ノ助の亡骸が運ばれてきた。

お笙はただ呆然《ぼうぜん》として、東ノ助がどのような死に顔をしていて、通夜《つや》と葬式、亡骸を荼毘（だび）に付し、深川のお寺に埋葬（まいそう）するまでの慌ただしい法事（ほうじ）が、一体どのようにすぎていったのか、殆ど覚えていなかった。

はっきりと覚えているのは、それらのことを終えて、いろいろと手伝ってくれた人々が去り、幼いお蝶と赤ん坊のお花とともに、東ノ助のいなくなったひっそりとした店にとり残されてからだった。

お笙はお花を抱え、お蝶を膝に乗せて抱き寄せ、いつまでも凝っとしていた。お花が、お笙の腕の中でぱっちりとした目を見開き、お笙を見あげていた。膝に乗ったお蝶は、お笙の腕を離すまいと、懸命にすがりついていた。

お笙は悲しみに暮れ涙をこぼした。

だがお笙は、長くは泣かなかった。

やっぱりこうなった、という悲しい諦めが肚の底にあった。

いつかは終る、そんな気はしていた。東ノ助は自分にはすぎた亭主だった。いつかは自分のそばから去っていく。これが絵空事の夢なら覚めないでと祈っていた夢が、覚めただけなのだと、お笙は思った。

お笙はお蝶とお花をつくづく見比べた。お蝶とお花は絵空事の夢ではなく、熱い身体で母親の自分にすがる幼い命だった。

そのとき、ふと、六畳間の隅にたてかけた三味線袋が目に留まった。

一度、東ノ助にだけ浄瑠璃を語って聞かせた折りの三味線をくるんでいた。

豊後節を忘れちゃいけないよ。おまえは浄瑠璃語りの芸人なんだ。

千寿太夫の言葉が思い出された。

千寿太夫と町家から町家へと江戸市中を流して廻り、辻に立って道ゆく人々に豊後節を語って聞かせ銭を乞うた、その日暮らし同然の日々が甦った。

お笙には、小さな二人の子を抱えてこれから暮らしていく方便がなかった。ぎりぎりの所帯で、蓄《たくわ》えもなかった。

それがなんだい。この子らはあっしが守らないといけないんだ。あっしはこの子らのために生きなきゃならないんだ。

途方に暮れている場合じゃないよと、お笙は自分に言い聞かせた。

お笙の肚は決まった。

お笙は、再び松竹梅に鶴亀を配した鶴亀文の派手はでしい女太夫の袢に拵え、その上から生まれて三月をすぎたばかりのお花をしっかり結わえて負《お》ぶって、四歳のお蝶の手を引き、昔、千寿太夫について流して廻った町家へ出た。

それから、子連れで辻々に立ち、道ゆく人々に豊後節を語って聞かせ、わずかな報謝を乞う暮らしを、再び始めたのだった。

道ゆく人々の中には、赤ん坊を負ぶったお笙の奇妙な姿を笑ったり嘲《あざけ》ったりする者はいた。お笙の器量に気を引かれ、

「おっ母さん、いくらだい」

と、言い寄る者もいた。

だが、四歳のお蝶が小さな手で鉢を持ち、「御報謝」と廻ると、中には一銭、二銭、と哀れんで投げ入れる者もいた。

そのわずかな稼ぎで、伊勢崎町の裏店を追われることもなく、一日一日の飯をかろうじていただくことができ、赤ん坊のお花に乳を含ませることもできた。

仏壇はなかった。

けれど、お笙は死んだ東ノ助の位牌《いはい》に線香をあげて掌を合わせ、お蝶とお花をちゃんと育てあげるから安心しておくれ、と祈った。

師匠の千寿太夫にも、師匠の言葉は忘れません、と誓った。

光陰は矢のごとくに去り、お蝶はお笙と同じく十歳で、小さな身体に三味線を抱えて娘太夫に扮し、お笙と辻に並んで豊後節を語り始めた。

辻をゆく人々に報謝を乞うて廻る役は、七歳のお花が、これも娘太夫の衣装に

拵えて務めた。

そうして、お花が十歳の声を聞くころ、母親と姉妹の三人の女太夫が町家から町家へと流して廻り、釆女ヶ原や切通に出て語る豊後節が、好き者の間で評判を呼んだ。

三人の三味線と豊後節が流れると、次第に人が集まるようになった。

三人の前においた鉢には、一銭二銭ばかりではなく、十銭やそれ以上、また何合かの米が盛られることも、珍しくなくなっていた。

ある日、切通の辻に立っていた三人の前に、黒羽織の定服の廻り方が手先らを従えてけたたましく雪駄《せった》を鳴らして現れた。

「やめろやめろっ。てめえら、いい加減にしねえか。哀れな物乞いと思って見逃してやっていたが、てめえら、目に余るぜ。江戸じゃあ、女義太夫も豊後節を語るのもご停止だってことを知らねえかい。とっとと失せろ」

見物人を「いけいけ」と追い払っていた手先のひとりが、「こんな物っ」と、稼ぎの銭や米の鉢を蹴散らした。

お筆とお蝶お花の三人が、道に這《は》って米粒や銭を拾い始めると、手先がお筆を足蹴《あしげ》にした。

「やめてください」

お蝶とお花がお笙にすがった。

「そんなことしなくても、いいじゃねえか」

「そうだそうだ。大事な米や銭じゃねえか。罰《ばち》があたるぜ」

「いくらご停止だからって、道端でやるぐらい、いいじゃねえか」

見物人らが口々に声を投げた。町方は見物人らを睨《にら》みつけ、

「ふん、今度てめえらを見つけたら、三味線を圧《へ》し折るぞ」

と、吐き捨て去っていった。

それでも、お笙とお蝶お花姉妹の評判は、だんだんと広まった。

「おう、知ってるぜ。お蝶とお花だろう。ぞっとするほど綺麗な娘っ子らだな」

「そうそう。娘っ子らのおっ母あのほうも、大年増がなかなかいけるんだ。三人が三味線の調子を合わせてべんべんと、悲しげに啼《な》いているみたいに語るのさ。胸を締めつけられたぜ」

と、男らが評判を言い合うほどだった。

そのころ江戸の裏店で開き始めた寄席《よせ》や宮地《みやじ》の掛小屋《かけごや》の亭主が、その評判に目をつけ、高座で演《や》らないか、舞台で語ってくれないか、と誘いがかかった。

お笙はその誘いに言った。

「豊後節が語れるなら、演りますよ。かまわないんですか」

「豊後節はご停止だ。お上に睨まれたら小屋を潰されちゃうよ。常磐津節か富本節で頼みたい」

「豊後節を語れないんじゃ、ほかをあたってください。あっしらは、豊後節の語れない高座にも舞台にも、あがる気はありません」

町家の辻に立って語るよりもずっと稼ぎになるのに、お笙は頑なだった。

豊後節は人の悲しみの叫び、苦しみのうめき……

と、お笙は師匠千寿太夫の遠い昔の言葉を繰りかえすように言って、寄席や小屋の亭主らを呆《あき》れさせた。

お蝶が十六、七、お花が十三、四の、姉妹の器量は際《きわ》だった。

お蝶は父親譲りの、娘にしてはしゅっと高い背丈に手足も長く、きれ長な二重は静かな深みを見せ、人の心を魅了せずにはおかなかった。

妹のお花のほうは、姉よりはやや小柄ながら、これも父親譲りのぱっちりとした目に、お花の名の通りあでやかな花の色香があって、一度でも見つめられた人の心を石にしてしまいかねなかった。

しかも、姉妹そろって三味線と浄瑠璃語りの芸に磨きをかけていった。

お蝶は声がよく、三味線よりも浄瑠璃語りの筋がよかった。一方のお花は、三味線の腕に才を見せ、姉妹が三味線の調子を合わせて浄瑠璃を切々《せつせつ》と語るとき、お笙でさえ聞き惚れた。

そのころ、ある武家のお座敷に呼ばれ豊後節を語ったあと、

「ほかにも聞かせてほしい」

と、屋敷の主人に所望《しよもう》された。

すると、お蝶とお花は頷き合って、酒宴の座興などに唄われる流行唄を、いくつか聞かせた。

流行唄はどれも卑俗《ひぞく》ながら、姉妹独特のゆるやかに奏《かな》でる三味線に導かれ、しっとりとした姉妹の声音《こわね》が、卑俗さを洗い流すように甘く流れた。

座敷はうっとりとするような静寂にくるまれた。

お蝶とお花が、いつそんな稽古をしていたのか、お笙は知らなかった。

三味線も豊後節も厳しく仕こんだが、お笙は、師匠の千寿太夫のようには手をあげなかった。お蝶とお花は絵空事の夢ではなく、熱い身体で母親の自分にすがる幼い命だった。

自分の命に換えても守らないといけないお蝶とお花に、手をあげることなど、思いもよらなかった。

けれどお笙は、母親の自分の知らぬ間に、守らなければならないお蝶とお花が自分の両腕の中から出ていこうとしていることに気づかされた。

それは、父親も母親も知らぬお笙が、千寿太夫と暮らした奇妙な日々が終ったように、色茶屋の伏玉の日々が終ったように、そして、東ノ助との地に足のつかぬ、絵空事の夢なら覚めないでほしいと願った日々が終ったように、自分と娘たちのときにも、終りが近づいていることに気づかされたのだった。

お笙は、耐えがたいほどの寂しさに苛《さいな》まれた。

第二章　おぼろ月夜

一

嘉助は中島町《なかじまちよう》から新地橋を渡り、岡場所の築出新地の木戸はくぐらず、大島川端の細道を東へとった。右手は新町の板塀がだらだらと続き、大島川の対岸は、中島町から大島町へと、軒の低い町家の瓦屋根や板屋根がつらなっている。

屋根屋根の北東の空に、仲町の火の見櫓が見えていた。

大島川の川面を、入日《いりひ》が赤く照らし、川縁の水草の間を浮遊する数羽のおしどりの、くい、くい、と鳴く声が聞こえる。

新地の板塀沿いをすぎてなおも細道を東へいき、東向きの川筋が北へ折れる曲がり角まできた。

北へ折れた川筋は、半町（約五五メートル）ほどでまた東向きへとくねる。

そのあたりは石置場で、石置場周辺の町家は古石場《ふるいしば》とか新石場《しんいしば》とか言われ、そこら辺は伏玉《ふせだま》をおく岡場所であった。

嘉助はそこから細道をはずれ、石置場周辺の町家を海側へ抜けた。

海辺の土手に出ると、土手からなだらかに、一面を蘆荻《ろてき》が覆う築地が波打ち際へくだり、赤や橙《だいだい》や金色の千筋《せんすじ》縞を織ったような夕方の光が、蘆荻に覆われた一帯に降りそそいでいた。

千鳥《ちどり》や鴫《しぎ》が鳴き騒ぎながら、夕空と陸《おか》の間を慌ただしく飛び交っていた。

蘆荻の覆う海辺の向こうに、入日前のいっそう青みを増した耀く海原が、はるか沖の彼方の水平線へと遠ざかっている。

町家からはずれた土手に沿って、半分に割った竹で杉板を押さえる板葺屋根の粗末な店が数軒、集落を作っていた。いくつかの店の煙出《けむだ》しから、薄い灰色の煙がゆらめいて板葺屋根を這いのぼっていた。

その店は、片引きの板戸が引き開けられ、黒ずんだ土間と寄付きの板間を、夕方の明るみが照らしていた。表戸からも薄煙が流れ出ていて、干魚《ひざかな》を焼くしょっぱい臭《にお》いが漂っていた。

戸口に立った嘉助は、薄暗い店をのぞいた。

狭い寄付きの板間があって、間仕切の葭戸を開け放した奥の四畳半まで見通せた。四畳半には炉がきってあり、煤《すす》けた天井の梁《はり》に吊りさげた自在鉤《じざいかぎ》に鍋がかけられ、湯気がゆるくのぼっていた。

燗にしている徳利のそそぎ口が、湯気の中に見えていた。

濃い鼠色《ねずいろ》の帷子に、斜格子《ななめ》の丹前《たんぜん》を袖に手を通さずだらりと肩にかけた五十次《いそじ》が、炉のわきに胡坐《あぐら》をかいて、片手の炙《あぶ》った干魚をかじりつつ、片手の燗酒の杯をすすっていた。

行灯は灯《とも》されておらず、炉で燃える柴《しば》の小さな火がゆれているばかりだった。

勝手の土間で立ち働いている、手拭を女かぶりにした女房の背中が見えた。

五十次は、夕方の明るみをさえぎった嘉助の影に気づき、ああ？　という顔つきを戸口の方へ寄こした。

嘉助の影を凝っと見つめ、干魚を咀嚼《そしやく》する太い顎だけを動かしていた。

「五十次さん、久しぶりだね」

嘉助が声をかけた。

勝手の土間の女房がふりかえった。

「おっと、嘉助さんじゃありやせんか。こりゃあ、親方、お久しぶりでございやす。その節は……」

と、五十次は干魚と杯を畳に直におき、立ちあがって肩にだらりとかけた丹前の裾を引き摺《ず》りながら、寄付きのあがり端にきて両膝づきになった。

五十次は白髪交じりの月代を伸ばし、顎に蓄えた鬚《ひげ》も白髪交じりだった。

「済まねえ。夕飯どきの刻限にいきなり訪ねて、申しわけねえが、邪魔するぜ」

嘉助は大柄の長い足で、戸口の敷居をまたいだ。

「とんでもありやせん。今、呑み始めたばっかりで、こんな汚ねえところでよろしけりゃあ、親方もちょいと一杯やっていきやせんか。じつは、石鯛《いしだい》のこれくらいのを、わけあって一色町《いっしきちょう》の漁師から手に入れやしてね。鯛の指味《さしみ》と塩焼きの切身が今夜の酒の肴です。女房が支度にかかり始めたところなんですが、我慢できなくて、先にちびちびとやっておりやした」

「鯛が肴かい。そいつは豪勢《ごうせい》だね。酒が進みそうだ。けど、そうもしていられねえんだ。このあともう一軒、寄るところがあってね。五十次さんに訊きてえことがあるのさ。長くはかからねえ。ここに坐らせてもらうぜ」

「どうぞ、おかけなすって。そうなんですか。そいつは残念だな」

嘉助は寄付きのあがり端に腰かけた。

「親方、お久しぶりでやす」

勝手の女房が辞儀を寄こし、嘉助は、「おう、邪魔するぜ」と会釈をかえした。

「なら親方、白湯じゃどうも愛想がありやせん。熱燗でちょいと喉を湿らせながら、お訊ねの話とやらをうかがいやしょう」

五十次は炉のそばへ戻り、鍋からとり出した徳利の口に新しい杯をかぶせ、自分の杯とを両手に、また丹前の裾を引き摺りあがり端に戻った。

まあ一杯、と湯気のたつ酒を嘉助の杯につぎ、自分も勝手にやり始めた。嘉助はほんの少し口をつけて杯をおき、

「五十次さん、用というのは去年の十二月のことなんだ」

と、話しかけた。

「あるところで小耳に挟んだんだが、五十次さん、去年の十二月の五日だったか六日だったかに、そこの大島川でちょっとしたもめ事を見かけたんだってね。その件の事情を、少し詳《くわ》しく聞かせてほしいのさ」

五十次は杯に口をつけたまま、苦笑いを見せ、杯を膝の横においた。

「その件でやすか。その件は誰にも話さねえようにしてたんですが、つい弥五郎《やごろう》に喋《しゃべ》っちまった。親方、弥五郎からお聞きになったんですね」

「はは。こっちも、誰から聞いたとは言わねえでくれということで聞いたから、

誰と口に出すわけにはいかねえ。と言って、それほど重要な御用とは思っちゃいねえんだがね。いやさ、御番所にお尋ね願いが出されている家出人の探索が長引いて、相変わらず行方知れずの家出人がいく人かいる。そういう家出人をわからねえままいつまでも放ってはおけねえ。だが、行方が長い間わからねえのは、もしかしたら、家出人はもう仏さんになっているかもしれねえ。それなら、逆に身元不明の仏さんを探ってみたら、その中に家出人が交じっているんじゃねえか、ということになった。廻り方の旦那方が分担して、言いつけられたってわけさ。そこでおれにも身元不明の仏さんにあたって家出人を見つける御用を、言いつけられたってわけさ。身元不明の仏さんと、言っちまえば簡単だが、改めてあたってみたら、案外に厄介だし、仏さんを訪ね廻る御用もぞっとしねえ。とにかく、今のところはまだ、仏さんの中にひとりも家出人は見つかっちゃあいねえんだがね」

嘉助は、やれやれ、という様子を見せた。

「なるほど、さようで」

「それで、五十次さんが去年の十二月の五日か六日に、大島川でちょっとしたもめ事を見かけたと聞きつけ、家出人探しの手がかりになる話が、ひょっとしたら聞けるかもしれねえと思ってきたのさ」

「うん？　親方、あっしは身元不明の仏さんを見たとは、弥五郎には言っておりやせんぜ。確かにあれは、十二月五日の夜の五ツ（午後八時）……五ツ半（午後九時）ごろでやした。大島川の川原でもめ事があったのは、間違いありやせんが」

「深川のあそこら辺で夜ふけの五ツすぎにもめ事となりゃあ、ひとつや二つ、身元不明の仏さんが出そうじゃねえか」

「そりゃそうだ。あっしら、仏さんの始末によくかり出されやすが、ささいな口《くち》喧嘩《げんか》やら、がきみてえないざこざが本《もと》で殺《や》っちまったの、殺られちまったのがよくありやす。去年の十二月五日か六日ってえのは、そいつはどちらさんの一件でやすか」

「それは言えねえんだ。おれ自身も、なんで家出したのか、あるいは行方知れずになったのか、子細もどういう人物かも聞かされていねえ。ただ、御番所に願いを出した相手は相応の身分の武家で、その人物が行方知れずになったことは表沙汰にしたくねえときた。それで、御奉行さまに何とぞ隠密にと頼んでいて、こっちは、五十次さんのもめ事を見かけた経緯《いきさつ》やらその折りの事情を聞いて、捜している家出人じゃねえかと、推測するしかねえのさ」

「ははん。家出人はお侍でやすか。名前も聞けねえんですか」

「五十次さん、おめえだけに教えるから、ほかで言っちゃあいけねえよ。侍の名は淡井順三郎だ。さるお大名の江戸屋敷詰で、歳は三十すぎ。中背で、左の頬に一寸ほどの古い疵痕《きずあと》が残っているそうだ」

五十次は、徳利を持ちあげた手酌《てじゃく》の恰好《かっこう》で止め、

「淡井順三郎ですか……」

と繰りかえした。

「それから、これを」

嘉助は袖から小さな紙包みをつまみ出し、五十次の杯の隣に並べた。

「親方、よしてくだせえ。あっしらごときに、お気遣いは無用ですぜ」

「いいから、とっといてくれ。大した気遣いじゃねえ。折角の晩酌の邪魔をして済まねえから、ほんの気持ちだよ。で、去年の十二月五日の夜、どんなもめ事を見かけたんだい」

それじゃあ遠慮なく、と五十次は紙包みを指先でつまんで、懐にねじこんだ。

その日、五十次は夕刻より佃町《つくだちょう》の同じ人足仲間の店で一杯やり、夜ふけ、ほ

ろ酔い気分で帰途《きと》についた。

大島川沿いの土手の細道を西へとる南の空に、上弦《じようげん》の月がぽつんと寂しげに懸《か》かっていた。綿入《わたい》れの半纏《はんてん》にくるまれた身体に、寒気がしんしんと染みこんで、ほろ酔い気分もたちまち覚める凍《い》てつく夜だった。

途中、人気のない石置場を通り抜け、再び大島川沿いの細道に出たとき、前方の築出新地のほうより、早足の草履を鳴らして向かってくる一群の人影といき合った。

南の空の弦月が一群を茫然《ぼうぜん》と照らし、人影はいずれも二刀を帯びた侍風体《ふうてい》で、五体が数えられた。

ただ、微弱な月明かりだけでは、顔を見分けることはできず、五人は草履の音のほかは声もなかったので、遊興のあと、洲崎方面のどこかの下屋敷へ戻ろうとしている勤番侍の気楽な様子には思われなかった。

ほかに人通りはなかった。対岸の町家の明かりはすでに消え、あたりは不気味《ぶきみ》なほどの静寂が凍りついていた。

黙ってすれ違ってもよかった。

だが、万が一妙な面倒に巻きこまれてはと、五十次は石置場のほうへ少し戻って、石と石の隙間に身を隠し、一群をやりすごすことにした。

五人が草履を鳴らして、身を隠した場所を足早に通りすぎた。みなひと言も言葉を発しなかった。

五十次は、ひと固まりの影になった一群を、なんでえ、この夜ふけに慌ただしいじゃねえか、と思いつつ見送った。

土手道に出て、すぐに踵《きびす》をかえしいきかけた。

途端、「あっ」と、切羽つまった短い喚声《かんせい》が聞こえた。

思わずふりかえると、今しがた通りすぎた一群の中の影がひとつ、土手道下の川縁の草むらへ転がり落ちたところだった。

残りの人影が川縁へ続いて飛び降り、転落したひとりをとり囲むように群《むら》がるのが見えた。呼び合う声や、怒声《どせい》や喚声はなく、押し殺したうめきと乱れた吐息が、まるで野良犬の激しい呼気《こき》のように聞こえてきた。

川縁の草むらが、ざわざわと騒いだ。

五十次は、なんだ、と思ったが、微弱な月明かりの下で何をしているのか、はっきりと見分けられたわけではなかった。

争いもみ合っているようにも、みなでひとりを助け起こしているようにも思われた。気にはなった。だが、不穏な成りゆきに恐ろしさがまさり、確かめにいく度胸はなかった。

「せめて、大声を出して逃げりゃあよかったんですが、面倒なことに巻きこまれたくなかったんで、声も出さず、さっさとその場を離れやした」

五十次は言った。そして、

「親方、やってくだせえ」

と、徳利を嘉助の杯に差した。

「言ったろう。もう一軒いくところがあるのさ。ここで酔っぱらうわけにはいかねえんだ。おれのことはかまわず、ひとりでやってくれ。ところで、そのあと、自身番に駆けこんで、斯《か》く斯く云々《しかじか》と知らせもしなかったんだな」

「ですから、面倒なことに巻きこまれたくなかったのと、暗くて様子が見えたわけじゃねえんで、もしも間違いだったら、町役人さんらにご迷惑をかけることになるじゃありやせんか。案外、ふざけ合っていただけかもしれやせんし」

「そうかい。それだけじゃあ、淡井順三郎を探す手がかりには、なりそうもねえな。暗くて、よく見えなかったんだな」

嘉助は、少々落胆を覚えた。

それだけのことかい、と思った。

五十次は首をふりふり、手酌でついだ杯をあおった。日が沈んだらしく、戸口の外の暮れなずむ明るみが、だんだんと青みがかってきた。

嘉助は股引を着けた膝を、掌で打った。

じゃあ、と言いかけるより先に五十次がまた言った。

「あれからもうだいぶ日がたっているのに、あの夜のことを思い出すと、どうもあと味が悪くっていけやせん。なんでかな。あっしの所為じゃねえのに。親方、こいつは弥五郎には言ってねえんです。じつはね、五人の中のひとりに、知っている男がおりやした。暗くて見わけはつかなかったが、そいつの顔だけはよく見知っている所為か、薄い月明かりだけでも、そいつだって、わかりやした。間違いありやせん」

「ほう、五人の中に知ってるのがいたのかい」

「顔馴染みとか挨拶を交わす知人とか、そういうのじゃありやせんぜ」

嘉助は呑み止《さ》しの杯をとって、さりげなさを装い、口へ運んだ。

五十次がそれを見て、うっすらと笑った。

「あっしは、築出新地の芥《ごみ》出しの仕事を、請けておりやしてね。半年ほど前でやした。夜が明ける前の薄暗い刻限に、もうひとりの仲間と町内の芥を集めて廻っていたところ、たまたま朝帰りのそいつと、新地の往来でいき合ったんです。あつしは芥集めの荷車を後ろから押していて、気づかなかったんですが、どうやらいき違うときに、荷車の車輪がそいつの腰に差した鞘《さや》に触れたようなんです。音も聞こえなかったんで、かすったぐらいだったと思いやす。芥集めの荷車でやすから、車輪は汚れておりやすし、臭いですしね。けど、しょうがねえじゃありませんか。狭い往来でいき違うんですから、ときにはそういうこともありやす。わざと触れたわけじゃねえ。なのに、そいつは顔を真っ青にして、汚い、触るな、とあっしに怒声を浴びせかけて、足蹴にしたんです。往来に転がったところへ、なおも蹴ったり踏みつけたりと、そいつの気が済むまで、あっしはうずくまっているしかなかった。仲間が止めに入ったんですが、そいつの刀の鞘で額を割られて血を出し、荷車に倒れかかって芥ごとひっくりかえしてしまいましてね。芥が往来に散乱して、芥の臭いがたちこめるわ、あっしは唇を切り鼻血を出して血だらけになるわで、散々でした。まさかあの朝、そんな目に遭わされるなんて、思いもしなかった。本身《ほんみ》を抜かなかったのが、せめてもかもしれやせんが、だからって、人を虚仮《こけ》にしてるじゃありませんか」

「十二月の夜の五人の侍の中に、そいつの顔があったんだな」

「へい。暗くたって、そいつに間違いありやせんでした」

「どこの家中の侍だい。名前は、知らないのかい」

「新地に馴染みの女郎衆がいるようで、それから二度ばかし、新地で見かけたことがありやす。そいつはあっしのことなんか、覚えちゃいねえでしょうが、こっちは忘れたくったって忘れられやせんよ。恐ろしくって、身を隠しやした。そいつの名前は、廓《くるわ》の若い者からそれとなく訊き出しやした」

「名前は？」

「小田彦之助《おだひこのすけ》。どこの家中でもねえ、浪人者です。日本橋の高砂町に尾上天海という侍が開く清明塾《せいめいじゆく》の門弟《もんてい》で、歳は三十になるかならねえか。若い者が言うには、生まれは木更津《きさらづ》の百姓で、名は確か千助《せんすけ》。どうやら、百姓が嫌で江戸へ出てきたあぶれ者が、どういう経緯でか尾上天海の門弟になり、小田彦之助と名乗って二本差しの侍の恰好をしているだけの侍もどきだとか。ただ、滅法《めっぽう》、腕っ節が強いうえに気性が荒くて、かっとなって暴れ出したら、手のつけられねえ危ねえ男だと」

「五十次さん、なんで小田彦之助のことは黙っていたんだい。黙っていたからあと味が悪かったんだろう」

「親方、そうじゃありませんか。そんな危ねえ野郎の名前を言い触らして、十二月のその夜のもめ事らしいのが、もしかしてやばいことだったら、どんな仕かえしを受けるかわかりませんよ。逆に、ふざけ合っているだけだったら、おれに因《いん》縁《ねん》をつけやがってと野郎に睨まれて、袋叩きにされかねねえ。そんなこと、恐ろしくってできませんよ」

「わかった。高砂町の尾上天海の門弟・小田彦之助だな」

嘉助が言うと、五十次は頷き、

「親方、くれぐれもあっしから聞いたことは、内密にお願えしやす」

と、念押しした。

「心得てるさ。もし、困ったことが起こったら、おれに言ってくれ。少しは力になれるぜ」

嘉助は、あと味の悪いのはそれだけか、とふと訝《いぶか》しく思ったものの、それ以上は訊かず、五十次の店を出た。

海辺の鳥の声はもう止んでいた。昼間の名残りの、ほのぼのとした青みも消えた宵の空は、まだ満月には間があるおぼろ月夜だった。

二

同じ宵、明神下《みょうじんした》通りから小路の坂を少しあがった湯島一丁目の酒亭《松園《まつぞの》》の小あがりに、水戸江戸屋敷留守居役・佐河丈夫配下の、井筒重造と川中左助が膳を挟んで向かい合っていた。

二人はいつも行動をともにしているため、さして題目にあげる話の種もないのか、気鬱《きうつ》な顔を伏せがちにして沈黙し、煮しめと酢漬けにした真黒《まぐろ》の指味《さしみ》を肴に、燗酒を酌んでいた。

天井に明々《あかあか》と灯る八間《はちけん》を吊るした店は、数名の客が離れた座に散らばっているばかりで、酒をつぎ、徳利が膳に触れ、食い物を咀嚼する音が聞こえるほど、二人の周りはひっそりとしていた。

しばらく物憂い沈黙が続いたあと、「ああ」と井筒がため息をついた。それから、言うべきことをやっと思いついたかのように言った。

「仲町の茶屋に佐河さまのお供をして、芸者を揚げて華やかな酒宴を開くのもいいが、こういうところで、佐河さまに気兼ねなくわれらだけで呑むのも、たまには悪くないな」

するると、川中は肚の中に溜まっていた不安を吐き出した。

「気兼ねのないのが、悪くはないだと？　井筒、このままでおれたちに先はあるのか。このままでいいのか」

井筒は川中から目をそむけ、眉をひそめた。

「今さらなんだ。おれたちは、佐河さまのお指図通りに勤めているだけだ。上役のお指図に、配下の者がしっかりと従う。それがおかしいか。おかしいなら、上役の指図がおかしいのだ。おれたちの所為ではない」

「佐河さまのお指図に従って、ずるずるとここまできた。もし、もしもだぞ、佐河さまがこけたら、おれたちはどうなるのだ」

「こけたらなどと、滅多なことを言うな。万が一、佐河さまが退《しりぞ》かれても、おれたちはどうにもならんさ。佐河さまご一門は、代々、江戸屋敷の御留守居役に就いてこられたお家柄ぞ。江戸御留守居役は、誰でもが代わりに就けるというお役目ではない。勘定方とのつき合い、幕府諸奉行とのつき合い、諸大名家とのつき合いを積み重ね、有力な方々との繋がりをおろそかにせず大事に保ってきた佐河さまご一門だからこそ、勤まるお役目なのだ。当然、佐河さまご一門のどなたかが、御留守居役に就かれるのに決まっている。おれたちは、新しい御留守居役に従う。それだけだ」

「贈答入用の帳簿の改ざんは、どうなる。今後は誰がやるのだ」

「やめろ。こんなところで何を言い出す」

井筒が酒亭を見廻して、声を落としてたしなめた。

「いいか。これまでの帳簿の改ざんは、佐河さまが幕府勘定頭の大畑《おおはた》さまに話をつけられ、辻褄《つじつま》を合わせられた。これまでのことはもう済んだのだ。淡井のつけた帳簿に不審はなかった、入用の帳簿や書付などに疎漏なところは見つからなかったと、水戸家の調べにご報告なされ、すでに了承されておる。これまでのことは、もう終ったのだ。おれたちの気にすることではない。佐河さまはこれからのことを考えておられる。佐河さまにお任せしていればいいのだ」

「本途にそうか。そんなに簡単にいくのか。先日、水戸より目付の斗島半左衛門が、江戸在府の殿さまに何かの祝儀の報告役を申しつかったとかで出府しただろう。斗島は殿さまへご報告の用は済んだのに、向島の下屋敷に移って閉じこもっておるらしい。あの男、何か企《たくら》んでおるのではないか」

「あれは、江戸見物でもしていけと殿さまのお言葉があったとかで、休みをもらってのんびりすごすために、下屋敷に移ったと聞いておる」

「下屋敷では、江戸見物は不便だ。もしかしたら、斗島は隠密に淡井が行方知れずになった事情を、調べておるのではないか。隠密の調べゆえ、上屋敷に滞在するのではなく、わざわざ下屋敷へ移り……」

「何ゆえ、淡井の探索を隠密にせねばならん」

「おれが知るか。井筒、十二月五日の午後、淡井をこの松園に誘って、佐河さまのお指図を伝えただろう」

「ああ。佐河さまに伝えよと、言われたからだ」

「おれたちは淡井に、高砂町の尾上天海を訪ね、尾上天海が佐河さまあての書状と金子を渡すはずだからもらってくるようにと、伝えたな」

井筒は黙って杯を舐《な》めた。

「淡井は、なぜわたくしなのですかと、苛《いら》だって訊いた。入用のことは淡井に一任され、おれたちではわからぬからだろうと言った。夕刻の七ツすぎ、淡井はしぶしぶ出かけていった。それから淡井は、どうなった。どこへ消えた。尾上天海とは何者だ。考えただけでも恐ろしい。呑まずにはいられない」

「もう言うな。われらの知らぬことだ」

「知らぬこと？　それで済むのか」

と、ひと息に杯をあおった川中の目の片隅に、二人の座がある土間に佇む年増が映った。

川中が、「あ？」と年増に目を向け、井筒も気づき、伏せていた顔をあげた。

年増は紺地に時雨の雨《あめ》文の小袖に、黄茶《きちゃ》色の女帯を締め、吹き流しにかぶっていた上布《じょうふ》をとり、嫣然とした。そして、徳利をとって二人に酌をし、調理場へ向いて、

「ご亭主、こちらに徳利を二つ」

と、しっとりした声をかけた。

「驚かしちゃって、ごめんなさい。桐《きり》と申しやす。水戸家の井筒重造さまと川中左助さまでござんしょ」

お桐は、白く細長い手を小石川御門外の水戸家上屋敷のほうへ差した。白粉と唇に差した濃い紅が、酒の香りに甘く混ざり合った。

井筒と川中が、意外そうに目を合わせた。

「お桐と言うのか。何者だ」

井筒が冷淡な口調で言った。お桐は掌を合わせ、

「決して、怪しい者じゃござんせん。じつはあっし、霊岸島町の七助親分に雇われて、時どきなんですけれど、親分の仕事を手伝っておりましてね。七助親分はお店の方々の頼みを請けて、掛取《かけとり》を生業にしていらっしゃいます」

「なんだ。おまえ、女の身で掛取の手先をやっているのか」

井筒は険《けわ》しい目つきでお桐を見つめている。

川中が訝しみを隠さずに言った。

「怪しい女だな。掛取風情に、とりたてを受けることなどない。なぜわれらの名を知っておる」

「どうか、お気を悪くなさらないでくださいな。たまたまなんですよ。水戸家のさるお武家さまに、お会いしなければならない用がありましてね……」

「さる武家だと？」

そこへ、酒亭の給仕の女が新しい徳利を運んできた。それを機にお桐は、小あがりに勝手にあがりこみ、新しい熱燗の湯気ののぼる徳利を、「どうぞ」と、川中と井筒の気持ちをなだめるように差した。

お桐のふる舞いを訝しみつつも、二人は拒《こば》まなかった。

「井筒さまと川中さまのご同輩の、淡井順三郎さまなんです。淡井さまの去年からの掛がね、大分滞っているんですよ。うちの七助親分が掛取を請け負って、とりたてをなさっていたんですけれど、なかなか埒が明かなかったんです。そればかりか、淡井さまは掛を残したまま、去年の暮れごろに姿をみせなくなって、それで、あっしが江戸屋敷に淡井さまをお訪ねしたら、なんとまあ、淡井さまは国元の水戸へお戻りになって、いつまた江戸詰になるかわからないと、門前払いにされたじゃありませんか。なんてことを、と呆れていたら、ところがどっこい、深川の盛り場で淡井さまらしき方を見かけたという噂が聞けましてね」

「淡井を深川で見かけただと。いつだ。深川のどこでだ」

川中が語気を強くして質した。

「あっしが見かけたわけじゃありません。七助親分がそういう噂を聞いたと、仰ったんです。それで、淡井さまは国元に戻られたというのは作り話で、掛取に追いかけられるのが嫌で江戸屋敷に閉じこもり、時どき人目を忍んで深川へお出かけになっていらっしゃるに違いないから、江戸屋敷をもっと探るようにと、七助親分に言われたんです。あっしら掛取風情は、お屋敷には入れませんけれど、御用聞でお屋敷にお出入りなさっているご商売の方々や、お屋敷の下働きの人たちから、淡井さまのご同輩の、井筒さまと川中さまのお名前をうかがい、どういうご様子をなさっているのかも、調べさせていただきました。でも、井筒さまと川中さまをお見かけしても、いつもおいそがしそうなのでなかなかお声をかける機会がなかったんですよ。そしたら本途に偶然なんですけれど、ついさっき、井筒さまと川中さまがおそろいでこちらに入っていかれるところをお見かけして、これはいい機会だから、淡井さまのご事情をお訊ねしなくちゃと思ったんでございます」

「お桐、淡井が深川で見かけられた噂は、でたらめだ。淡井が国元に戻ったのは間違いない。あの男はもう江戸屋敷にはおらぬ」

井筒が煩《わずら》わしそうに言った。

「そんな。とかなんとか仰って、ご同輩の淡井さまを庇《かば》っていらっしゃるんじゃございませんか。親分が聞いたのも、相当確かな噂なんですけど」

「嘘ではない。掛取は諦めるんだな」

すると、川中がぽつんと言った。

「掛取に追われるとは、堅物《かたぶつ》の淡井にも、そういうところがあったのか。意外だな。そういう男なら頑なにならず、佐河さまの言いつけ通り、もっと融通を利かせておれば……」

「言うな」

井筒が強い語調で遮《さえぎ》った。

お桐は口を閉ざした川中と井筒を見比べ、さりげなく聞いた。

「あの、ちょっと漏れ聞こえたんですけれど、高砂町の尾上天海さまは、どういうお方なんですか。淡井さまと、かかり合いのあるお方なので？」

お桐が言った途端、井筒と川中が厳しい目つきを向けた。うろたえた素ぶりを見せたお桐に、井筒が言った。

「おまえ、盗み聞きしていたのか」

「と、とんでもありませんよ。いつお声をおかけしようかとお待ちしていたら、高砂町の尾上天海さまを、淡井さまが十二月にお訪ねなさったとか聞こえましたので、少しでも手がかりが聞ければと、ただそう思っただけです。聞いちゃあいけませんでしたか」

「淡井は国へ帰って、江戸にはおらんと言っただろう」

井筒が声を荒げ、わきの刀をつかんだ。

「川中、帰るぞ」

井筒は川中を促し、立ちあがった。

川中も刀をつかんで立ち、慌ただしく土間へ降りた。

「亭主、勘定だ」

井筒が亭主に勘定を払い、二人はお桐に見向きもせず店を出ていった。

戸外はもう、宵の帳《とばり》に覆われていた。

小あがりにひとり残されたお桐に、給仕の女が言った。

「あの、まだお続けになりますか」

「そうですね。この二本は新しく燗をしてもらったばかりですから、もったいないので、いただいていきましょうかね」

と、井筒と川中には桐と名乗ったお甲は、給仕に莞爾《かんじ》と頬笑んだ。

三

高砂町のこのあたり一帯は、元の吉原があったところである。

神田堀《かんだぼり》の西岸に土手蔵や船宿が甍《いらか》をつらね、高砂町から神田堀東岸の濱町へ高砂橋が架かっている。

夜の六ツ半（午後七時）すぎ、船宿《翁《おきな》屋》にお甲は着いた。軒下に《翁屋》

の看板行灯がたてられ、表戸の腰高障子に《御船宿《おんふなやど》》と標《しる》された、高砂橋の袂から南へ四半町（約二七メートル）ほどいった、高砂町の神田堀端である。

ここだね、とお甲は両引きの戸を引き、前土間に入った。

土間の続きに小広い店の間があって、広い階段が店の間から二階へあがっている。

船待ちらしい二人組が、店の間の長火鉢について酒を呑んでいた。

吹き流しの上布をとったお甲へ、二人組はにやにや顔を寄こした。

お甲が、ふん、と澄ましたところへ、折れ曲がりの土間奥から、黒羽織を着けた女将が草履をひたひたと鳴らして出てきた。

「おいでなさいまし。姐さん、どなたかとお待ち合いでございますか」

「霊岸島の七助親分は、お見えじゃありませんか」

「ああ、はいはい。ご案内いたします。どうぞ、履物はそのままで」

と、女将は店の間にあがり、階段をとんとんと小気味よく鳴らして、お甲を二階の部屋へ案内した。

案内された部屋は、出格子窓から夜の神田堀と、対岸の武家屋敷の影が見え、星空の下の河岸場《かしば》に、空の荷船が数艘舫っていた。

部屋には、七蔵と嘉助と樫太郎の三人がいて、お甲に頷きかけた。

「お甲、急いだようだな」

七蔵がお甲の様子に、笑みを寄こした。

「旦那、お待たせいたしました」

お甲はやっと着いたという風情で着座し、ふっ、と吐息をついた。

「お甲姐さん、どうぞ」

と、樫太郎がお甲の膝の前に碗をおいた。

「ありがとう、かっちゃん」

お甲は樫太郎にも頬笑み、茶をひと口含んで七蔵へ向きなおった。

「それでね、旦那。夕方、湯島一丁目の往来で、偶然、水戸家の井筒重造と川中左助を見かけたんです。二人が例の松園という酒亭へ入ったんで、この機会にと追いかけました」

「おう、井筒と川中の話が聞けたか」

「掛取のふりをして声をかけたんですが、怪しい女だと、恐い顔をして睨まれてすぐに出ていってしまったんで、ろくな話は聞き出せませんでした。淡井順三郎は国元へ帰った、掛取は諦めろ、とその一点張りで」

「だろうな」

「でも、二人がむずかしそうな顔をして話しこんでいるので、少し離れたところにいて声をかける機会を待っていたとき、幸い、お客が少なくて静かだったもんですから、話が途ぎれ途ぎれに聞こえてきましてね。二人は淡井順三郎のことを話していたんです。それによると、どうやら去年の十二月五日の夕刻、井筒と川中と淡井順三郎の三人が松園で酒を呑み、そのあと淡井はひとりで尾上天海の店にいかされたらしいんです。途ぎれ途ぎれだったんで、なんの用かは聞きとれませんでした。けど、十二月五日というのは間違いありません。その日が淡井の姿を消した日でしたね」

「そうだ。十二月五日の午後のことだ。やっぱり、淡井と湯島一丁目の酒亭で酒を呑んだ傍輩は井筒と川中だったか」

「二人が出ていったあと、ちょっとだけひとりで呑みましてね。松園で長いこと給仕をやってる女の人に、掛取の話からそれとなく井筒と川中のことを訊いてみたんです。そしたら、井筒と川中は松園にはよく呑みにくる客だそうで、去年の十二月初めごろの、井筒と川中ともうひとりの三人が呑みにきたことを覚えていたんです。というのも、声を抑えながらも井筒と川中が、もうひとりと強い口調で遣りとりを交わしていたので、それで覚えていたようです。なぜわたしなんですかって、もうひとりが井筒と川中に声を荒げたそうです。旦那、それが十二月五日に間違いないなら、淡井はなぜわたしが尾上天海の店にいくんですかって、井筒と川中と言い合いになっていたのかもしれませんね」

「そうか。親分、さっきの話と辻褄が合うな。十二月五日の夕刻、淡井順三郎は誰かの用を申しつけられ、高砂町の尾上天海の店へいかされた。そしてその夜ふけ、淡井は尾上天海とその手下とともに、大島川の石置場の土手道を東のほうへと向かって、そのまま行方知れずになった」

「湯島一丁目から高砂町、そして深川の大島川ですね。もしかしたら、大島川が淡井順三郎の三途《さんず》の川だったとか」

「今のところは、ただの推量だが、親分、ぞっとするね」

「誰かの用って、誰のですか」

樫太郎が言った。

「宮仕えのお侍の用なら、そりゃあ上役の用に決まってるさ」

「淡井順三郎の上役なら、御留守居役の佐河丈夫、ですよね」

七蔵はむっつりと頷いた。

「さっきの話って、親分、何がわかったんですか」

お甲が訊いた。

「親分、お甲にさっきの話を聞かせてやってくれ。それとお甲、顔色が青ざめてるぜ。気分が悪いんじゃねえか」

「いえ、お腹が空《す》いているところにお酒を呑んだだけで、急いできましたから、ちょっとふらふらして」

「そいつはよくねえ。樫太郎、女将に何か腹に入れる物を頼んでくれ。おれたちも腹ごしらえをしてから、今夜、尾上天海を訪ねるとしよう」

「えっ、今夜これからだと、夜ふけに迷惑だ、出なおせと、相手にされないいんじゃありませんか」

「相手にされなくていいんだ。掛取の七助が、行方知れずの淡井順三郎の行方を訊きに、しかも夜ふけにもかかわらずきたってことで、ひょっとしたら、勝手に勘繰《かんぐ》って妙な動きを見せて、それが手がかりになるかもしれねえだろう」

「そうか。合点《がってん》だ。食い物を頼んできやす」

樫太郎は部屋を飛び出した。

高砂町と難波町《なにわちょう》との境の駕籠屋新道《かごやしんみち》が、土手の往来から高砂町西隣の新和泉《しんいずみ》町《ちょう》のほうへと通っている。

その駕籠屋新道を半町ほどいった高砂町側に、高い黒塀が囲い、瓦葺屋根の引違いの木戸を閉じた二階家がある。

尾上天海の家塾・清明塾であった。

およそ半刻後の五ツ半前、七蔵と樫太郎は清明塾の木戸の前にきた。

七蔵は提げている提灯《ちょうちん》を目の上にあげ、木戸を照らした。

木戸の上に扁額《へんがく》ふうにかけられた、古木に篆刻《てんこく》した《清明》の字が読めた。

七蔵は、よろけ縞の着流しにその夜は桑染《くわぞめ》の茶羽織を羽織り、樫太郎は使用人ふうに、縹色の上着を尻端折りにして、紺看板をまとっている。

木戸に閂《かんぬき》が差してあり、戸は開かない。

七蔵は夜ふけにもかまわず木戸を叩き、木戸内に声をかけた。

「夜分、まことに畏れ入りやす。霊岸島町の七助と申しやす。此方《こちら》さまのご亭主・尾上天海さまをお訪ねいたしやした。尾上天海さまにお取次を願いやす。あっしは霊岸島町の七助でございやす。掛取を生業にいたしておりやす」

しかし、木戸内は無人のように静まっていて、なんの気配もなかった。

夜分、まことに畏れ入りやす……

と、七蔵は繰りかえし、しつこく木戸を叩き続けた。

安普請《やすぶしん》の木戸が、がたがたと音をたてたが、応答はなかった。

「ご迷惑は重々承知しておりやすが、水戸家の淡井順三郎さまのご事情につきまして、尾上天海さまに、今夜中にどうしてもお訊ねしてえことが、あるんでございやす。何とぞ、ご返答を願いやす。淡井順三郎さまは、水戸家御留守居役の佐河丈夫さま配下のお侍さまでございやす」

七蔵は言い、束の間、木戸内に耳を傾けた。それから再び、

「佐河丈夫さまは、此方さまの尾上天海さまと御懇意《ごこんい》にて、尾上さまは深川門前仲町の茶屋にしばしば、佐河さまのお供をなされ……」

と続けたとき、主屋の戸が勢いよく引かれ、庭を駆けてくる足音が聞こえた。

「黙れ、無礼者」

木戸ごしに、怒声が投げつけられた。

「この夜ふけに騒々しい。これ以上門前を騒がし無礼を働くなら、容赦《ようしゃ》なく斬り捨てるぞ。物乞い風情が、命が惜《お》しくば速《すみ》やかに立ち去れ」

「決して物乞いではございやせん。霊岸島町の七助と申しやす。掛取を生業にいたしておりやす。水戸家の淡井順三郎さまのご事情で、尾上天海さまにお訊きし

てえことがございやす」

「黙れと言うのに。掛取の物乞い風情が、気安く先生の名を口にするな」

「失礼いたしやした。では、あっしも尾上先生と呼ばせていただきやす。尾上先生に、水戸家の淡井順三郎さまのご事情について、少々お訊ねしてえことがございやす」

「馬鹿か、おまえは。水戸家の者なら水戸家へいけ。水戸家へいって訊ねよ」

「それが、淡井順三郎さまはもう水戸家の江戸屋敷には、いらっしゃいません。淡井順三郎さまは、去年の十二月五日の夕刻、此方の尾上先生をお訪ねになられたのち、いかなるご事情でか、お姿が見えなくなったんでございやす。その日、淡井順三郎さまが先生をお訪ねになったのち、どちらへお姿を消されたのか、先生にお訊きしたいんでございやす」

木戸内の怒声が止んだ。沈黙が流れた。

と、太く低い声がかけられた。

「中に入れろ」

何人かの足音が、木戸内に集まっているのが知れた。

門がはずされ、安普請の木戸が咳《せき》こむような音をたてて引かれた。

星空を背に二階家らしき主屋の影が見え、前庭に四人の侍風体が木戸をふさぐように並んでいた。三人が提げた提灯の明かりが、木戸から主屋へ敷き並べた踏石《ふみいし》と、男らが帯びた腰の厳《いか》めしい二刀を照らしていた。

着流しに袖なし羽織を着け総髪《そうはつ》に髷を結った中年の男が、提灯を提げた袴姿の三人に囲まれるように、沈着な佇まいを見せていた。

背が高く、扁平《へんぺい》な顔だちに目が不気味に垂れていた。尾上天海と思われた。

「夜分、畏れ入りやす」

七蔵と樫太郎は、腰をかがめ木戸をくぐった。

木戸を開けた侍風体が、七蔵と樫太郎の背後で木戸を、だん、と閉てて閂を差した。三人の提灯が、七蔵と樫太郎の顔の近くへ突き出され、前に四人、後ろにひとりの五人の影のほかは、眩《まぶ》しさに廻りが見えなくなった。

七蔵は畏れ入ったふうに、提灯を下へおろして頭を垂れ、三人の突き出した提灯の明かりを避けた。

「掛取の七助と言うのか。無礼な下郎《げろう》だな」

天海が冷やかに投げつけた。

「へい。改めやして、霊岸島町の七助でございやす。こいつはあっしが使っておりやす良太郎でございやす」

七蔵と樫太郎は、天海へ深々と腰を折った。

「まことに相済《あいす》まぬことでございやす。重々、お詫《わ》び申しあげやす。明日中にとりたてを済まさねえと、あっしが負わなきゃならねえ身に覚えのねえ掛《かけ》がございやす。掛取を済まさなきゃあならねえ相手を、もう二月以上追いかけておりやす。噂は聞こえやすが、どうしても足どりがつかめやせん。こうなったら、先生のお叱りお咎《とが》めを受けるのは覚悟のうえで、この夜ふけに、お店をお騒がせいたした次第でございやす」

「明日中にだと。身勝手な。おのれの金銭の妄執《もうしゅう》のために、わが清明塾をこのような夜ふけにいたずらに騒がせおって。下賤《げせん》な者どもの見境《みさかい》のないふる舞いは、愚鈍《ぐどん》でみっともないとしか言いようがない」

暗がりの中に、七蔵を睨む垂れ目だけが妖《あや》しく光っていた。

「申しわけございやせん。切羽つまり、ほとほと困り果てて、かように先生をお訪ねいたすしか、なかったんでございやす」

「往来で、野良犬のように吠えておったな。掛取の相手が、水戸家の淡井順三郎というのか。水戸家の侍が、なぜわが清明塾なのだ。おまえ、わが清明塾のことをどこで聞いた。誰から聞いた」

「へい。淡井順三郎さまをお探ししていたこの二月余、淡井さまの上役の、水戸家御留守居役の佐河丈夫さまが門前仲町にてご遊興なさる折り、しばしばお供をなさっておられます尾上天海さまのお名前を、お聞きする機会がございやした。尾上天海さまは、高砂町にて清明塾をお開きになられ、広く門弟を募《つの》り……」

「よい。佐河丈夫さまはわが清明塾の心強き後ろだてであり、わが友である。だが、配下の淡井順三郎のことは、名を聞いた覚えはあるが、それ以上のことは知らぬ。言うことはそれだけだ」

「そいつは、妙でございやすね。淡井順三郎さまがお姿を消されてから、いろいろとあっしらなりの伝《つて》を頼って探ったところ、初めは国元の水戸へお戻りになられたとか、何やら粗相《そそう》があって欠け落ちをなされたとかの話がございやした。その一方で、深川の岡場所で見かけたという噂が聞けやしたものの、水戸家の方々は、あっしら掛取ごときにはみなさん固く口を閉ざしていらっしゃいますんで、どれも確かな噂ではございやせん。たまたま、本日、江戸屋敷にお出入りなさっている御用聞から、水戸家のお侍さまより聞いたという又聞《またぎき》で、去年の十二月五日の夕刻七ツすぎ、淡井さまは佐河さまのご用を言いつけられ、おひとりでこちらの尾上先生をお訪ねなされたようだと、聞けたんでございやす」

「淡井順三郎がわが塾を訪ねただと？　それを言ったのは水戸家の誰だ」

「不確かな話で、相済いやせん。水戸家のどなたさまかまでは、存じやせん。ただ、十二月五日と言えば、まさに、淡井さまのお姿がぷっつりと見えなくなったその日でございやす。それがまことなら、先生が淡井さまの事情を何かご存じではねえかと、藁《わら》にもすがる思いでお訪ねいたした次第で」

「埒もない。淡井順三郎の名は知っておるが、それだけだと言うておる。淡井順三郎がわが清明塾を訪ねてきたことはない。いい加減な話だ。わかったか」

「ではございやすが、尾上先生。淡井順三郎さまは水戸家の御勘定衆で、三年前より江戸屋敷詰となり、御留守居役の佐河丈夫さまの配下について、御留守居役の諸入用を管理しておられやした。いろいろ訊き廻りましたところ、佐河さまはお役目柄おつき合いが広く、方々とのおつき合いにかかる入用も相当な額にのぼっていたと思われやす。中でも、深川門前仲町の茶屋で芸者を揚げての酒宴はずい分お派手にお開きだと、仲町界隈ではよく知られておりやす。そうそう、佐河さまは仲町の吉次という羽織がお気に入りとかで、水戸屋敷では、佐河さまが今に吉次を落籍せ、湯島か下谷あたりに一軒持たせ、お囲いになるおつもりだとかの噂も、流れておりやした」

「だとしたら、それがいかがした。掛取風情には、徳川御三家水戸家の御留守居役が羽織を落籍せるのが、解《げ》せんのか。おかしいのか」

「いえ。それをおかしいと、言うんじゃございやせん。それにかかるお足《あし》はずい分な額だろうなと、いくら御三家水戸家の御留守居役でも、役料《やくりよう》では追いつかねえんじゃねえかなと、思うんでございやす。掛取の性分《しようぶん》で、佐河さまはどういう手だてで、追いつかねえ分をまかなわれるのかなと、ちょいと気にかかるんでございやす。仲町の茶屋で芸者を揚げての酒宴にかかる費えも、馬鹿にはなりやせん。佐河さまの酒宴にいつも供をなさっておられます佐河さま配下の井筒重造さまと川中左助さま、それから清明塾の尾上先生のお名前は、仲町では知られておることとでございやした。お供の方々であろうと、ただで呑めや唄えの酒宴ができるわけじゃございやせん。それを佐河さまは、三日にあげずよく続くもんだと、感心いたしやした」

「七助、まどろっこしいな。何が言いたい」

「先ほども申しやしたが、淡井順三郎さまが姿を消された事情については、何やら粗相があって欠け落ちをなされた、という話も聞こえておりやす。欠け落ちするほどの粗相だとすれば、どういう粗相なんでございやしょう。もしかして、御留守居役の諸入用を管理している役目を利用し、着服とかの不埒な行いがあって、それが上役の佐河さまに露顕《ろけん》しそうになり……」

七蔵が言うと、小さなざわめきが起こった。

天海は垂れ目を瞬《まばた》きもさせず、凝っと七蔵へ向けている。

かまわず、七蔵は言った。

「去年の十二月五日、淡井順三郎さまが佐河さまにご用を言いつけられ、尾上天海さまをお訪ねし、そのあとお姿を消されたのは、もしかして諸入用管理の表沙汰にはできねえなんらかの事情とかかり合いがあって、尾上先生はそれで、淡井順三郎さまは訪ねてきちゃいねえ、淡井順三郎さまの名前しか知らねえと、どなたさまかにご配慮をなさっていらっしゃるんじゃ、ございやせんか」

「おのれ下郎。先生に向かって無礼な。雑言《ぞうごん》、許さぬぞ」

門弟のひとりが、怒りを露《あら》わにして、一歩二歩と草履を擦《こす》った。

突き出した提灯を捨て、抜刀しそうな素ぶりを見せた。あとの二人がざわざわと草履を擦り、それに倣った。

「相済いやせん。どうか、気をお静めになってくださいやし。掛取風情の勝手な邪推《じゃすい》でございやす。あっしらも、淡井順三郎さまの行方が知れず、ほとほと困り果てておりやす。つい、埒もないことを申しやした」

七蔵と樫太郎は後退《あとじさ》った。

しかし、木戸を閉じた門弟が背後でも身がまえていた。

七蔵は、どいつが嘉助親分が言っていた小田彦之助だ、と門弟らを見廻した。

「霊岸島町の七助と言うたな。おまえ、まことにただの掛取か。いい加減な雑言を吐き、要《い》らざることをほざいておると、怪我《けが》では済まぬことになるぞ。今ここで、下賤な不逞《ふてい》の輩《やから》を成敗《せいばい》してもかまわぬのだぞ」

天海が、いっそう低い声を凄《すご》ませた。

「よい。みな、やめておけ。七助、去れ。二度とくるな。次は容赦せぬ」

「へい。では、これにてご免こうむりやす。良太郎いくぜ」

背後の門弟が、七蔵と樫太郎を睨みつけながら門をはずし、だん、とまた音をたてて木戸を勢いよく引き開けた。

四

七蔵と樫太郎は、駕籠屋新道を東の神田堀端に出て、夜目にも柳並木の影が春めいた土手道を南へとった。

難波町、難波町裏河岸をすぎ、神田堀から分流する入江に架かる入江橋を渡ると、神田堀の両岸は大名屋敷や旗本屋敷が土塀をつらねる濱町河岸である。

町家ならば夜ふけでも、どこかにぽつりぽつりと明かりが灯るが、濱町河岸は土手道のはるか遠くに辻番の米粒ほどの明かりが見え、七蔵と樫太郎の頭上に星空が広がっているばかりであった。

両河岸にいく艘もの空船が浮かび、むろん、土手道に人ひとり通る影もない。

「旦那……」

樫太郎が七蔵のすぐ後ろから、声をひそめて呼びかけた。

「天海の門弟が、つけてきやす」

「ふむ。何人だ」

「ひとりだけのようです。ずっとつけてくる気ですかね」

「いや。つけてくるだけじゃあなさそうだ。この先の組合橋《くみあいばし》に、もうひとり、こっちへ渡ってきやがる」

「あ、そうですね」

神田堀西岸の濱町河岸はいき止まりで、その手前に組合橋が架かっている。組合橋を東岸へ渡り、土手道をさらに南へとると大川の三俣《みつまた》へ出る。その組合橋を、二刀を帯びた一体の影が、提灯も提げず、土手道をいく七蔵と樫太郎の様子をうかがうように渡ってくるのが見えていた。

「やつら、思ったとおり勘繰って、妙な動きを見せてきやがった。樫太郎、気づかぬふりして、このままいくぞ」

「合点だ」

前方の影が組合橋を渡り、七蔵と樫太郎のほうへゆるゆると歩んでくる。

七蔵は提灯を、前方の侍風体へかざした。

間違いなく、尾上天海の店にいたひとりだった。刀の柄《つか》に太い両腕を、重石《おもし》のように載せている。

「親分とお甲は見えるか」

七蔵は前方の男へ向いたまま、樫太郎に言った。

「つけてくる野郎の後ろのほうに、親分とお甲姐さんの影が見えやす」

樫太郎のささやき声がかえった。

「よかろう。もしかして手荒なことになったら、おまえは親分とお甲の三人で後ろの野郎にあたれ。ただし、少々痛めつけるのはかまわねえが、おれたちは町方じゃねえから、今は追い払うだけでいい」

「承知」

前方の男とは、まだ、五、六間（約九〜一一メートル）ほどの間があった。

だが、七蔵は歩みをゆるめた。

三十前後に見えた。口元を不敵に歪《ゆが》めていながら、七蔵を睨む目は険しい。

この男が小田彦之助か。そんな気がした。

男は草履を土手道に擦りつつ、変わらずにゆっくりと近づいてくる。

「ああ、先ほどの尾上先生の店でお見かけした……」

七蔵は提灯を男の顔へかざして声をかけ、歩みを止めた。

すると、性根のやくざじみた刺々《とげとげ》しい物言いを投げてきた。

「七助、おまえ、本途に霊岸島町の掛取の七助なのか。そんなやつ、聞いたことねえぞ」

「掛取ごときの名前なんぞ、どなたさまもお気になさいませんよ。お侍さまも、さようでございやしょう。ところで、なんぞご用で」

「胡乱《うろん》な野郎だ。おめえ、誰の差金《さしがね》で淡井順三郎の行方を探っていやがる。おめえが誰に頼まれたか、そいつを聞いておかなきゃな」

「あっしら掛取のお客さまは、彼方此方《あちこち》でまっとうにお店を営んでおられる方々ばかり、でございます。まっとうな方々のことなど、お侍さまにおわかりになりませんでしょう。お聞かせしても無駄でございます」

「言いたくねえってかい。ならしょうがねえ。おめえらの身体に喋ってもらうしかねえようだな」

「おっと、ご冗談を。身体に喋ってもらうなどと、この夜ふけに気色《きしょく》が悪いじゃございませんか。ところで、お侍さまは、どなたさまでございやすか。お名前をお聞かせ願えませんか」

侍はいっそう口元を歪めただけで、柄にかけていた手を一旦だらりと垂らし、やおら、鞘をにぎって鍔《つば》に親指をかけたのが見てとれた。そして、ゆっくりと歩んでくる。

「おこたえに、ならない。さようでございやすか。ならあたるも八卦《はっけ》、あたらぬも八卦。あっしがお侍さまのお名前を言いあててみやしょう。お名前は小田彦之助さま。どこの家中にも仕えたことのねえご浪人さまで、歳は三十になるかならねえか。生まれは木更津のお百姓で、お百姓が嫌で江戸へ出てきたものの、仕事にあぶれ、子細は存じませんが、尾上天海さまのご門弟になられ、二本差しの小田彦之助さまと名乗られやした。滅法、腕っ節が強いうえに気性が荒くて、かっとなって暴れ出したら手のつけられねえ危ねえ男だと、そういう評判も聞けやした。小田彦之助さまでは、ございやせんか」

彦之助が鯉口《こいぐち》をきった音が、静寂の夜道にいやに大きく聞こえた。

「そうだ、それともうひとつ、ございやす。去年の十二月五日の夜ふけ、深川の築出新地のある大島川の土手道を、小田さまは四、五人のお仲間と連れだって、東の石置場か佃町、あるいは、もっと遠くの洲崎のほうへと急がれておられやしたね。あれは、清明塾のご門弟衆でございやすね。十二月五日と申しやすと、淡井順三郎さまが御留守居役の佐河丈夫さまのお指図を受け、清明塾の尾上天海さまをお訪ねになり、そののち、ぷっつりと行方をくらまされた日でございやす。小田さま、あの夜ふけ、大島川の土手道を連れだっていかれるご門弟衆の中に、淡井順三郎さまがいらっしゃったんじゃあ、ございやせんか。淡井順三郎さまはきていないと、尾上先生が先ほど仰ったあれは、嘘でございましょう。十二月五日のあの夜ふけ、清明塾のご門弟衆は、淡井さまと連れだって一体どちらへいかれたんでございやすか」

「おめえ、ただの鼠《ねずみ》じゃねえな」

「ただの掛取風情で、ございますよ。見くびっちゃあいけませんぜ。ただの掛取風情でも、これぐらいのことは調べりゃあわかりやす。掛《かけ》が回収できなきゃあ、掛取はあがったりでさあ」

七蔵が言うや否や、彦之助の踏みこみが一気に間をつめた。狐目《きつねめ》ののっぺりした形相《ぎょうそう》が、激しい怒りにとらわれてどす黒く染まり、不気味に歪んでいた。

「ほざけ」

ひと声吠え、すっぱ抜きに七蔵を袈裟懸《けさがけ》にした。

荒々《あらあら》しい力任せの一撃だった。

咄嗟《とっさ》に、七蔵は羽織の裾をひるがえし、腰に帯びた鉄扇《てっせん》を素早く抜いてその袈裟懸を、ぱちん、と叩いた。

間髪《かんはつ》を容《い》れずかえした鉄扇を、彦之助の頬へ浴びせた。

折れた歯が吹き飛び、彦之助が顔をそむけたところへ、続けて、鉄扇を額《ひたい》に打ちこんだ。

「わあっ」

と、彦之助は叫んで足をもつれさせ、よろめき退っていき、土手の柳の幹に背中をぶつけた。そして、柳の幹に凭《もた》れた恰好でずるずるとくずれ落ち、割れた額から、夜目にも血とわかる黒い雫《しずく》を顔面に滴らせた。

力任せの一撃は、かえって身体の反応を鈍《にぶ》くし、動きが硬くなることを、彦之助は気づいていなかった。修行を積んだ剣術ではなく、無頼《ぶらい》な暮らしで身につけた喧嘩剣法にすぎなかった。

彦之助が七蔵へ斬りかかった機《き》に乗じ、後方から、抜刀した男が上段にとって、土手道を樫太郎へ突進してくるのを、樫太郎も腰の鉄扇を引き抜いて、待ちかまえていた。

掛取は十手《じって》を持てなくとも、鉄扇なら護身《ごしん》用に持っても怪しまれない。

「きやがれ」

樫太郎が叫んだ。

だが、男が突進しながら獣《けもの》のように吠えたそのとき、上段にかざした男の右手首に鉤縄《かぎなわ》がくるくると巻きついた。手首が後ろへ勢いよく引っ張られ、突進の体勢がまるで小躍りするように乱れた。

すかさず、樫太郎が踏みこんで鉄扇を叩きこんだ。鉄扇がうなりを生じて男のこめかみにさく裂した。

悲鳴をあげてよろけたところへ足払いを見舞い、男は手足を投げ出して仰向《あおむ》けにひっくりかえった。

ああ……

と、土手道に背中をしたたかに打ちつけ、苦痛に身をよじった。

しかし、男の手には刀がまだにぎられていた。

その男の左手首を踏んだのは、お甲だった。お甲は男の手から刀を奪いとり、

「危ないね。こんな物をむやみにふり廻すんじゃないよ」

と、暗い神田堀へ放り投げた。

刀はくるくる回転して暗闇の彼方に消えていき、すぐに神田堀の暗闇から、ぽちゃん、と返事がかえってきた。

五

ぽちゃん、と水面に魚が跳ねた。

永代寺と富ヶ岡八幡宮を廻るお堀に波紋が伝わっていき、水面に映るおぼろ月の明るみを小さく乱した。

おぼろ月は南西の空にはや高く懸かっていたが、星はほとんど見えなかった。

門前仲町の馬場通りから天水桶わきの木戸をくぐり、子供屋の裏店が六軒ほどもある町内の、北へ真っすぐに延びた路地の突きあたりの木戸を出ると、町内では《裏》と呼び慣れている、永代寺と富ヶ岡八幡宮のお堀端に出る。

おぼろ月の明かりだけでは、お堀端の道は暗く沈み、永代寺の山門も仏殿の屋根も黒い影にしか見えなかった。

参詣人の姿が消えたお堀端は、静けさに包まれ、馬場通りのほうの三味線と太鼓の音が、かそけく聞こえるばかりである。

その人通りの途絶えた堀端の、永代寺の山門に架かる橋から少し離れたあたりに、二つの人影がしゃがんで、暗い水面を見つめていた。

人影のひとつが、遠慮がちな小声で話を続け、もうひとつの人影は殆ど口を挟まず、黙然《もくねん》とそれを聞いている。

「そりゃね、あっしが名前を言い触らして、それがやつにばれたらどんな仕かえしを受けるかわかりません。野郎に睨まれて袋叩きにされかねねえから、恐ろしくってできなかったのも確かでやす。けど、あれからもう二月ほどがたつってえのに、未だに後味が悪くってならねえというか、こいつは罰あたりなんじゃねえかって、今日までぐずぐずと思っていたのは、じつは、それだけだからじゃあねえんです」

影がため息をつき、しばしの間をおいた。

「あっしはあの夜、小田彦之助らのほかに、大島川の土手道でもうひとり、通りかかりといき合ったんですよ。暗かったんで、ちゃんと姿形を見たわけじゃありやせん。それでも、通りかかりが年寄の女とわかりやした。それは確かでやす。その年寄の女といき合ったことを黙っているのは、後味が悪い、罰あたりなんじゃねえかと、ぐずぐずと思っておりやした。思っていても、それを誰かに話して、小田彦之助にばれてひでえ目に遭わされるのが恐ろしかったのと、これを誰にどういうふうに話せばいいんだか、それもわからなかったこともあって、ずっと肚の中に仕舞っておりやした」

　もうひとつの影が、お堀から顔を向け、同じような低い小声で言った。

「十二月五日の夜ふけ、大島川の土手道で、年寄の女を見かけた。それで？」

「へい。あのとき、ざわざわとやっているのか、川縁の草むらで争っているのか、みなでひとりを助け起こしているのか、ざわざわとやっているのを確かめにいく度胸もなく、せめて、大声を出して逃げりゃあいいものを、面倒に巻きこまれるのが嫌で、声も出さずさっさとその場を離れやした」

　と、石置場の五十次は続けた。

「そしたら四半町もいかずに、暗がりの中から、人がぼうっと出てきたんで吃驚《びっくり》しやした。すぐに婆さんとわかって、なんだい、吃驚させせんなよって、声をかけやした。けど、婆さんはなんも言わず、あっしのほうへとぼとぼと歩いてきて、知らんぷりして通りすぎていくんでやす。それで放っておけず、あっちのほうに物騒なやつらがいるから、今はいかないほうがいいぜ、遠廻りでも道を変えたほうがいいぜって、言ってやったんですがね。婆さんは何もかえさず、あっしの横を通りすぎて、暗がりに紛《まぎ》れこむみてえに見えなくなりやした」

「十二月五日の凍てつく夜か……」

「博龍さん、どうかしやしたか」

「いいんだ。五十次さんの、知らない婆さんだったんだな」

「通りすぎる寸前に顔をのぞくように見やしたが、知らない婆さんでやす。しょうがねえなとは思いやしたが、追いかける気はありやせんでした。あんな年寄だから、やつらがもめ事を起こしていたとしても、相手にはしねえだろう、と放っておいたんでやす。寒くてならず、早く帰りたくってね。で、土手道からうちのほうへ曲がりかけたときでやした。婆あっ、て男の声が聞こえたんです。それからすぐに、川になんかの落ちる音が、ぽちゃんと聞こえたんです。間違いなく、ぽちゃんて。悲鳴とか、助けを呼ぶ声とかが聞こえたわけじゃありやせん。婆あっ、て言う男の声と、ぽちゃんという音が聞こえただけでやす。あっしは、冗談だろう、よせよって思いやした。まさか、さっきの婆さんが川に落っこちたんじゃねえだろうなって、思いやした」

馬場通りの三味線と太鼓の音が、まだ続いていた。

「仕方がねえから、小田彦之助らが通っていった石置場まで引っかえしやした。そしたら、小田彦之助らしき四、五人の影が、さっきの川原あたりからぞろぞろと土手道にあがって、固まりになって歩き去っていくのが見えるじゃありやせんか。ただ、婆さんらしき影は見えやせんでした。おいおい、冗談じゃねえぜ、婆さんはどうしたんだいと、気になりやした。何かが川に落っこちたような、ぽちゃんと聞こえたあの音はなんだったんだと思ったら、寒いのと恐ろしいのとで、足ががくがくしてとまりやせんでした。土手道をうろうろして、川原やら流れのほうを見たんですがね。月明かりだけじゃあ暗くって、なんにも見えやせん。おおい、誰かいるかって、恐る恐る声もかけやした。けど、死んだみてえに静かでやした。仕方がねえんで、婆さんはとっくに通りすぎていったに違いねえと自分に言い聞かせて、うちに帰って寝ちまいました」

五十次はひと呼吸の間をおき、傍らの博龍の様子をうかがった。

沈黙している博龍の、ゆっくりとした呼気が聞こえた。

「築出新地の橋の下で、川縁の水草に婆さんの亡骸はからまっておりやした。翌朝のまだ日が昇らねえ薄暗い中、中島町の町役人さんらの指図で、川縁に氷の張った大島川から婆さんの亡骸を、あっしらが引きあげたんで。道端に婆さんの亡骸を寝かせて筵《むしろ》をかぶせ、町方が出役《しゅつやく》して検視《けんし》の始まるのを待ちやした。仏さんが、昨夜の婆さんなのかそうでねえのか、わかるわけがありやせん。暗い夜道で顔をちゃんと見たわけじゃねえし、溺れ死んだ亡骸は無残なあり様でしたんでね。けど、婆あっ、と言う声と、ぼちゃん、と聞こえた水の音が、ずっと耳から消えやせんでした」

「婆さんがお笙と知ったのは、いつだい」

博龍が言葉少なに訊いた。

「へい。深川には、お蝶さんとお花さんという器量よしの姉妹がいて、妹のお花さんは吉次という芸者名で、今、辰巳一と評判の羽織だというのは、前から聞こえておりやした。姉のお蝶さんは、なんでも大島村の鍛冶屋の倅と所帯を持ったとか。仏さんの名前がお笙さんで、お蝶さんと吉次さんのおっ母さんと知ったのは、目の覚めるような器量よしの姉妹が、仏さんを引きとりにきたときでやす。そうだったのかいと、ちょっと見惚《みと》れたのを覚えておりやす」

「ああ、お蝶と吉次は、器量よしの姉妹さ」

博龍が自慢げに呟いた。

「それからあのとき、博龍さんも、お蝶さんと吉次さんとご一緒に見えられやしたね。何度か、遠くから博龍さんをお見かけしたことはあったんですがね。あんなに近くでお見かけしたのは、初めてでやした。元はお武家で、いろんな事情があって三十年ほど前に仲町の子供屋のご亭主になった。苦労人らしく、人情に厚く、誰にたいしても親切で親身に世話をし、それでいて、人の道の筋を通すいかにも武士の潔《いさぎよ》い性根の据わった男の中の男という評判を、何度か聞きやした。この人が、深川の花町のみならず、深川じゃあ知らぬ者のねえ博龍さんかと、感心しやした。博龍さんの子供屋に、辰巳一の羽織の吉次さんを抱えていらっしゃることも、その折りに知ったんでございやす」

「五十次さん、お筌の亡骸が見つかったあの日、なんで前夜の石置場の土手道で見たことを、町役人か検視にきた町方に話さなかったんだい」

「あのときそうしてりゃあ、後味が悪いだの罰あたりだのと、うじうじ悩まなくても済んだんでやすがね。ですが、博龍さん。さっきも言いましたが、やつらが大島川の川原で何をしていたのか、はっきりと見たわけじゃねえんです。怪しいやつらに間違いはねえし、殊に小田彦之助って野郎は憎《にく》たらしくてならねえが、あんな恐ろしいやつにかかり合いたくねえ、面倒に巻きこまれたくねえ、触らぬ神に祟《たた》りなしって性根が、あっしらにはあるんですよ」

「今になってなぜ、おれにそれを言いにきたんだい」

「今日の夕刻、北町の御用聞を務める嘉助という親分さんが、御番所に願いの出ている家出人の調べで、うちへ訪ねてきましてね。淡井順三郎とかいうどっかのお侍の家出人を探しているとかで、お侍の姿が見えなくなったのが去年の十二月の五日か六日ごろで、あっしが十二月の五日の夜ふけに、大島川の土手道で数人のお侍らのもめ事らしき一件を見かけた話を聞きつけて、詳しく訊きてえと仰ったんでやす」

「嘉助親分が、淡井順三郎という侍の行方を探っているのかい」

「博龍さん、嘉助親分をご存じで」

「髪結の嘉助親分とは、もう二十年来の知り合いさ。腕のいい御用聞だが、髪結でも腕のいい職人だ。ふうむ、嘉助親分が淡井順三郎の行方をね……」

「へい。博龍さん、淡井順三郎ってお侍さんもご存じなんで」

「いや。それはいいんだ。済まねえ。話の腰を折っちまった」

「ですが、博龍さん、嘉助親分にもお筌さんを見かけたことは、話しておりやせんぜ。お筌さんのことはこれまで、誰にも言わなかった。博龍さんに今お話ししたのが初めてでやす。嘉助親分に、あの夜の小田彦之助らを思い出して話しているうちに、お筌さんのことをずっと隠してきて、後味が悪くて、なんて罰あたりなんだとうじうじしてるのが、我慢ならなくなったんです。お筌さんと大島川の土手道でいき合ったことやら、婆あっ、と言った声やら、ぽちゃんと川に落ちた音やら、それをお蝶さんと吉次さんの姉妹に隠しているのが、なんだか申しわけなくて、胸がしくしくと痛みやしてね。これはもう話すしかねえなと、思ったんです。話すなら、博龍さんしかいねえと」

「そうか。それでわざわざ訪ねてきてくれたのかい。礼を言うぜ」

「礼を言われることじゃありやせん。あっしも胸の閊《つか》えがとれて、これですっきりしやした」

「お笙は数年前から惚《ぼ》け始めてな。このごろは自分が誰かも、わからなくなっていたんだ。伊勢崎町でひとり暮らしをしているお笙が、ひとりで彷徨《さまよ》って道に迷わねえように、世話する女をお蝶と吉次が金を出し合って雇っていたんだが、ちょっと目を離したすきに、すぐにふらりといなくなっちまって、みなで捜し廻ることが何度かあった。十二月の五日の日も、昼すぎにお笙がいなくなったと知らされて、吉次も座敷をほかの子供に代わってもらって捜し廻ったが、とうとう見つからなかった。そしたら、翌朝、大島川に浮かんでたってわけさ」

「そいつはお気の毒でやす。お蝶さんと吉次さんには、博龍さんからお話しくだせえ。それじゃあ、あっしはこれで」

「五十次さん、むき出しで済まねえが、とっといてくれ」

立ちかけた五十次に、博龍が二朱銀《にしゅぎん》をにぎらせた。

「よしてくだせえ、博龍さん。そんなつもりできたんじゃあ、ありやせん。あっしはただ、自分がすっきりしてえからきたんです。本途にそれだけでさあ。しかも、こんな大金、受けとれやせん」

「いいから、遠慮せずにとっといてくれ。小田彦之助って野郎のことを聞かしてもらって、ありがてえと思ってるんだ。よく話してくれた」

すると、五十次は二朱銀をにぎり締めて、博龍を凝っと見つめた。

博龍はお堀へ目を向けて、沈黙した。

おぼろ月のうす明かりでは、顔つきを見定められなかったものの、博龍の物思わし気な横顔を、ぼんやりと照らしていた。

「博龍さん、もしも、小田彦之助って野郎に、去年の十二月五日の夜ふけ、大島川で何があったか、お訊ねになるおつもりなら、あっしも手伝いやすぜ。あっしごときが博龍さんのお役にどれほどたてるか、あてにはならねえでしょうが、よかったら使ってみてくだせえ。なんだって、やりやすぜ。それから、お蝶さんと吉次さんのためにも、あっしなんかでもお役にたてることがあったら、なんでも言ってくだせえ。手伝わせてくだせえ」

博龍は五十次へ顔を向け、頰笑んだ。

「小田彦之助は、おっかなくねえのかい」

「おっかなくたっていいんですよ。あっしだってね、やるときはやるんです。そういうことがなきゃあ、この身が廃《すた》りやす」

博龍は五十次に頰笑みを向けたまま、凝っと考えていた。そして、

「五十次さん、船は漕げるかい」

と言った。

「船? 漕げやすとも。なんなら、船だって調達《ちょうたつ》できやすぜ」

五十次が目を瞠《みは》ってかえした。

第三章　さんさ時雨

一

　それから三日がたった。

　その夕方、高砂町の清明塾の門弟・小田彦之助は、築出新地の大新地《おおしんち》の島屋大《しまやだい》栄楼《えいろう》にあがり、馴染みの女郎と一昼夜なおしが二分二朱で戯れた。

　薄暗い明け方、濃い朝靄《あさもや》のたちこめる中、女郎に見送られて新地を出て、新地橋を中島町へ渡った。

　中島町の堀川端《ほりかわばた》をいき、福島橋《ふくしまばし》を渡り、富吉町、熊井町《くまいちょう》、相川町、佐賀町とへて、永代橋を渡るつもりだった。

　主家に仕える侍が外泊など以《もっ》ての外《ほか》だが、清明塾の主人・尾上天海とその門弟と称する侍らは、主人と家来らしくなかった。彦之助自身、本途に侍かどうかも怪しく、むしろ、一味の頭《かしら》と手下というほうが似合っていた。

ともかく、馴染みの女郎と明け方まですごし、濃い朝靄に包まれた周りの景色同様、疲れて朦朧《もうろう》とした油断だらけの心持ちで、彦之助は、まだうす暗くどの店も板戸を閉てた無人の堀川端をとっていた。

そこへ、竹《たけ》網代《あじろ》の掩蓋《えんがい》が覆う二《に》挺《ちょう》櫓《ろ》のきりぎりすが、朝靄を乱しながら堀川に櫓をかすかに軋らせ、のらりくらりといく彦之助に並びかけた。

彦之助は、左手の堀川を覆う朝靄を透かして漕ぎ寄せた船影に気づき、船で高砂橋まで帰るのもいいな、と思った。

だが、新地で散々戯れ懐が寂しくなっており、船賃が心もとなかった。

歩いて帰るか、と彦之助は我慢した。

そのとき、船頭のひとりが川端をいく彦之助に声をかけてきた。

「そこのお侍さん、濱町河岸までの帰り船でやす。日本橋ぐらいまでなら、一匁《もんめ》でいきやすぜ。乗っていきやせんか」

老船頭の練《ね》れた声だった。

船頭は二人とも手拭を頬かぶりにし、顔は濃い朝靄に隠れていたが、彦之助はまったく怪しまなかった。

一匁なら懐は大丈夫だな、と老船頭の練れた声につい誘われた。船だと横になることもできる。

「濱町河岸の先の高砂橋まで、三十二文だ。どうせ帰り船だろう」

三十二文は風鈴そばの二杯分ほどである。

「三十二文？　しょうがありやせんね。承知しやした。高砂橋まで三十二文でいきやしょう。そっちへ寄せやす」

ひとりが舳《へさき》へいって棹《さお》をとり、船を川端へゆっくりと寄せて、船縁を土手の水草に擦らせた。船がゆらりと止まり、

「乗ってくだせえ。どうぞ、中でゆっくりなさって」

と、老船頭が言った。

彦之助は腰の大刀をはずし、舳の板子に飛び乗って船をゆらした。

舳から竹網代の掩蓋の中へ潜《もぐ》りこみ、胴船梁に背を凭せかけて、筵を敷いたさなに腰を落とした。

はう、と欠伸《あくび》をひとつして、刀を肩にかけて抱えた。

「高砂橋が近くなったら、声をかけやす」

艫《とも》の老船頭の声が聞こえ、もうひとりの船頭は、舳で棹を操っていた。

「頼むぜ」

そう言って、また欠伸をした。

掩蓋の外は靄が覆い、艫と舳の船頭らは靄の中で蠢《うごめ》く影にしか見えなかった。両岸の町家も土手の柳も川筋も、すべてが白い靄に塗りこめられ、まるで見知らぬ土地を彷徨っているような心地がした。

櫓が櫓床《ろどこ》にゆるく軋り、湿った川風がほつれ毛をなびかせた。

彦之助は眠気に誘われ、うつらうつらした。

堀川は仙台堀の枝川だったが、船は仙台堀へは出ず、油堀《あぶらぼり》へ曲がったところとは覚えていた。それから、夢うつつを彷徨いながらも、油堀の下ノ橋をくぐり、大川へ出たことが、ゆったりと上下するゆれでわかった。

なんの鳥かは知らないが、ぴー、ぴー、と遠い彼方を鳴きわたっていく声を聞いた。そして、なんの夢かはわからないが、彦之助は夢を見た。

肩にかけて抱えた刀がはずれ、腕が支えを失って膝にだらりと落ちたのと、腰に帯びた小刀が抜かれていくのがわかった。そこでようやく気づき、

「うん？　着いたのか」

と、垂れていた頭を持ちあげた。

「ああ、眠っていた」

口元の涎《よだれ》を、手の甲でぬぐった。うっすらと目を開けたとき、頬かぶりをした船頭の顔が、すぐ目の前にあった。以前、どこかで見たような顔だった。

ああ？

と、首をかしげて目を見開いた途端、後ろからすっぽりと頭陀袋《ずだぶくろ》をかぶせられ、視界が閉ざされた。そうして、首に巻いた縄でいきなり、皮が破れそうなほど締めつけられた。

彦之助は喉を、があ、と鳴らして喘《あえ》いだ。

首を巻いた縄をつかんだが、皮に硬く食いこんで指がかからず、さらに息ができなくなるまで締めつけられた。

うわあ、殺されると思った。足をじたばたさせたところを、

「動かすんじゃねえ」

と、足に硬い得物《えもの》で散々な打擲《ちようちやく》を受け、泣き叫びたかったが、喉を締めつけられているので、身体をよじり、声を絞《しぼ》ってうめくことしかできなかった。

たちまち、頭が朦朧として、足は痛みで動かすこともできなくなった。

「小田彦之助、このまま息の根をとめられたくねえなら、声を出すな。縄をゆるめてやる。承知か」

背後に、老船頭の声がかろうじて聞こえた。

彦之助は朦朧としながらも、懸命に頷いた。

締めつけがゆるまり、息が少し楽になった。

頭陀袋をかぶせられる直前に顔を合わせた男が、彦之助の動かなくなった足をぐるぐる巻きに縛り、背後の老船頭が腕を後手に縛っていた。

彦之助は朦朧とした意識が戻ると、今度は忘れていた恐怖がこみあげ、思わず絶叫をあげた。

「人ごろしぃ」

と思いきり叫んだばかりで、あとは言葉にならなかった。再び首を締めつけられ、袋の上から顔面に打撃を見舞われた。二打目で気が遠くなっていった。

さなに横たわり、船のゆるやかな上下を感じた。

彼方で鳥の声が、ぴー、ぴー、と鳴きわたっていった。

「やめろ。死んじまうぞ」

老船頭のかすかな声が、もうひとりを止めた。

気がついたが、頭から頭陀袋をかぶせられたままだった。

自分がどこにいるのか、何も見えなかった。袋の上から猿轡《さるぐつわ》を嚙まされ、声は出せなかった。

両の手首を縛った縄が、真上へ両腕を引っ張りあげ、地面すれすれに爪先立《つまさきだ》つほど身体が伸びきっていた。

その両足首も、荒縄でぐるぐる巻きに縛られていた。

足袋は履いたままだが、ぬかるみに爪先立ち、足袋は濡れて足が凍《こご》えるように冷たかった。すぐそばで、溝《みぞ》に水が流れ、雫が絶えず滴るような音が聞こえた。

それから、波のかすかな音もした。

気色の悪いじっとりした寒さと、何も見えない恐怖に、身体が震えた。

彦之助は、猿轡の下で激しい息づかいを繰りかえした。

「小田彦之助、気づいたか」

老船頭の低い声が聞こえた。

彦之助は、真上へ両腕を引っ張りあげられ、泥に爪先立つほど伸びきった身体を左右にふり、ただうなった。

すると、伸びた腹を棒でいきなり叩かれ、悲鳴を絞った。

手首を縛った縄にぶらさがり、棒で叩かれた腹を懸命に丸めて痛みを堪えた。

「訊かれたら、頷け。わかったな。わからねえなら、また腹に見舞うぞ」

もうひとりの声が言った。

彦之助は、爪先を泥につけたり縄にぶらさがって身体を丸めたりしながら、懸命に頷いた。

「これから、おまえに訊ねる。訊ねたことに知ってることを包み隠さず話せば、おまえの命はとらねえ。命は助けてやる。何もかもをありのままに洗い浚《ざら》いぶちまける代償が、おまえの命だ。悪くねえ取引だろう。わかったか」

彦之助は激しい呼吸を繰りかえしながら、首を何度も上下させた。

「猿轡をはずしてやるが、大声を出すんじゃねえぞ。少しでも大声を出したら、また腹に見舞って、猿轡を噛ます。いいな」

彦之助は大きく首をふった。

「よかろう」

老船頭が猿轡を解いた。

途端、彦之助がありったけの声を絞り出して叫んだ。

「やめてくれ。金なら払う。勘弁してくれ」

ばちん、と棒が彦之助の腹を打った。続けて、二打、三打と見舞われた。

悲鳴が甲走《かんばし》るより早く、また猿轡を嚙まされた。

彦之助は手首を縛る縄にぶらさがってうなり、耐えがたい苦痛に踊るように身体をくねらせ、爪先で泥をかいた。

「ここで何をやっても無駄だということが、わからねえか。おまえはここで、小便と糞を垂れ流して死ぬか、ありのままに話して命が助かるか、どっちかしかねえんだ。今晩ひと晩、おまえをここに置き去りにしたら、明日は気が変わって、正直に話す気になるかもな。だが、日が暮れたら、おまえの臭いを嗅ぎつけて、腹を空かした野良犬がいっぱい集まってくるぞ。今晩ひと晩も持つかな」

老船頭の声が、袋の上からささやいた。

彦之助の声にならぬうめきが、だんだんと嗚咽《おえつ》に変わっていった。

「また打《ぶ》たれたいか」

老船頭にささやかれ、しきりに首を横にふりうめいた。嗚咽のうめきを、必死に抑えた。

「もう勘弁してほしいんだな」

彦之助はまた、首を懸命に上下させた。

「こっちの訊くことに、ありのままにこたえるな。大きな声を出さねえな」

頷きを繰りかえした。

老船頭は猿轡をはずした。

彦之助は大声を出さなかった。はっは、はっは、と乱れた呼気を吐いて頭陀袋をゆらし、泣き声が出そうになるのを堪えた。

「よし。殊勝にこたえる気になったな」

「こ、こたえます。こたえますが、く、苦しいのです。もう少し下におろすか、乗れるものを、あ、足下に、ください」

泣くのを堪えて、必死に哀願《あいがん》した。

すると、彦之助の足下に何かが運ばれてきた。

「ここに乗れ」

と、もうひとりに足をとられ、それに乗せられた。ひと抱えほどの、冷たい石のようだった。それでも、少し楽になった。頭陀袋の中で大きく息を吐いた。

老船頭がささやいた。

「小田彦之助、もう一度言う。おまえは死ぬか生きるかの瀬戸際《せとぎわ》にいる。おまえの命がかかっている。これは取引だ。忘れた。覚えていない。あるいは、少しでもでたらめを言ったとき、取引は終る。おまえの命はない。だが、思い出したら命は助けてやる。約束する」

彦之助は首を上下させた。

「去年の十二月の五日の夕刻、おまえたちは四、五人の連れと、簗出新地の茶屋で酒宴を開き、夜がふけてから新地を出た。それは新地の若い者に聞いて、わかっている。おまえたちは、簗出新地のほうから大島川の土手道を東へとり、石置場のあたりを通りかかった。その石置場の先で連れ同士のもめ事が起こり、おまえたちは大島川の川原で争った。そうだったな。おまえたちはあの夜ふけ、何をするためにどこへいき、あの川原で一体何をした。あの日の一部始終を、すべて話せ。何もかもだぞ」

彦之助は引っ張りあげられた縄にすがり、身体がゆれて、石から滑り落ちそうになるのを防いだ。かぶせられた布へ、荒い呼気を何度も吐きかけた。

溝を水が流れ、雫が絶えず滴り、遠い波の音が聞こえた。

こんなところで死にたくねえ、恐いよう……

そう思ったらまた泣けてきた。

二

「あの夕刻、水戸家の淡井順三郎という勘定衆を、嫌がるのを無理矢理、築出新地に連れていって呑ませやした。茶屋で淡井順三郎に無理矢理呑ませて前後不覚《ぜんごふかく》にさせ、夜ふけに連れ出して、木場《きば》の先の芥の埋めたて地に、息の根をとめて埋めるためでやす」

彦之助は、めそめそしながら博徒《ばくと》ふうの言葉つきになって言い始めた。

「息の根をとめて埋めるだと。おめえらが水戸家の淡井順三郎をか」

彦之助は頷いた。

「なぜだ」

「頭の天海さんの命令です。天海さんは、水戸家の御留守居役の佐河丈夫から淡井順三郎の始末を請け負ったんです。淡井順三郎の亡骸をわからねえように隠して、欠け落ちに見せかけろと言われやした。頭の天海さんは、表向きは高砂町の清明塾の亭主ですが、その裏であっしら手下を使って、金で頼まれて、邪魔な誰彼を足腰が立たねえほど痛めつけたり、始末するのを請けているんです」

「清明塾とは、町家の私塾だな」

「そ、そうです。けど、私塾では稼げやせん。あっしらは、どこそこの誰を、と頭の天海さんに命じられて、そいつを後悔するほど痛めつけたり、始末するのが本業です。天海さんは滅法腕っ節が強く頭もきれて、あっしも力自慢でしたが、天海さんにはとても敵いやせん。深川の賭場で顔見知りになって、手伝わねえかと誘われやした。それから、二本差しに姿を変えやした」

「佐河丈夫が、なぜ、淡井順三郎の始末を天海に持ちかけた」

「頭から聞いただけで、詳しくは知りやせん。けど、そんなにむずかしい事情じゃねえから、大体の仕組はあっしにでもわかりやす。頭が言うには、淡井順三郎は佐河丈夫の下役の勘定衆で、佐河の留守居役の勤めにかかる金の出入りの勘定を、任されていたんです。佐河は幕府の勘定頭や勘定衆につけ届けするのに、実際にかかった入用を水増しして淡井に請求させ、水増しした分を着服したり、つき合いのある幕府のお歴々と口裏を合わせてつけ届けをしたことにして、それも着服しているんです。着服した額と表向きの入用と辻褄が合うように、帳簿やら受けとりの書き換えをやらされていたのが、淡井順三郎です。はっはっ、あの、水を一杯、飲ませてくだせえ。み、水を……」

しばしの間があって、かぶせられた袋を鼻先までめくり、

「飲め」

と、老船頭ではないもうひとりが、椀を彦之助の口に押しあてた。

水を飲んで、苦しみがほんのわずかだがやわらいだ。

「続けろ。帳簿の書き換えをやらせていた淡井順三郎を、なぜ始末した」

老船頭の低い声が聞こえた。

「へ、へい。淡井順三郎が、こんなことはもうやめさせてくれ、もうしたくねえ、もうできねえ、と佐河に言ったそうでやす。そればかりか、こんなことは許されねえ、これは表沙汰にしなければ、主《あるじ》に仕える家臣の道にそむくことになると、馬鹿っ正直に言い出したらしいんです。佐河は、魂消《たまげ》たに違いありやせん。佐河だけじゃなかったんです。佐河の着服のおこぼれに与《あずか》っていた配下の傍輩らも、淡井順三郎を放っておけなかった。佐河の命じるままに、あっしらに手を貸しやした。そ、そいつらの名は、井筒重造と川中左助でやす」

「あの夜ふけの大島川の土手道に、井筒と川中もいたのか」

「井筒と川中は、淡井に清明塾へいく用を言いつけ、手引きをしただけでやす。汚れ仕事は、あっしらの役目ですから。それが、去年の十二月五日の夕方のこと

でやす。淡井が清明塾に頭を訪ねてきたんで、手はず通り、先生は急用が入って深川にいかれたから、そちらへ案内するように言われておりやすと、あっしら仲間四人で、淡井を築出新地の茶屋に連れていきやした」

彦之助は、両掌に抱えるほどの石に両足を載せている状態に疲れ、忙《せわ》しない呼気を繰りかえし、ふらついた。

「畏れ入りやす、旦那さん。地面に立てるようにして、いただけやせんか。もうここまで話しちまったんですから、隠し事はしやせん。洗い浚い話しやす。どうか、お願えしやす」

返事はなかった。

だが、いきなり足下の石が払われた。

彦之助はまた泥土に爪先立ち、両腕を引っ張りあげられた。縄は屋根裏の梁《はり》にかけられているのか、苦しそうに軋んだ。

すぐに、引っ張りあげていた縄がわずかにゆるみ、足が泥土に届いた。

「あ、ありがとうございやす。はあ、助かった」

「まだ助かるかどうか、わからねえぞ。続けろ」

老船頭が言った。

「へい。淡井を築出新地の茶屋に連れていきやした。頭の天海さんはいねえんですが、先生はすぐに戻ってくるそうだから、それまでここで待とうということにして、茶屋の女を相手にみなで酒を吞みやした。ただ、淡井が拒むのを無理矢理に勧めて少しは吞ませやしたが、ふらふらにさせる狙いは上手くいきやせんでした。淡井は融通の利かねえ堅い男と聞いていた通り、あっしらの言うことを真に受けて辛抱強く天海さんを待っているんですから、なんにも知らずにと、ちょっと気の毒になりましたがね」

彦之助はつい、ひひ、と袋の中で嘲笑《あざわら》った。

「笑うんじゃねえ。また痛え目に遭わせるぞ」

もうひとりが、腹だたしげに言った。

「相済いやせん。ご勘弁を。それでですね、夜の五ツごろになって、どうやら先生は入船町の酒亭で客と会って長引いているから、そっちへいこうということにしやした。さすがに、淡井は怪訝《けげん》な様子だったんで、途中で痛めつけて、酔っぱらいをかついでいくふりをしていく肚でやした。あの夜は痺《しび》れるぐらい寒くて、欠けた月がかかっておりやしたが、土手道は真っ暗闇も同然でやした。築出新地を出て大島川の土手道をいき、旦那さんがさっき言われた、石置場をすぎたところでもめ事があったってえのは、淡井があっしらを怪しみ、それまでむっつりと土手道を歩いていたのが、突然、川原へ飛び降りて逃げ出しやがったんでさ。あっしらは、やつの様子がおかしくなっていたので用心しておりやしたから、すぐに追いかけて刀も抜かせずに、川原の草むらの中で、ぐったりするまで散々に痛めつけてやりやした。そういうのは、あっしらのお手のもんでさあ」

老船頭ともうひとりは、何も言わなかった。

彦之助は見えない二人の気配をうかがいつつ、恐る恐る続けた。

「それから土手にかつぎあげ、洲崎の月夜の下の真っ黒な海が広がってる土手道までいったんですがね。もう我慢できねえくらい海風が冷たくて寒いしで、みな凍えちまって、木場の先の芥の埋めたて地へ運んでいくのはよして、洲崎の蘆荻の中に埋めちまうことにしやした。蘆荻の中へ連れこんだとき、淡井はちょっと手向かいしやしたが、三人が声も出させねえように押さえて、あっしが首を絞めてやつの息の根をとめやした。得物を使わなかったのは、かえり血を浴びねえようにするためです。夜ふけでも、戻りの途中で、誰かに見られたり怪しまれねえように用心しやした。淡井順三郎の亡骸は、洲崎の蘆荻の中に埋まっておりやす。平野橋《ひらのばし》の袂に近い平野川の土手を、洲崎のほうへくだって四半町ほど海のほうへいったあたりでやす。旦那さん、それがお訊ねの、十二月五日の夜の一部始終でやす。包み隠さず、全部お話しいたしやした」

と、彦之助の腹に再び得物が叩きつけられた。

「ああ、何をしやがる。全部話したら、命はとらねえのじゃなかったのかい。てめえら騙《だま》しやがったな」

彦之助は、苦痛に身体をよじって喚《わめ》いた。

と、背後から首に腕を巻きつけ締めあげ、袋ごしに老船頭がささやいた。

「喚くな。おまえはまだ全部話していない。あの夜、おまえらが大島川の川原で淡井を痛めつけていたとき、土手道を人が通りかかった。年寄の女だ。おまえらは女に気づき、見られたと思った。婆あっ、とおまえらの誰かが叫んだ。おまえらは、その年寄の女に何をした。それを話せ」

老船頭にささやかれ、あれか、と気づいた。

首を上下させると、首に巻きつけた腕の力がゆるんだ。

「お、思い出しやした、旦那さん。そうです。あのとき、婆あがひとり、土手道に立って、川原であっしらが淡井を痛めつけていたのを、見ていやがったんです。あっしは淡井を押さえつけていたんで、三人のうちの誰か、広岡《ひろおか》か上坂《かみさか》だったかが婆あに気づいて、土手から引き摺りおろしやした。痩せ細った老いぼれで、助けも呼ばず、木偶《でく》みてえにされるままでやした。どうするって言うから、殺《や》っちまうしかねえじゃねえですか。暗くてわからなかったとしても、見られちゃあ放っておくわけにはいかねえんで、しょうがなかったんです。広岡か上坂のどっちかが、川縁の水の中に顔を沈めて息の根をとめてから、大川のほうへ流れるよう川中へ押し流しやした。ちょっと、音はたちやしたが。どうせ先のねえ老いぼれですし、あっという間だったんで、忘れておりやした」

「大島川に捨てた婆さんのことは、天海も、佐河も知っているのか」

「そりゃあもう。頭の天海さんは、見られたんじゃあ仕方がねえと。佐河には天海さんが通りかかりの婆あに見られた事情を話したそうで。ちゃんと始末したと言ったら、佐河はどうでもよさそうに、淡井の始末のことしか気にかけていなかったそうでやす」

老船頭ともうひとりが、沈黙していた。

溝のような細流の音と、滴り続ける雫の音、そして遠くの波の音が聞こえた。

二人の沈黙が、彦之助には不気味だった。

「だ、旦那さん。全部話しやした。嘘はありやせん。信じてくだせえ」

彦之助は、おどおどして言った。

しかし、老船頭もうひとりも沈黙を続けた。

「お願《ねげ》えです。旦那さん。言われたままに全部話したのに、このままじゃあひでえじゃや、ありやせんか。もう許してくだせえ。勘弁してくだせえよ」

彦之助は泣き声をもらした。

すると、怒気のこもった老船頭の声が言った。

「黙れ。おまえの命はとらねえ。約束は守る。だが、すぐには解き放たねえ。いつどう解き放つか、まだ決めてねえ。おまえがこれまでに人を苦しめた仕打ちに比べれば、ここは極楽《ごくらく》だ。命をとられねえだけでも、ありがたいと思え」

彦之助は震えあがった。


霊巌寺裏門前町のはずれに、日照山法禅寺《にっしょうざんほうぜんじ》という浄土宗《じょうどしゅう》の寺がある。

去年の十二月六日の夜明け前、大島川に架かる新地橋下の水草の間に浮かんでいたお笙の亡骸は、砂村《すなむら》新田の火葬場で荼毘の煙と消えたあと、遺骨《いこつ》はお蝶と吉次により、その法禅寺の墓地に葬《ほうむ》られたのだった。

姉妹は母親のお笙のために、小さな墓石を拵えて弔《とむら》っていた。

昼八ツ半（午後三時）すぎ、岩本の亭主の博龍、大島村の女鍛冶のお蝶、そして、お蝶の妹の、羽織の吉次ことお花の三人がその墓前に佇んでいた。

墓前には春の花が供えられ、線香が細い煙を燻らしている。

まだ春霞の西の空に高い天道は、境内の木々の長い影を墓地に落とし、木々の間では小鳥が、さながら極楽の地であるかのようにさえずっていた。

博龍は、樫の杖を突き、腰を擦って伸ばす仕種をした。そして、

「お蝶、お花、そういうことだ」

と、白く垂れた細い眉毛の下の、きれ長な目を穏やかにして言った。

博龍の言葉に促されて、お蝶がようやく口を開いた。しかし、

「そんな……」

と、言ったのはそれだった。

お蝶は、筒袖の上着に山袴を着け、足袋を履いて、豊かな黒髪を桂包にした女鍛冶の拵えのままだった。口紅も眉墨も白粉もつけず、鍛冶仕事の汗と埃が白く艶やかな肌を隠していた。

それから、大粒の涙がお蝶の頰を伝った。

「姉さん」

吉次が白磁《はくじ》のような手で、お蝶の日々の鍛冶仕事に鍛えられた手をとった。

その目にも、涙がいっぱいに浮かんでいた。

瞼を瞬《また》かせると、島田の髪がゆれ、薄化粧の下の心の乱れを表すように朱が差した頰にも、ぽろぽろと涙がこぼれた。

「ごめんね、おっ母さん。あたしの所為だね」

お蝶が言い、吉次の手をにぎりかえした。

「違うよ。姉さんの所為じゃないよ」

吉次が言った。

「許せない」

お蝶がまた言い、こくり、と吉次は頷いた。

博龍は姉妹を凝っと見つめていた。

木々の間で小鳥がさえずり、心地よい春の日が降っていた。また花が咲き、春が盛りを迎えようとしていた。もう一日二日もすれば、望月《もちづき》のころである。

何度、この春を迎えただろう。

ふと、捨てどきがきたな、と姉妹を見つめて博龍は思った。

三

その宵、吉次は背のすっと高い姿に島田を結い、笄二本と簪一本を挿し、深川芸者らしく仕掛の櫛がひとつ。

着慣れた山吹の襲色目を着け、琥珀《こはく》色が艶やかな唐獅子《からじし》文の帯に装って、その上に紫羅紗をいつものように羽織っていた。

尾花屋の別の座敷では酒宴がまだ続いていて、浮かれた管弦《かんげん》や太鼓の音や、唄声が聞こえていた。

だが、白い素足に尾花屋の階段は、しんと冷たかった。

二階にあがって廊下を折れ曲がった突きあたりに、佐河丈夫の待つ座敷の片引きの杉戸があった。

柱行灯の小さな明かりが、吉次を暗い奥へと導いていた。

吉次は、ひたひたと板廊下を踏みながら、胸の高鳴りを抑えられなかった。

死ぬほど恐ろしかった。けれど、命を捨てる覚悟はできていた。

おっ母さん、そっちへいくよ。

吉次は祈るように繰りかえした。

突きあたりの杉戸の前までくると、廊下の片側に人ひとりが通れるほどの階段が裏庭へ降りていて、裏庭の濡縁伝いに客用の厠へいくことができた。

吉次は、階下を閉ざす暗がりを見おろした。

階下の暗がりを確かめてから、杉戸をそっと引いた。

水屋《みずや》の板敷と次之間《つぎのま》の間仕切の襖に、柱行灯のほの明かりが射した。吉次は、水屋から三畳の次之間へ着物の裾を擦った。

座敷の間仕切は両開きにされていたが、たて廻《まわ》した屏風《びょうぶ》が座敷の様子を隠していた。屏風の奥に行灯が灯り、ゆるゆるとたちのぼっていく煙草の煙が、屏風の上に見えていた。

次之間の吉次に気づいた佐河丈夫が、かん、と灰吹《はいふ》きに煙管を打った。

「吉次か」

と言った。

「はい」

吉次は静かにかえした。

「入れ」

吉次は座敷に入り襖を閉めたが、一尺（約三〇センチ）ほどを開けたまま残した。

佐河は上布団を折りかえして横になり、白い寝間着《ねまき》の上体を行灯の明かりの中に晒《さら》して、吉次を見あげていた。

四十代初めの佐河は、眉が濃く、目鼻だちは整っていた。

だが、はや頬が垂れ、尖った顎の険しさに垂れた頬の深い皺が、佐河の顔つき全体に粗野《そや》な暗みを与えていた。顔は笑っても、その暗みは消えなかった。

吉次には、前からそれが不気味だった。

黒鞘の二刀は、横になったまま手を伸ばせば届く屏風の一角の刀架《とうか》にかけてあった。煙草盆がそのわきに並んでいる。

「さあ」

佐河が吐息のような声を寄こした。

吉次は佐河に背を向け、羽織を脱いで落とし、帯に手をかけた。

それからときが、刻々とすぎていった。

その間も、有明行灯だけの暗い座敷に、佐河の荒い息遣いと酒宴の賑わいが、ずっと聞こえていた。

吉次の胸の高鳴りも、収まることはなかった。

吉次は目覚めたまま、母親のお笙が前をいき、姉のお蝶と吉次が続いて町家から町家へと、辻から辻へと流し歩いた日々の夢を見ていた。

宵の帳のおりた辻に立ち、お笙とお蝶が三味線に撥《ばち》をあてて豊後節を語っていた。吉次は鉢を持って、足を止めた通りかかりの間を廻った。

「御報謝」

吉次は声をかけ、一銭か二銭、希に十銭ほどを鉢に入れる客もいて、母と姉妹のその日暮らしのわずかな銭を乞うのだった。

三味線の音とともに、調子をそろえたお笙のしっとりとした喉とお蝶の高く澄んだ声が、吉次には聞こえていた。辻に立ち止まった通りかかりの中には、お笙とお蝶の豊後節に、涙を流している客もいた。

「お花、おいで」

春の永代橋を渡るとき、うっとりとするような大川の風に吹かれて遅れた吉次へ、お蝶がふりかえってそう呼びかけた。

吉次はお蝶のそばへ走り寄り、お蝶の手をにぎった。

お蝶の冷たい手が吉次の手をにぎりかえし、吉次はお蝶と頰笑みを交わした。

ふっ、と吉次は夢を見て笑った。

「どうした吉次。なんだ？」

有明行灯が灯るだけの薄暗がりの中で、吉次に重なった佐河が甘ったるくささやいた。おぼろな佐河の顔が、吉次を見おろしていた。吉次は黙っていた。ただ凝っと耐えて、佐河のおぼろな顔を見あげていた。

そのとき、座敷の襖が静かに引かれたのがわかった。

うん？

佐河がその気配に気づいた。

吉次は下から、佐河の身体に長い両腕を巻きつけた。両足をからめた。

佐河は吉次のふる舞いに、途端に心を奪われ、座敷にたちこめた不穏な気配から気をそらした。

その瞬間、吉次はぎゅっと目をつぶっていた。

それがどのようにして起こったか、見ていなかった。

ただ、背後から口をふさがれた佐河がうめいて、もがく手足を、吉次が下からしっかりと抱きとめ、佐河に刀架の刀をとらせなかった。

異変に気づいたのは、芸者らが一統《いっとう》に伯母さんと呼ぶ尾花屋の女将だった。

「なんだい、二階に妙な物音がするね。あれは佐河さまのお座敷だよ」

女将が天井を見あげ、亭主に言った。

二階に畳を打つ妙な音が、繰りかえされていた。

夜もだいぶふけ、遅くまで続いていた酒宴は果ててひっそりと静まり、外の馬場通りも茶屋遊びの嫖客《ひょうきゃく》の姿は途絶えていた。

深川は《四ツさき》と言って、夜四ツ（午後十時）ごろから朝六ツ（午前六時）までの遊びを一切《ひときり》とした。その四ツを廻った刻限だった。

佐河丈夫は上客のため、尾花屋では本人の勝手に任せていた。

ただし、武家は外泊が禁じられており、遅くとも四ツには、帰り支度を始めねばならなかった。

その日の遊興の供侍は、いつもの井筒重造と川中左助の両名だった。

二人は酒宴が果ててから一階の店の間に控え、佐河が二階から吉次にともなわれて降りてくるのを待っていた。

普段より少々遅れていたが、吉次との今宵の別れを惜しんでいるのだろう。もう少したてば、そろそろお支度を、と声をかけにいくつもりだった。

佐河さまも精《せい》の出ることだ、と二人は油断していた。

女将は若い者に、様子を見にいかせた。

「てえへんだ、てえへんだ。女将さあん」

と、若い者が大声で喚き、階段を転がるように駆けおりて、亭主と女将のいる内証に転がりこんだのは、様子を見にいってほどなくだった。

「きき、吉次が縛られておりやす。佐河さまが、佐河さまが……」

と、若い者が何を慌てふためいているのか、要領は得なかったが、佐河にただならぬ事態が起こったらしいことは知れた。

「ええっ、佐河さまが」

と、亭主と女将は慌てた。

店の間の井筒と川中は、若い者が喚きながら階段を駆けおりてきたのと入れ替わりに、おっとり刀で階段を駆けあがり、廊下の奥の佐河の座敷へ走った。

「佐河さまっ」

と、杉戸が開けたままになっている中へ飛びこむと、屏風をたて廻した奥の、有明行灯がうっすらと灯ったほの暗い座敷に、吉次がきつく猿轡を嚙まされ、手足を何重にも縛《いまし》められて横たわっていたのだった。

吉次は、上布団がめくれあがった浅葱の花模様の敷布団に、長襦袢の裾が乱れて白磁の太腿《ふともも》も露わなしどけなさで、目隠しされた顔を俯《うつぶ》せにしていた。

佐河丈夫の姿はなかった。

屏風内の一角の刀架には、黒鞘の二刀が、主におき忘れられたように空しく架かっていた。

井筒と川中は一瞬われを失い、呆然とした。

一刻がたった真夜中の子《ね》の刻、知らせを受けた水戸家江戸屋敷の二十名を超える侍衆が、尾花屋の店に着いた。

その侍衆の中に、色青白く、顎の細長い割には額と月代の広い才槌頭の、目がぱっちりとして育ちの良さを感じさせる、目付の斗島半左衛門もいた。

半左衛門は、侍衆とともに尾花屋に着くと、若衆の面影を残した二重の大きな目で、これが辰巳と言われる門前仲町の茶屋というものか、と物珍しそうに店の様子を睨廻《ねめまわ》した。それから、ふん、と鼻で笑い、

「かかれ」

と、侍衆に指図した。

水戸家の侍衆がくる前に、尾花屋から仲町の自身番と、北町奉行所にかどわか

しの訴えを出し、仲町の町役人らが集まり、また北町からも当番同心らがすでに出役していた。

しかし、水戸家の侍衆は、これは水戸家に仕える侍の事情ゆえ、以後は当家のみにて調べを進めるゆえ、町役人並びに奉行所の方々はお引きとり願う、という少々居丈高《いたけだか》な態度で、町役人や当番同心らを引き退《の》かせた。

「町奉行所へは、ほどなくわが江戸屋敷より、その旨《むね》の要請を届け出る手はずになっておりますゆえ」

と、半左衛門は出役した当番同心に言い添えた。

当番同心らは、勝手にしな、と不満げな素ぶりを露わに引きあげていった。

半左衛門は数名の侍衆を率い、女将の案内で二階の座敷へ悠然《ゆうぜん》と通った。

屛風をたて廻した六畳間には、行灯が新たに灯されていた。刀架に残る二刀、煙草盆、有明行灯、衣紋《えもん》かけや乱れ箱に畳んだ衣類や小物、寝乱れたままの布団などのほかに、艶めいた男と女の気配がかすかに残されていた。

座敷の板戸を閉てた櫺子窓のわきに、井筒重造と川中左助が顔を伏せて畏まっていた。半左衛門は立ったまま、二人を見おろして言った。

「水戸家目付役の、斗島半左衛門です。先だってお会いした、井筒重造さんと川中左助さんでしたな。今宵、佐河さまの供をしてこられた。一体、何があったのか、事情をお聞かせ願います」

二人は周りを囲んだ侍衆に見おろされた恰好で肩を落とし、事情を語った。

「若い者が大声で叫び、二階から慌てて走り降りてきましたので、すぐさま駆けつけましたところ、すでに佐河さまのお姿はなく、吉次が手足を縛められ猿轡を嚙ませられて、そこに寝かされておりました」

井筒がこたえ、川中が頷いた。

「吉次とは、羽織ですな」

半左衛門が女将に質した。

「はい。子供屋の岩本の子供で、佐河さまがもう半年以上前から、馴染みにしておられます」

女将がこたえ、若い者を見にいかせた事情を話した。

半左衛門は、井筒と川中に向きなおった。

「女将が二階の物音に気づいて、若い者に様子を見にいかせ、異変に気づいて大声で知らせたのですな。なぜ、供のあなた方が、佐河さまの部屋の様子を見にいかれなかったのですか」

「それは、若い者が四ツの見廻りにいったと思い、若い者の見廻りが済んでからのつもりでしたので……」

「二階の異変に、まったく気づかなかったのですか」

「われらは店の間にて、佐河さまをお待ちいたしておりましたゆえ、一向に。佐河さまが吉次とすごされるときは、お邪魔をせぬように、いつもそのようにいたしております」

「だとしても、供侍がそれでは不覚でしたな」

二人はいっそう身を縮めた。

それから半左衛門は、座敷の足跡や塵《ちり》ひとつも見逃さぬよう入念に調べよと侍衆に指図し、吉次を待たせている一階の居間へ女将に案内させた。

吉次の話を聞くのに、「お二人も」と、井筒と川中にも立ち会わせた。

腰付障子を閉てた六畳の部屋に、羽織の吉次、尾花屋の亭主、知らせを受けて駆けつけた岩本の女将の鶴次、軽子のお咲が畏まっていた。

主屋の周りの庭や隣家との境の路地では、侍衆が佐河丈夫かどわかしの手がかりを探し廻っていて、店中が普段の茶屋の華やかさとは異なる、重々しい騒々しさに包まれていた。

吉次は、長襦袢ひとつのしどけない姿で拘束《こうそく》されていたのが、山吹の襲色目の小袖と紫羅紗の羽織に身形を直していた。青ざめた顔に島田のほつれ毛が落ちかかり、なるほどこれは、と半左衛門も息を呑む凄艶《せいえん》な居ずまいだった。

だいぶ泣いたと思われ、瞼が少し赤くはれていた。

半左衛門は冷淡な語調を変えず、吉次に事情を質した。

賊《ぞく》は音もなく座敷に侵入してきて、いきなり佐河の顔に袋をかぶせたところまでは見えたが、吉次もすぐに目をふさがれ猿轡を噛まされたため、それ以外はひとりの賊の黒装束がちらりと見えただけだった。

あまりにも思いがけないことなので、賊がどこからどのように、座敷へ侵入してきたかもわからない。ただ、吉次の手足を縛っていた賊が、男の声で、大人しくしていれば命はとらない、とささやいた。

足音の様子から、賊の数は三人か四人のような気がする。

布団に寝転がされ、吉次は凝っとしているしかなかった。

賊は誰も口を利かず、ひとりの声だけが、縛れ、よし、いけ、とかただひと言で指図するだけだった。

あとは佐河丈夫の苦しげなうめき声や吐息しか、聞こえなかった。

「でも、いく人かの人の足音が、たぶん、部屋の外の階段を裏庭へ降りていくのが聞こえました」

と、目を伏せて言った。島田に結った髪の生え際が、絵で描かれたように美しかった。

ふと、半左衛門は吉次の島田がさほど乱れていないことに気づいた。

きつく猿轡を嚙まされたようだが、口元や頰の肌に跡は残っていなかった。

「吉次は、佐河丈夫さまの馴染みだそうだな。辰巳一の、評判の芸者とも聞いている。佐河さまとは、いつごろから」

半左衛門が、凜々《りり》しい声で質した。

「去年の七月、佐河さまのご指名を受け、お座敷に初めて呼ばれました」

「去年の七月以来か。佐河さまはよくくるのか」

「二日、長くて三日おきには。ときには、昼間お見えになることもございます」

「そんなにか。必ず、吉次を指名するのだな」

吉次は、首を小さく頷かせた。

「今宵、佐河さまの指名がかかることは知っていたのか」

「存じません。佐河さまはお役目のお忙しい方でございますので、しばらくお見えにならなかったあとは、何日か続けてこられる場合もございます。でも、今宵はお見えになるような気は、しておりました」

「そんな気がした？　それはなぜだ」

「なぜと言われましても、そんな気がいたしておりました」

「それだけか」

「それだけでございます」

吉次が意外なほど、あっさりと言った。

すると、岩本の女将の鶴次が、吉次を庇うように言い足した。

「斗島さまに申しあげます。佐河さまはうちの吉次を身請けなさり、湯島か下谷に一軒を持たせて、世話をしたいと仰っておられたのでございます。吉次は、佐河さまに、抱えられたも同然の身でございました。まことに、ありがたいことでございます。この子は、周りにはいさみを装っておりますが、内心では、佐河さまの身にこのようなことが起こり、胸を痛めておるのでございます。どうぞご無事をと、心より祈っておるのでございます」

「さようか。鶴次は岩本の女将だな。岩本の亭主はどうした。このたびのことが気にかからぬのか」

「申しわけございません。亭主の博龍は、七十近い年寄でございます。もう休んでおりますので、何ぞお訊ねのご用がございますなら、明日、水戸さまのお屋敷へ訪ねさせます」

「ふむ。七十近い年寄なら仕方あるまい。よい。亭主に用があれば、こちらから訪ねる。ところで吉次、手を見せてくれ」

と、半左衛門が吉次へ膝を進めた。

吉次は、は？　という顔つきを見せた。

「手だ。このように。案ずるな。おまえの手を見たいだけだ」

半左衛門は両手を前にそろえ、お縄になるような仕種を真似た。

吉次が恐る恐る、両手を半左衛門へ差し出した。吉次の手首に、きつく縛られた縄の痕が、赤黒い痣になって残っていた。

「綺麗な手に、縄の痕が残っておる。可哀想に。きつく縛られたのだな。だが、猿轡はあまりきつくはなかったようだな。口元にも頬や首筋にも、猿轡の痕が残っていない。おまえの美しい顔に醜《みにく》い痕を残すのを、賊もためらったと見える。顔は芸者の命、だからなのかな」

半左衛門が、吉次の差し出した手から目をあげて言った。

吉次は細い首をかしげた。

半左衛門は吉次の手をとったまま、凝っと吉次を見つめた。

四

博龍とお蝶は、筵にくるんだ佐河丈夫を肩にかついだ。

お蝶は痩身ながら、鍛冶場で鍛えた身体は強靭《きょうじん》だった。

裏庭への狭い階段を、ゆっくり音をたてぬようにおりた。

階段の下に濡縁と手水場があり、客用の厠へいけた。

手水場のわきから裏庭へおりた。

一灯の石燈籠の薄明かりが、博龍と筵にくるんだ荷を肩にかついだお蝶をぼんやりと照らした。

階下の庭側の板戸はすべて閉じてあり、人が庭をのぞく気配はなかった。

二人は紺手拭を頬かぶりにし、どんぶりのある黒の腹かけに黒股引、白足袋に藁草履、濃紺の半纏に角帯をきつく締め、材木問屋の木挽《こびき》職人のような扮装に拵えていた。

藁草履は足音を消し、木場に近いこのあたりで木挽職人の風体なら、ちょっと見には怪しまれない。博龍は、夜陰《やいん》に紛れる黒装束よりかえっていいと考えて、自分とお蝶の分の装束を調えた。

その装束に着替えたのは、永代寺と富ヶ岡八幡の土塀を廻る堀に舫う、二挺櫓のきりぎりすの、竹網代の掩蓋の中だった。

裏庭を囲う板塀の隅に、くぐって出入りする裏戸がある。

五ツ前、吉次が厠へいくふりをして裏庭へ廻り、裏戸の閂をはずしておいた。

吉次はそれから、佐河の待つ二階奥の座敷へ向かったのだった。

博龍と荷をかついだお蝶が庭におりたとき、客と芸者がじゃれ合いながら階段をおりてきた。

咄嗟に佐河をくるんだ筵を濡縁の下に転がし、二人はもぐりこんだ。

どこかの酒宴の賑わいが、佐河のうめき声をまぎらわした。

用を足した客の手に、濡縁の手水場で待っていた芸者が水をそそぎ、滴った水が縁の下に水飛沫を散らした。客と芸者が、なおも戯れて言い合いつつ二階へあがっていくと、二人は縁の下から這い出た。

尾花屋の裏戸をくぐり出て、夜ふけの町内の路地を永代寺と富ヶ岡八幡のお堀端の《裏》へととった。

望月の懸かった夜ながら、路地に月の光は届かない。

博龍は、町内の路地を知りつくしていて、子供屋の店が並ぶ路地は、夜ふけでも人通りはあるが、朝の暗いうちから起き出す職人や棒手振《ぼてふ》りらが多く住む路地なら、大抵みな寝静まっているのがわかっていた。

途中、犬に吠えられた。

あのやくざ犬め、やっぱり吠えやがったな、と博龍は承知のうえだった。

二人が路地を通りすぎたあと、住人が顔を出した。

だが、人が通ったことはわかったものの、夜陰にまぎれてそれがだれで何をしているのか、見分けられなかった。

また、酔っぱらいともいき合った。

博龍は平然と、「こんばんは」と気安く声をかけ、酔っぱらいも、「おう、いい夜だね」と上機嫌にかえし、通りすぎただけだった。

お堀端に出ると、きりぎりすの影が月の光の下に浮かんでいた。

艫の人影が手を突きあげ、合図を寄こした。

博龍とお蝶は黙然と舳から乗りこみ、筵のくるみを掩蓋の中に運び入れた。博龍は艫に出て棹をとり、「いくぞ」と艫の五十次へ忍ばせた声を投げた。

「あいよ」

五十次が小声をかえした。

きりぎりすはお堀から十五間川《じゅうごけんがわ》、町家の堀川、大島川をへて、大川河口の南方に石川島《いしかわじま》と佃島の島影の見える海へ漕ぎ出た。

望月が天上高くに白く懸かって、星空が鏡のようになめらかな黒い海を覆い、はるか彼方の沖でひとつになっていた。

佃島よりずっと遠い海に、いくつもの漁火《いさりび》が見えた。

博龍も櫓をとり、沖へ沖へと向かう二挺櫓のきりぎりすを、月の光がどこまでも追いかけてきた。

やがて、後方の江戸の町が海に沈みかけたあたりまで漕ぎ出て、博龍は櫓を止めた。ゆるやかな波が船端を叩き、眠気を誘っていた。

博龍は掩蓋の中へ、声をかけた。

「ここらにしよう」

お蝶が掩蓋から顔を出して頷いた。

五十次は艫の櫓をとったまま、博龍とお蝶が筵のくるみを、艫の板子へ引き摺り出すのを見守った。

「お蝶、いいか」

博龍がお蝶に言った。

お蝶の潤《うる》んだ目に、月の光が宿っていた。

佐河が筵の中でうめき、懸命に身をくねらせていた。

しかし、お蝶は筵へかがんで言った。

「おっ母さんを殺した一味の、おまえが頭だから、おまえに死んでもらう。今夜は月が綺麗だ。あたしらと綺麗な望月が、あの世にいくおまえを見送っているよ。あの世へいって、おっ母さんに詫びてきな」

筵のくるみが、獣のようにくねりうめいたが、それだけだった。

博龍とお蝶が、厳重に結わえた筵のくるみの両端を抱え、舳の板子からまるで海面に浮かべるように落とした。

小さな水飛沫をあげて、筵のくるみは、ほんの束の間、月明かりを浴びて波間に浮かんだ。

だが、ゆっくりと海中に没して、ほどなく見えなくなった。

お蝶は船端に佇み、ずっと海へ掌を合わせ、それが見えなくなってからも船端を動かなかった。

二月の望月が天上の高みへのぼり、静かにくだり始めていた。

「帰ろう」

博龍が促した。

「へい」

艫の五十次が、帰り船の櫓を鳴らし始めた。

「お蝶、中で着替えろ。もしも、どこかでなんの船か訊ねられたら、おれと逢引していたことにするんだ」

「はい」

お蝶が掩蓋の中へ消えた。

博龍は、櫓の音がおのれの仕舞いのときを刻んでいると思った。まあまあだったじゃねえかと、自分に言った。

すると、掩蓋の中でお蝶の唄う艶やかな、それでいて物悲しい声が聞こえた。

ああ、お蝶、さんさ時雨か。

博龍は、吉次が初めて岩本にきたとき、それを唄ったことを思い出した。

「さんさ時雨か萱野の雨か、音もせできて濡れかかる……」

冴え冴えとした月の光と、果てしない銀色に耀く海と、死の静寂がからみ合いながら、お蝶の唄声は流れていった。

博龍も五十次も、きりぎりすの櫓を漕ぎながら、聞き惚れた。


丸二日がすぎた夜明け前、頭陀袋の目隠しと猿轡を嚙まされ、後手に縛められた彦之助が、三俣の蘆荻に覆われた川縁にきりぎりすからおろされた。足の縛めは解かれていた。

何処かも知れぬ薄気味悪い場所に長く閉じこめられ、彦之助は打ちひしがれ、怯《おび》えておどおどし、身体もだが、何よりも心がずたずたにされていた。

三俣の蘆荻の間に力なく坐りこんだ彦之助に、老船頭が言った。

「約束通り、命は助けてやる。手の縛めはゆるめてある。動かしていれば、そのうちに解ける。猿轡と袋は自分ではずせ。そうすれば、ここがどこかすぐにわかる。もうすぐ夜が明ける。通りかかる船に助けを呼べ。ただし、何も見えぬうちに動き廻って騒ぐと、川に落ちて、せっかく助かった命を、失うことになるぞ。じゃあな。もう会うことはねえ」

櫓の音がたちまち遠ざかっていった。

彦之助は蘆荻の間に坐りこみ、後手の縄を解こうと懸命に腕を動かした。手首に縄がこすれてひりひりした。だが、それぐらいの痛みは、それまでの恐怖と比べればなんでもなかった。

やがて、縄がゆるんできたのがわかった。

彦之助は鼻息を荒くして、もう少しだ、と思った。

途端、身体の底から何かがこみあげてきて、彦之助は激しくうめき、錯乱《さくらん》したように泣きじゃくった。

第四章　春雷

一

それからまた数日がたったある日、四人の行商ふうの旅人が、馬喰町《ばくろちょう》の、二階の窓から郡代《ぐんだい》屋敷の物見《ものみ》の櫓が見える旅人宿《りょじんやど》の日村屋《ひむらや》に宿をとった。

旅人らは、信濃の松本《まつもと》城下はずれの神林村《かんばやしむら》から、綿《めん》の織物と足袋底の商いで江戸にきた、お店廻りをするのでしばらく宿を借りますよと、宿の亭主に言った。

旅人は、仁吉郎《じんきちろう》と丹次郎《たんじろう》、里助《りすけ》の三兄弟に、手代の鉄太郎の四人だった。

「信濃の松本から江戸へ商いに。さようでございますか。それはそれは、長旅ご苦労さまでございました。江戸の桜はまだ蕾でございますが、暖かい日和が続いておりますので、おまえさま方のご滞在なさっているうちに、桜もほころび始めましょう。信濃の山里の桜はさぞかし美しいことでございましょうが、江戸の桜も捨てたものではございません。桜が咲きましたら、商いをひと休みし、花見をなさるのもよろしいのでは。江戸の桜の名所は、向島に浅草寺《せんそうじ》、上野の寛永寺《かんえいじ》、少し遠いところでは飛鳥山《あすかやま》。それに辰巳の富ヶ岡八幡宮の桜も、たいそう見栄《みば》えよく咲いてくれます」

と、亭主は言った。

宿に着いた四人は、翌日早く、大きな葛籠《つづら》を風呂敷にくるんで背負い、行商に出かけていき、夕方近くになって、仁吉郎、丹次郎、里助の三兄弟が戻ってきた。

手代の鉄太郎は、江戸に知り合いがおり、そちらへ寄ってから宿に戻るので遅くなる、ということだった。

夕方の七ツすぎ、饅頭笠《まんじゆうがさ》をかぶり、縞の引廻合羽《ひきまわしかっぱ》に風呂敷にくるんだ葛籠を背負った鉄太郎は、大島橋ぎわの地蔵堂をすぎ、上大島町の北のはずれの、十間川の堤端にある徳兵衛の鍛冶場にきた。

両開きの戸口が十間川の堤端に向いて開かれていて、鉄太郎は戸口の陰に立って、薄暗い鍛冶場の様子をうかがった。

薄暗がりの中で、徳兵衛と女鍛冶が立ち働いていた。

徳兵衛の弟子と思われる女鍛冶は、背丈があり、刺子の筒袖の長着に山袴を着け、足元は素足で、桂包に髪を束ねた若い年増だった。

ありゃあもしかして、と鉄太郎は思った。

火床《ほど》に炭火が熾り、徳兵衛が鎌の刃のゆがみをとる槌を叩き、それに向かい合って長柄の槌をわきにさげた女鍛冶が、徳兵衛の仕事を見守り、とき折り、徳兵衛の指図を受けて長柄の槌をふるった。

徳兵衛は鎌の刃の一方と反対側をかえしては戻し、形を入念に見てから、向き合った女鍛冶に言った。

「お蝶、今日はここまでだ。片づけろ」

お蝶が、うん、とかえした。長柄の槌を鍛冶場の道具置場へ戻しにいき、徳兵衛は藁灰の中に刃を差し、つらそうに座を立った。

徳兵衛の髷は薄く白くなって、老いが痛々しかった。

胸をきりきりと締めつけられるほど懐かしかった。けれど、気まずい思いに、鉄太郎の足はすくんでいた。

徳兵衛が鍛冶場の奥の片引きの木戸をくぐって、裏の主屋のほうへ消え、お蝶はひとりで鍛冶場の片づけにかかった。

火床のそばにしゃがみ、まだ赤く熾る炭を消壷《けしつぼ》に入れ、火を落としていた。

お蝶の後ろ姿しか見えなかったが、鉄太郎は、お蝶が女鍛冶になったことを知り、胸を締めつけられた。戸口の陰から、一歩、二歩、と踏み出した。

そのとき、徳兵衛が開けたままにした奥の木戸をくぐり、赤い着物の女の子が鍛冶場に入ってきた。

「おっ母さん、婆ちゃんがお民《たみ》さんちへ届け物があるから、夜飯の支度は……」

言いかけた女の子は、戸口に立った鉄太郎を認めて、言うのを止めた。

鉄太郎を見つめて、あ？　と小首をかしげた。

もしかしてこの子は……

鉄太郎は女の子を見つめ、その場へ釘づけになった。

「お斉、どうしたんだい？」

お蝶がお斉の様子に気づき、お斉が見つめている戸口へふりかえった。

夕方のまだ十分に明るい十間川の川端の景色を背に、引廻合羽に饅頭笠をかぶって荷を背負った商人風体の影が、鍛冶場の戸口のところに、身体をやや斜《はす》にして立ち、お蝶へ目を転じた。

陰になって顔だちは見分けられなかった。

だが、お蝶は咄嗟に知った。

お蝶は火床のそばから立ちあがり、鉄太郎と向き合った。

鉄太郎は昔の面影を残しながらも、日焼けした頬がこけて、お蝶へ向けた目つきがどんよりと濁っていた。まだ二十七歳のはずなのに、くたびれ果てて荒《すさ》み、ひどく老いて見えた。

鉄太郎は口元を歪め、荒んだ笑みをお蝶に投げた。

お斉はお蝶のそばへ走り寄り、お蝶の手にすがって、「誰なの」と訊いた。

お蝶には、お斉にこたえる言葉が思い浮かばなかった。

ただ、七年の歳月が廻ったのだと、お蝶はそれだけを思った。

「おめえ、お斉と言うのか。おめえのおっ母さんか」

鉄太郎が饅頭笠の下で頬笑み、お斉に話しかけた。

「ようく、顔を見せておくれ」

お斉のそばへ近寄っていったとき、鉄太郎の胸にお蝶の長い腕が突き出され、どん、と音をたてた。鍛冶場で鍛えた男勝《まさ》りの力で、鉄太郎を突き退《の》けた。

鉄太郎は、饅頭笠をゆらしてよろめき、後退った。

「何をするんだ」

戸惑いと苛《いら》だちをお蝶に投げかえした。

「そばに寄るな。あたしの子に、気安く勝手な真似はさせない」

お蝶が怒りをこめて言った。

「おめえの子なら、この子はおれの子じゃねえのかい」

「冗談じゃないよ。お斉は、おまえみたいなやくざの子じゃない。ここはやくざな風来坊《ふうらいぼう》のくるところじゃない。とっとと出ておいき」

「この恰好を見ろ。今は旅の行商だ。旅から旅の渡世《とせい》だが、やくざとは縁をきった。おれはやくざじゃねえ。もう足を洗った」

「嘘つき。おまえはあたしと所帯を持つときも、足を洗う、まっとうな暮らしをすると約束した。なのにたった三月で、おまえはこの子を身籠《みごも》ったあたしと育ててもらった自分の両親を捨て、何も言わずに行方をくらました。残されたあたしと、お腹にいた命を平気で置き去りにして、途方に暮れるしかなかったあたしらをほっぽらかして、好き勝手に出ていったんじゃないか」

「あのときは渡世の義理があった。義理さえ果たせばやくざと縁がきれるはずだった。おめえと交わした約束を、破る気はなかった。仕方がなかったんだ、あのときは……」

「なら、なぜ今帰ってきた。渡世の義理を果たして生きたらいい。あたしらに、おまえの渡世の義理なんか、なんのかかり合いもない。見え透いた旅の商人になり済ましたつもりでも、あたしの目は節穴じゃないよ。七年前、やくざの言葉を真に受けた馬鹿な娘と思ったら、大間違いだ。この鍛冶場にも、旅の商人が訪ねてきて、商いを申し入れてくる。けれど、商人はおまえみたいな言葉遣いはしない。歩き方でも素ぶりでも、おまえみたいな商人はいない。おまえは自分の好き勝手な渡世を生きて、それで世間の荒波にもまれたつもりになっているだけじゃないか。いいかい。おまえは女房と子を捨て、親を捨て、家を捨て故郷を捨てたんだ。ここはもうおまえの帰ってくるところじゃない」

そのとき、お斉がお蝶のそばを離れ、鍛冶場から走り出ていった。

鉄太郎はお斉を目で追い、しばしためらったが、声を絞り出した。

「違うぜ、お蝶。今さら、元の鞘に納まりたくて帰ってきたんじゃねえ。おめえと、おめえの産んだ子がどんな子か、知りたかった。お父っつあんとおっ母さんが達者でいるか、知りたかった。何を今さら身勝手なと言われるのは、承知のうえだ。それでもおめえに会って、ひと言、詫びを入れたかった。お父っつあんとおっ母さんに、謝りたかった。おめえの産んだ子にひと目会って、ひと言二言、声をかけたかった。本途に、それだけだ」

それから、鉄太郎は合羽を払い、懐のひとくるみの布包みを抜き出した。

「こんなもので、おめえへの詫びになると思っちゃいねえ。けど、せめてこれぐらいのことはしたかった。わずかだが、おれの稼いだ金だ。こんなものでも、なんかの足しに使ってくれ。お蝶、受けとってくれ」

鉄太郎が金のくるみを、お蝶に差し出した。

「いらない。冗談じゃないよ。おまえの施しも詫びも、受ける気はない」

「施しじゃねえ。頼む。これだけはおれの気の済むようにさせてくれ」

「おまえの気の済むことなんて、あたしらにはどうでもいいんだ」

お蝶はそれをふり払った。

かちゃり、と金のくるみが土間に落ち、くるみの中の小判や銀貨や銭がのぞいた。鉄太郎がそれを拾い、布にくるみなおして、「頼む、これを」と、再び差し出したときだった。

「受けとっちゃ、ならねえ」

と、徳兵衛の太い声が言った。

徳兵衛とおとね、そして、お斉が鍛冶場に戻っていた。

鉄太郎には、徳兵衛は倅に優しい言葉をかけたこともない、農鍛冶ひと筋の気むずかしい父親だった。物心ついたときからこの鍛冶場で遊び、親方の父親について鍛冶職人の修業を始めたのは十《とお》になったときだった。

鉄太郎には徳兵衛は恐い父親であり、鍛冶場の親方だった。そんな父親を好きになれなかったが、父親は父親だと思っていた。父親を継いで、この鍛冶職人になる以外、考えたこともなかった。

それが、なんでこんなことになってしまったんだ。

「出ていけ。おめえとはとっくに親子の縁をきった。おめえはもう、おれとおとねの倅じゃねえ。この鍛冶場の親方はお蝶だ。親方が許さねえおめえを、この鍛冶場に入れるわけにはいかねえ。ここはおまえのくるところじゃねえ」

徳兵衛が、声を荒げて言った。

母親のおとねは、目に涙を浮かべておろおろしていた。

お斉は徳兵衛の剣幕《けんまく》に、目をぱちくりさせていた。

鉄太郎は、子供のころから馴染んだ懐かしい鍛冶場を見廻した。ときが果敢《はか》なくすぎて、鍛冶場は古び、父親も母親も年老いていた。

あのとき夫婦の契《ちぎ》りを固く交わした十八のお蝶も、お斉という新しい命が芽吹いて、もう自分とは縁のないよその人になっていた。

鉄太郎は、お蝶を見つめて言った。

「わかった。お蝶、おめえには詫びる言葉が思いつかねえ。本途に済まなかったと、これしか言えねえ。おめえとお斉の幸せを祈ってるぜ。お父っつあん、おっ母さん、達者でな」

鉄太郎は金のくるみを懐へねじこみ、饅頭笠の頭をひとつ深々と垂れて、素早く踵をかえした。土手道に出て小名木川のほうへ立ち去っていくあとを、おとねとお斉が追いかけ、

「鉄太郎」

と、おとねが泣く泣く呼んだ。

だが、鉄太郎の姿は、夕日の沈みかけた空の下の十間川の土手道に影だけを残して、たちまち小さくなっていった。

鉄太郎が馬喰町の日村屋に戻ると、仁吉郎と丹次郎、里助の三兄弟は、宿の夕飯が済んで、干魚を裂いた肴で徳利酒を呑んでいた。

長男の仁吉郎が言った。

「馬鹿に早かったでねえか。女房に会えたのか」

鉄太郎は沈黙し、ただ物憂げに頷いた。

三兄弟は、鉄太郎の浮かぬ様子を見てにやにやした。

「その様子じゃあ、別嬪《べっぴん》の女房は色よい返事をくれなかったようだな」

「もう昔の亭主の顔は忘れちまったとかな。おめえは誰だと、訊かれたかい」

「はっは、七年もほっぽらかしたんだ。無理もねえだで」

「別嬪の女房じゃあ、言い寄る男も多いに違いねえ。いつ戻ってくるかも知れねえ亭主を待っていろと、言うほうが無理だ。女房だって肌寂しいんだ。いいじゃねえか。忘れちまえ。ほら、呑め」

仁吉郎が鉄太郎に碗を持たせ、徳利の酒をついだ。

鉄太郎はむしゃくしゃした気を晴らすように、碗の酒をひと息に呑み乾した。

「鉄太郎、おめえ、あの博龍とかいうおいぼれが、今いくつか知ってるか」

仁吉郎は、鉄太郎の碗にまた酒をつぎながら言った。

「あっしが草鞋を履いたころ、博龍はもう六十をすぎた爺さんと、聞いておりやした。あれから足かけ八年ですから、六十七、八と思いやす」

鉄太郎はこたえ、仁吉郎の碗に酌をした。

「六十七、八か。まあそうだろうな」

仁吉郎が、丹次郎と里助に向いて言った。

「今日、門前仲町の路地で、あれが博龍だと教えられて、こんな老いぼれだったかと、驚いたぜ。あれじゃあ、放っておいても先は長くねえだで」

「同感だ。老いぼれが、杖を突いてよぼよぼ歩いていやがった。こいつを打《ぶ》った斬るのかと、拍子抜けだった」

「桔《き》梗《きよう》龍《りゆう》之《の》介《すけ》が松本から行方をくらましたとき、おれは五歳のがきだった。桔梗龍之介の姿はぼんやりとしか思い出せねえ。悍しい大男だったという覚えが残っているが、あんなに老いぼれていやがったとは。仕方がねえ。長《なげ》え年月がたっちまった。おれたちも歳をとったでな。けどな、どれほど年月がたって、桔梗龍之介がどんな老いぼれになろうと、親父の仇《あだ》は仇だ。きっちりと落とし前をつけるのが、渡世の筋ってもんだ。筋を通して親父の無念をはらさなきゃあ、侠《きよう》客《かく》の名が廃《すた》るだでな」

「そうとも。桔梗龍之介を叩き斬って、親父の墓前に報告するんだ」

「兄きが十歳のとき、親父の恨みをはらすと、親父の墓前で三人で誓った。そのときが、ようやく廻《めぐ》ってきたんだ。やってやる」

三兄弟が気を昂《たかぶ》らせて言い合った。

それから、仁吉郎が鉄太郎に向いた。

「鉄太郎、おめえの助けが要る。頼むぜ」

「へい。余所者《よそもの》のあっしに恩義をかけてくだすった仁吉郎親分の、お役にたてるときがようやくきやした。あっしの命は、親分にお預けしやした。存分に使ってくだせえ」

鉄太郎がかえした。

「あの老いぼれじゃあ、それほど手間はかからねえだろうが、鉄太郎ほどの腕利きが、おれたちの仲間に加わったのは心強い」

「親分、手筈《てはず》を聞かせてくだせえ」

「ふむ。明日、亥ノ堀《いのほり》の栄吉《えいきち》親分を訪ねる。松本の田治平《たじへい》親分から添文《そえぶみ》をもらってきた。手筈については、栄吉親分に手を貸りる」

「助っ人を頼むんでやすか？」

「そうじゃねえ。ここは江戸だ。郷里《きようり》の神林村のようなわけにはいかねえ。妙な騒ぎにならねえように、栄吉親分に彼方此方《あちこち》、口を利いてもらう。桔梗龍之介を始末したあとのことも、考えておかなきゃならねだでな。鉄太郎、亥ノ堀の栄吉親分は知ってるか」

「へい。二、三度、木場やら富ヶ岡八幡でお見かけしたことはありやす。江戸にいたころ、あっしら三下《さんした》はそばにも近づけねえ親分さんでやした」

鉄太郎は、十代のやくざ渡世に染まり始めた昔を思い出した。まだ、お蝶を知らなかったころだ。

二

同じ日の昼さがり八ツ(午後二時)、七蔵は、嘉助、お甲、樫太郎の三人を率いて、向島の水戸家下屋敷に斗島半左衛門を訪ねた。

その前日、淡井順三郎失踪の調べの進み具合を訊きたいゆえ明日午後八ツ、すなわち今日の昼さがりの八ツ、向島の下屋敷にご足労願いたい、という知らせが七蔵に届いた。そのうえで、七蔵に相談したいこともある旨の一文が、知らせには書き添えられていた。

七蔵はよろけ縞を着流し、羽織は着けず、編笠を目深にかぶった、お店者にも表店の商人にも見えない、古物商の客にいそうな好き者ふうの扮装に拵えた、掛取の七助の風体だった。

嘉助、お甲、樫太郎の三人は、七助の使用人のような恰好である。

下屋敷の隅田堤《すみだづつみ》につらなる長屋の、土間続きの狭い板間と押入があるだけの殺風景な長屋の四畳半に、七蔵の後ろに嘉助とお甲、樫太郎が控え、水戸家目付役の半左衛門と向かい合った。

四畳半の明かりとりの障子戸は開いていて、春のやわらかな隅田川のそよ風が縦格子を通して吹きこんでいた。

隅田堤の桜が、あと二、三日もすれば、ほころび始めるころである。

しかし、半左衛門は七蔵の報告を聞く前に、佐河丈夫かどわかしの一件について、「萬さんは、どう思われますか」ときり出した。

「佐河丈夫さまが門前仲町の尾花屋でかどわかされた、と聞いたのみにて、子細は存じません」

と、七蔵はこたえると、半左衛門は手口を次のように語った。

尾花屋の裏庭、裏庭の客用の厠へ降りる狭い裏階段、佐河と吉次がひとつ褥《しとね》にいた部屋に残った足跡から、忍びこんだ賊は二人であることがわかった。

賊は尾花屋の裏手の木戸をくぐって、裏庭から裏階段をあがり、階段わきの戸を音もなく開け、やすやすと佐河と吉次の褥《しとね》に近づいた。

いかに男女の戯れのさ中であったとしても、武士の心得のある佐河にそばの刀をとる隙を与えず、人を呼ぶ声も出させず、また、隣の吉次が悲鳴すらあげられない素早さで、二人を同時に縛りあげ猿轡をかませ、目隠しをした仕業から推して、手慣れた者の仕業であることは明らかであった。

賊は、縛りあげた佐河を筵か茣蓙《ござ》で身体をぐるぐる巻きにし、二人で肩にかつぐと吉次を残して部屋をあとにした。

階段をおり裏庭の木戸をくぐって尾花屋の裏手に出て、夜ふけの裏店を抜け、永代寺と富ヶ岡八幡のお堀端へ向かった。

二人の賊らしき者が、筵か茣蓙のひとくるみの荷を肩にかつぎ、仲町の裏店の路地をお堀端のほうへいく後ろ姿を、住人が見ていた。

犬がうるさく吠えたてたので、起きて路地をのぞいた住人が、木挽職人風体のふたりの後ろ姿がお堀端のほうへいくのを、ちらりと見かけていた。

住人は、夜ふけに木挽職人が材木のような物を運んでいるのか、と訝ったものの、暗がりにまぎれていたため、さほど気にかけなかった。

それから同じく、裏店の別の住人が酔っぱらって戻ってきたところ、二人の木挽職人風体と町内の路地でいき合った。

住人は酔っぱらってうろ覚えながら、二人が頬かむりで顔を隠しており、二人

がかついでいたのは筵の荷だと言った。酔っぱらいは、妙な荷をかついでいる二人を怪しいと思ったが、

「こんばんは」

と、向こうから気安く声をかけてきたので、酔っぱらいも、「おお、いい夜だね」とかえし通りすぎた。なんでえ、と思ったものの、それ以上は気にかけなかった。

ただ、酔っぱらいはお堀に泊まっている船も見かけていた。

その宵、酔っぱらいは黒江町の安酒場で知り合いとその刻限まで酒を呑み、知り合いとは酒場を出てから別れ、ひとりで十五間川の土手道からお堀端をとって仲町の《裏》まできかかって、お堀に浮かぶ一艘の船影を見かけた。

望月が夜空に高く懸かって、月光が掩蓋つきの二挺櫓のきりぎりすを浮かびあがらせていた。酔っぱらいは、仲町の茶屋遊びをしたお金持ちの客待ちをしているのか、とそのときはそれぐらいに思ったばかりだった。

艫に船頭がかがんで凝っとしていたので、「よう」と声をかけたが、船頭は不愛想にむっつりとし、何もかえしてこなかった。

やはり、頰かむりをした船頭の顔は、よくわからなかった。

半左衛門は言った。

「二人の賊は、肩にかついできた筵の荷を掩蓋の中へ運び入れると、仲間である船の船頭が船を西へと向かわせたと思われます」

そこで、七蔵は口を挟んだ。

「きりぎりすはお堀を西へとって、十五間川を通って、大川へ出たんですかね。なぜ、西へとったとわかったんですか」

「舳が西に向いて停めてあった、と見かけた酔っぱらいが言っておりました。お堀を十五間川に出て、大川へ出たか、それとも仙台堀をへて逆に東へ向かったか。何しろ深川は堀川が縦横に廻らされておりますので、船がどの堀川をたどったのか、未だ定かにはつかめておりません」

「町方に探索の手を退《ひ》かせた、と聞きました。町方の手を借りれば、深川に詳しい手先を抱えておりますので、あの月夜の晩に、堀川を通るきりぎりすを見かけた者が、少しは見つかると思うんですが。せめて、きりぎりすが向かった方角がわかれば、賊が佐河さまをどこへ運んだか、手がかりになるかもしれません」

「佐河さまのかどわかしは、わが水戸家の事柄ゆえ、わが家中において一切の始末をつけよとの、上よりの強いお達しなのです。江戸の町家に慣れた町方の手をお借りしたいのはやまやまですが」

半左衛門は曖昧《あいまい》に言い、唇を一文字に結び黙然とした。

水戸家の事情か、と七蔵は声には出さず繰りかえした。

七蔵は話を進めるよう、「ところで」と促した。

「賊は尾花屋の裏木戸から裏庭へ忍びこんだんですね」

「間違いありません」

「庭の裏木戸には、閂が差していなかったんですか」

「宵になって、下男が裏木戸の閂は差した、間違いないと言っておりました。その下男は、二十年以上も尾花屋に住みこみで雇われている者です。裏木戸のみならず店の見廻りを毎日欠かさず確かめており、あの夜に限って裏木戸の閂を差し忘れるとは考えにくい。ところが、かどわかしのあとで調べたところ、裏木戸の閂ははずされておりました」

「宵になって下男の差した閂が、はずされていた。ということは、賊を引き入れるために裏木戸の閂をひそかにはずし、佐河さまのかどわかしを手引きした者がいる。だとしたら、賊の仲間は、木挽職人風体二人に、船の船頭、閂をはずした者の少なくとも四人、あるいはそれ以上ということになりますね」

「それができるのは、尾花屋の者と、その宵、下男が閂を差したあとから佐河さまがかどわかされるまでの間、尾花屋にいた者ということになります。その宵の尾花屋の客は言うまでもなく、主人一家の者も含めてすべての使用人、出入りの御用聞、尾花屋に呼ばれた子供屋の芸者と、芸者の送り迎えの者らからも話を訊きましたが、怪しい者はおりませんでした」

半左衛門はさらに、江戸中の船宿や貸船屋に一軒一軒あたって、きりぎりすを所有しているかどうか、所有しているなら、当夜、どのように使われたか訊きこみを続けている、とため息混じりに言った。

「ですが、今度のことで改めて知りました。江戸は江戸城の外濠《そとぼり》を始め、市中を堀川が縦横に廻っており、船宿や貸船屋がいたるところに軒をつらねており、江戸市中の様子に詳しくないわれら水戸者の訊きこみでは、人手も足らず、はかばかしい進展はまだありません」

「でしょうね。江戸の町方でも、御用聞の手を借りなければ、そういう訊きこみはむずかしいのです」

「それから、当夜、佐河さまが尾花屋にあがり、馴染みの吉次を指名し、二階のあの部屋でひとときをすごすことを知っていた者は誰々か、そちらからもあたっておりますが、これも難航しております。と申しますのも、仲町のみならず、深川の盛り場では、辰巳一の羽織と評判の吉次が水戸家御留守居役の佐河さまの馴染みで、佐河さまは吉次を落籍せて一軒持たせて世話をするご意向らしいというまことしやかな噂が、方々で聞かれました。すなわち、当夜、佐河さまと吉次があの刻限に尾花屋で二人ですごすことを、知ろうと思えば、誰でもが容易に知ることができるのです。これではまるで、浜の真砂《まさご》の中からひと粒の小石を探すようなもので、到底埒が明きません」

「吉次からも、話は訊かれたのでしょうね」

「むろんです。吉次の話では……」

半左衛門は当夜と、翌日は子供屋の岩本を訪ね、吉次とは二度にわたって話を訊き、また、岩本の主人の博龍や女将の鶴次らからも訊きとりをしていた。

「賊から、佐河さまを種にして、強請《ゆす》りのようなことを水戸家のどなたかに持ちかけたとか、それらしきことはありませんか」

「それが、まったくないのです。おかしい。誰が、なんのためにか、狙いがわからない。佐河さまに遺恨《いこん》があって始末するためか、金目あてか、妙に念の入った危うい手間をかけてかどわかしまでして、賊は何をする気なのか、何をしたいのか、見当がつかぬのです」

それから、半左衛門は物思わしげな素ぶりできり出した。

「佐河丈夫さまかどわかしが、わが水戸家を混乱に陥《おとしい》れております。この一件は水戸家としてはまだ表沙汰にはしておりませんが、実情において、諸大名のお城付の方々にはすでに噂が流れております。有体《ありてい》に申せば、このままいたずらにときがたっては、佐河さまにからんだ御公儀勘定所、並びに諸大名家の方々との、水戸家の面目の施せぬ事柄が表沙汰になりかねません。上はそういう事態が起ることを、案じております。このままにはしておけぬのです。萬さん、本来ならば、わたしのほうから奉行所に萬さんをお訪ねしてご相談すべきところ、事情があってご足労いただきました。知恵を貸していただきたい。佐河さまの行方と、せめて安否《あんぴ》を探る手だてはありませんか」

半左衛門が七蔵を、凝っと見つめた。

「手はひとつ……」

と、七蔵は言った。

「淡井順三郎さんの失踪と、佐河丈夫さまがかどわかされた一件に、かかり合いがあるのは間違いありません。しかしながら、かかり合いのあることを明かす証拠は見つかっていないのです。神田堀界隈の高砂町に、尾上天海という浪人者がおります。清明塾と称する私塾を開いて、門弟も数人抱えておりますが、この尾上天海が佐河丈夫さまと昵懇《じっこん》の間柄でした。どうやら、尾上天海が淡井順三郎さんの姿を消した事情に詳しいのではないかと、疑われるのです」

「尾上天海という浪人者が？　どういうことですか」

「嘉助親分、例の件を斗島さまにお聞かせしてくれるかい」

「へい。承知いたしやした」

と、嘉助が去年の十二月五日の夜、大島川の土手道で五十次が出くわした小田彦之助らの一件を語った。

そして、その十二月五日の夕刻、淡井順三郎が、佐河丈夫配下の傍輩・井筒重造と川中左助の指示により、佐河丈夫の用を果たすため尾上天海を訪ねていたことを、お甲が言った。

「尾上天海は、佐河さまが門前仲町の茶屋で遊興をなさる折りにも、しばしば供をしていたようです。先だって、掛取の七助と名乗って尾上天海を訪ね、淡井順三郎さんの行方について、十二月五日のことをほのめかしたところ、天海の様子が変わりましてね。掛取かどうかを怪しまれたようで、帰り道に門弟らが追いかけてきて、危うく斬られかけました」

「斬られかけた？」

「斗島さま、尾上天海が淡井順三郎さんの失踪の子細を知っている疑いがあります。町方が尾上天海を引っ捕らえて締めあげれば、淡井順三郎さんは今どこにいるのか、どうなっているのか、姿を消したのは誰の差金か、何ゆえなのか、それらが明らかになると思われます。淡井順三郎さんの失踪の子細が明らかになれば、佐河丈夫さまかどわかしの手がかりが、つかめるかもしれません」

「わかりました。町方にお任せいたします。ただ、萬さん、尾上天海を締めあげて水戸家の不祥事《ふしょうじ》が明らかになったとしても、何とぞ表沙汰にはしないでいただきたいのです。水戸家の不祥事の所為で、もしも、御公儀勘定所の方々にご迷惑がおよんでは、水戸家の面目が施せないばかりか、水戸家の政《まつりごと》の差し障《さわ》りになりかねません。それは困る。何とぞそれは……」

三

この数日の暖かさで、もうすぐ桜が咲くな、と湯屋の二階座敷で年寄らがどうでもよさそうに話していた。

博龍が花売りから買って鉢に植えた、表戸わきの金盞花はまだ蕾が固い。

その朝、仲町の湯屋より帰って台所の板間にあがると、階段をとんとんと鳴らして松助が降りてきて、台所に顔をのぞかせた。

「旦那さん、お帰り」

「うん、戻ったよ。みないるのかい」

博龍は天井を指差して言った。

「新三姐さんと忠吉姐さん、吉次姐さんとあっしの四人です。八十吉姐さんと梅次姐さんは、平野屋《ひらのや》へ新しい双紙《そうし》が出てないか、見にいきました」

「そうかい」

「女将さんと文太は、まだ戻ってません」

女将の鶴次は、博龍が朝湯にいっている間に、小童の文太に三味線筥を持たせて常磐津と富本の家元へ稽古に出かけていた。

「八十吉姐さんと梅次姐さんが戻ってきたら、あたしらも稽古に出かけます」

「わかった」

「上にいますから、用があったら声をかけてください」

と、また軽々と階段を鳴らして二階へあがっていった。

二階の子供らの動く微弱な物音が、天井ごしに聞こえる。

博龍は内証を抜けて、奥の四畳半の居間へ通った。

押入の隣に飾った先代夫婦の仏壇の前に着座すると、杖をわきに寝かせ、痩せて皮が透けて見えるような掌を合わせた。

一日、また一日と、ときが刻まれていくと、博龍は掌を合わせて思った。

信濃の松本から江戸へ出てきたとき、博龍はもう三十をすぎていた。

江戸へ出てしばらくは、元は武士という以外に身につけた技とてなく、茶屋や空店《あきだな》、寺社の境内の掛小屋などで興行していた芸人らの仲間に加わり、ただ好きで読んでいた軍書を読んで聞かせ、わずかな銭を得ていた。

だが、目鼻だちの整うた長身瘦軀《ちようしんそうく》に何よりも声がよく、あの浪人者の軍書読みは声もいいし姿もいいと、だんだんと評判を呼んで、お座敷やお店から声がかかり出し、いっそこれでいくかと、貧乏浪人から軍書読みになった。

まだ、常設《じようせつ》の寄せ場がなかったころである。

軍書読みを始めたとき、興行を仕きっていた親方に軍書読みらしい名をつけろと言われ、元は武家の桔梗龍之介から博龍に名を変えた。

武士の名を捨てて博龍と名乗り、軍書読みを生業にしたのは、江戸に出て一年半後の三十二歳のときである。

門前仲町の子供屋・岩本の、先代夫婦のひとり娘だった鶴次が、軍書読みの博龍を見初めた。

ある宵、博龍は門前仲町の茶屋の酒宴に呼ばれて、太平記《たいへいき》の一段を語った。その座敷に、芸者の鶴次もいた。

博龍の太平記を読む美声と姿に、鶴次はうっとりとした。

鶴次は、歳が離れすぎている、元はお侍でも、いかなる子細があって江戸に出てきたかも知れない者を婿にするのは、と案じる両親を口説《くど》いて、博龍を岩本の婿に迎えた。

鶴次は十九歳、博龍はすでに三十七歳だった。

博龍は四十の歳まで軍書読みを続け、先代夫婦が同じ町内の店に引っ越して隠居暮らしを始めてから、岩本の亭主になった。

鶴次との間に男の子が二人できた。

可哀想に二人の子とも、赤ん坊のときに病気に罹《かか》って果敢《はか》ない命となった。

博龍も鶴次も嘆《なげ》き悲しんだ。

けれども、それがわが子の定めだったのだと、諦めるしかなかった。

それから、二人にはもう子供は授からなかった。

だが、子を失ってから、博龍は鶴次をいたわるようになった。鶴次が可哀想でならなかった。心から、愛おしいと思うようになり、博龍は鶴次と本物の夫婦になった気がした。それまではどこか、粋と洒落気分が抜けなかったのが、鶴次に恥をかかさないよう、岩本の亭主らしくしなきゃあな、と思うようになった。

子供屋の岩本の営みは、鶴次が芸者を務めつつ若い女将として切り盛りした。岩本の亭主でも、博龍は女将の鶴次の後ろに控えて、決して出しゃばらなかった。案外によくできた亭主じゃないか、岩本は、博龍があやって穏やかにかまえているから、鶴次は憂いなく子供屋の切り盛りに専念できるんだね、さすがは元は侍だ、とそんな評判がたったのは、博龍が四十代の半ばになったころだ。

元は侍か……

と博龍は呟き、杖をとって、仏壇の前から離れた。

縁側の腰付障子に、白い光と軒庇《のきびさし》の影がくっきりと映っていた。

障子戸を引いた。

庭を囲う建仁寺垣に接する隣家の屋根瓦が、朝日の下で耀いていた。

朝湯の火照《ほて》りが冷めたさらさらとした肌を、春の穏やかな気配が撫でた。

岩本に婿入りしてから三十年がたち、足かけ三十一年目の春を迎えた。先代夫婦はとうに亡くなり、博龍も年老いた。

長い年月が果敢なくすぎ去っていった。

今、門前仲町の博龍の名を深川で知らぬ者はいない。ああ、あれが仲町の博龍さんかと、見かけた者が言う。

けれど、人に名を知られようと知られまいと、もう気にもかからない。

ただ、鶴次との三十年の歳月はまずまずだった、と思うだけである。

博龍は、腰の曲がりかけた身体をゆっくりと伸ばした。そして、左手ににぎった樫の杖に右手を添え、右手を添えた杖の先をわずかに引いた。

かち、と杖が鳴って、杖に仕込んだ鎺《はばき》と刃がのぞいた。

さらに、七、八寸まで引いた刃は、鈍く、妖しく、朝の明るみを映した。

さすがは元は侍だ、とそんな評判がたったころ、博龍は葛籠の底に二刀を仕舞って、二度ととり出すまいと誓ったのだった。

おれはもう武士ではない、岩本の亭主なのだと思った。

しかし、この仕込杖を拵えたのは、五十代の半ばだった。

ある年の冬、風邪をこじらせて高熱を発し、数日寝こんだ。どうにか回復して起きたとき、おのれの身体がめっきり衰えたことに気づかされた。

博龍は思いたって、葛籠の底に仕舞い二度ととり出すまいと誓った刀をとり出し、京橋《きょうばし》南の刀剣《とうけん》屋を訪ね、この仕込杖の拵えに作り替えた。

そしてそれ以後、その杖を手にして出歩き、家の中でも手放さなかった。

何を今さら未練《みれん》なと思いつつ、その仕込が、めっきり老いたおのれの身体の一部のように博龍の身体に馴染んだ。かつて、武士として生きたおのれの性根を捨てられないことに、博龍は老いてやっと気づかされたのだった。

博龍は、ぱちん、と仕込を杖に納めた。

先日、博龍は鶴次に質された。

「ねえ、佐河さまが尾花屋でかどわかされたあの夜、子の刻をすぎて丑《うし》の刻ごろまでお出かけだったたね。吉次があんなひどい目に遭わされたっていうのに、肝心《かんじん》の岩本の亭主は、一体どこへお出かけだったんだい」

鶴次はあの夜、水戸家の侍の訊きとりが済んで、吉次らとともに岩本に帰り、博龍がまだ戻っていない冷たい寝床に入ったのは子の刻すぎだった。

水戸家の侍の訊きとりには、亭主は年寄でもうすでに休んでおり、となぜかそう言って、博龍が出かけていることを隠した。

なぜ隠したのか、鶴次は自分でもわからない。惚れて一緒になり、三十年も連れ添った亭主なのに、この人には女房のあたしでも、知らない人のようなところがある、と鶴次はずっと感じていた。

博龍が丑の刻近くになって、寝静まった店にひっそりと戻ってきた。けれども鶴次は、寝たふりをして何も訊かなかった。

静かに隣に入ってきた博龍の身体は、しっとりとして冷たかった。

ほのかに、潮《しお》の臭いが嗅げた。

なんだろうと、鶴次の胸がざわついた。翌朝も、次の日も、そのまた次の日も、鶴次は気になってならなかったが、訊かなかった。

「ああ、あの晩かい」

と、博龍は平然とこたえた。

「あの日の昼間、築出新地の判人の照次郎に会いにいった戻りに、馬場通りで、昔、軍書読みを演っていたころの知り合いと出会ったのさ。おれより五つ六つ年下のやつも爺さんだが、落語《らくご》の噺家《はなしか》になっていたのさ。おめえも聞いているだろう。客を集めて落語を聞かせる寄せ場が、神田や下谷の広小路に次々と開かれて、今、評判になっているってえのをさ。そいつが夕方から、神田の豊島町《としまちょう》の店で一席、噺を聞かせるんでこないかと誘われた。とにかく、そいつと最後に会ったのが四十の歳だったから、かれこれ二十七、八年前だ。懐かしくてな。噺もなかなか面白かった。そのあと、一杯やろうとそいつの店に呼ばれて、戻りがあの刻限になっちまった。そいつはおめえの知らねえ男だ。言ってもわからねえから、言わなかった。それだけさ」

「ふうん、そうだったのかい」

鶴次は言った。

それだけだったが、鶴次は解せなかった。よりによってどうしてあの日に、と不審を覚えた。ただ、鶴次の不審は濃い靄《もや》に包まれ朦朧として、不審の正体の見当がつかなかった。

そのとき、博龍は縁側のほうからふり向いた。

路地のどぶ板を、慌ただしく鳴らして駆けてくる人の足音が聞こえたからだ。

尋常ではない慌てぶりが感じられた。

間仕切の襖も葭戸も開けて、台所の板間まで見通せた。台所から土間へおり、土間は表の格子戸へ通っている。その土間の暗がりへ、表の格子戸の薄明かりが

青白く射していた。足音が近づきその表戸が、たん、と開いた途端、

「旦那さあんっ」

と、声を甲走らせて文太が叫んだ。土間に駆けこんだ文太は、台所の板間に両手をつき、はあはあ、と息を吐き、細い肩を激しくわななかせながら続けた。

「女将さんが……」

博龍は文太の傍らへいき、上下する細い肩と桃割《ももわ》れの髷をかがみこんで見おろした。

「文太、鶴次がどうした」

「た、倒れましたあ」

階段を震わせて寄付きにおりてきた子供らが、それを聞いて驚き、悲鳴のような喚声をあげた。

「どこでだ」

「京助《きようすけ》さんのお店で、三味線の稽古の最中に」

博龍は、咄嗟に文太の頭の上を飛び越え、草履をつっかけると、土間を駆けて路地へ走り出た。杖をわきに抱えて、着物の前身頃《まえみごろ》をつかんで裾をたくしあげ、家元《いえもと》の京助の店へ走りながら言った。

「鶴次は、怪我をしたのか」

「そうじゃなくて、女将さんは、何度、なんど呼んでも、返事をしませえん」

文太が博龍を追いかけて、息をきらして言った。

住人が騒ぎを聞きつけ、次々と路地に出てきた。

「どいてくれ、どいてくれ」

博龍は駆けながら叫んだ。

住人らは、日ごろ杖を突き、身をかがめ加減にしてとぼとぼと歩いている老いた博龍が勢いよく駆けていくのを見送り、啞然とした。

半刻後、戸板に敷いた布団に寝かされた鶴次は、眠ったまま近所の住人らによって静かに運ばれ、岩本の店に戻ってきた。

仏壇を飾った居間に布団を敷き、鶴次を寝かせた。

隣町の山本町の蘭医《らんい》が呼ばれ、容態《ようだい》を診て言った。

「卒中《そっちゅう》です。回復はむずかしい。残念ですが、医者にも手の施しようがありません。親類縁者の方々には、今のうちに……」

蘭医はそれだけを言い残して、帰っていった。

そうこうしているうち、岩本の女将の鶴次が倒れた話は仲町のみならず、深川中に伝わり、見舞客が次々と岩本に訪ねてきた。

見舞客には、鶴次の容態を伝え、安静にしておかなければならないので、と見舞いを断っていた。

だが、見舞いの品や見舞金をおいていくのに、礼を言って受けとらないわけにはいかず、博龍は鶴次の枕元についていることもできなかった。

内証には、見舞客のおいていった見舞いの品々が山積みになった。

「旦那さん、女将さんのそばにいてあげてください。見舞いのお客さんは、あたしらが事情を話して、お断りしますから」

吉次が、見舞客の応接に追われる博龍を見かねて言った。

そこへ、軽子のお咲が手伝いに駆けつけ、昼前までは鶴次のそばから離れずに済んだ。

しかし、昼すぎから見番の声がかかり出した。

博龍は子供らに言いつけた。

「芸者がお座敷を休んでどうする。自分の所為で子供らがお座敷をおろそかにしたと知ったら、鶴次はきっと悲しむ。みな、辰巳の芸者らしく、ちゃんと務めを果たすんだ」

軽子のお咲の送迎で、吉次はじめ子供衆は次々と務めに出かけていき、博龍と小童の文太が、日が暮れてもつきない見舞客の応対と断りに追われた。

幸い、路地の近所のおかみさんらが手伝ってくれ、なんとかなった。

やっと見舞客が途絶えた夜の五ツ前、門前仲町の見番の与右衛門が、見舞いにきた。

「旦那さん、見番の与右衛門さんがお見えです。どうしますか」

文太が聞きにきたので、

「与右衛門さんがきてくれたかい。これからのこともあるから、こちらへ通ってもらっておくれ」

と博龍は言った。

鶴次の枕元にきた与右衛門は、昏々《こんこん》と眠る鶴次の様子をしばし見守ってから、博龍へ見舞いを言った。そして、気遣って続けた。

「働き者の女将さんだから、くたびれていたんだろう。送迎のお咲からだいたいの容態は聞いたが、これからが大変だ。女将さんがよくなることを神仏《しんぶつ》に祈って、見守ってやるしかないよ。博龍さんが踏ん張らないとな」

うむ、と博龍は腕組みをして物憂げにうめいた。

「これは見番からと、わたしからだ。これからいろいろと物入りになる。何かの足しにしてくれ」

与右衛門が見舞金を差し出して言った。

「済まない……」

「女将さんの看病に人手が要るね。子供衆の世話役も、お咲ひとりじゃ手が廻らないだろう。うちのほうで誰か人を寄こそうか」

与右衛門の申し入れに、博龍は黙然と頷いただけだった。

博龍は、それからぼそりぼそりとした口ぶりで言った。

「与右衛門さん、おれは侍気質《かたぎ》が抜けなくてね。粋半分、洒落半分、という気分で岩本の亭主に納まった。婿入りしたあとも、所詮、子供屋じゃねえかという考えが抜けなかった。見た目は野暮なのらくら亭主でも、中身は元武士の垢ぬけたつもりだった。鶴次に食わせてもらって、それで平気だった。婿になってやったんだ、ありがたく思えって、肚の底にはずっとそれがあった。たぶん、鶴次は口には出さなかったが、おれの肚の底を見透かしてた。それでもいいよって、馬鹿な亭主を許してくれていたんだ」

文太が湯気のたつ茶碗を盆に載せ、こぼさないようにゆっくりと運んできた。

「ありがとう」

与右衛門は文太に笑みを向け、熱い茶をひと口含んだ。

「そんな夫婦にも子ができた。ところが、その子は生まれてすぐに亡くなった。鶴次は泣いた。可哀想だったが、仕方がなかった。一年ぐらいして次の子が鶴次のお腹に宿ってくれた。そのときは、心底、嬉しいと思ったよ。ほっとしたっていうか、おれのような半端な男でもそんな気分だった。ところがどうだ。その子も生まれて一年もたたねえのに、病いに罹っておれたち夫婦の間から消えていった。じつを言うと、あんなに悲しい気がしたのは、おれは初めてだったんだ。多くの恥をかいたし、みじめな、みっともない思いもした。けどね、痛い目にもつらい目にも何度も遭った。あまりに無様《ぶざま》で、自分を罵《ののし》った。けどね、与右衛門さん。おれはただひとつ、人の悲しみがどんなものか、知らなかったのさ。ただ泣くばかりの鶴次をどんなに慰めても、慰めてやれなかった。子を失ってから、おれの心中に失った子の変化《へんげ》が出てきてね。そいつが、ろくでなしの父親を責め苛《さいな》み始めた。悲しみと苦しみと嘆きと悔《く》いで、おれを罵るのさ。愚《おろ》か者、生きる値打ちもない、とそいつが言うのさ」

博龍はため息を、ひとつついた。

「おれを救ってくれたのは鶴次さ。こんな亭主でも頼りにして、そばにいてくれと言うのさ。鶴次のお陰で、おれの胸の痛みがだんだんとやわらいだ。生きる値打ちのない愚か者も、生きていていいんだと、思えるようになった。与右衛門さん、こんなことおかしいぜ。あんたもそう思うだろう。病いに倒れたのが、老いぼれた役たたずの亭主じゃなくて、ずっと若い、まだまだ働き盛りの女房ってえのは、お天道さまの筋が通らねえぜ」

文太が傍らで盆を抱え、心配そうに博龍を見ていた。

四

翌日、朝から薄曇りの空模様が続き、夕方近くになって、空はいっそう暗くなり雨が降り出した。

裏庭の建仁寺垣ぎわの熊笹を、降り始めた雨が寂しげに騒がせた。

鶴次は目覚めぬまま、雨が降り始めたその夕刻、四十九歳の一生を終えた。

「ああ、可哀想なことをした。許してくれ、許してくれ……」

博龍は繰りかえし詫び、滂沱《ぼうだ》と涙を流した。ただ、あまり長く苦しんだ様子ではなかったので、それがせめてもの救いだった。

永代寺の寺僧《じそう》を請《しよう》じて、枕経《まくらぎよう》に金剛経《こんごうきよう》が読まれた。

それから、博龍と子供らで鶴次の剃髪《ていはつ》と湯灌《ゆかん》をした。その間に、近所のおかみさんらが手伝って晒木綿《さらしもめん》で縫った経帷子《きようかたびら》を着せ、これも路地の住人が手配した早桶《はやおけ》に、鶴次の亡骸と生前に使っていた物を一緒に納めた。

居間の庭側に設《しつら》えた祭壇に桶を安置し、香華《こうげ》と燈燭《とうしよく》などを供え、香《こう》を焚《た》いて、再び寺僧を請じて経が読まれた。

降りしきる雨にもかかわらず、岩本の遠い親類や古い知り合い、子供屋の営みで長年何くれとつき合いのある縁者らが大勢、通夜の弔問《ちようもん》にきた。

居間仕切を全部開け放ち、居間から内証、台所の板間、三畳の寄付きまで弔問客があふれ、博龍のみならず、さすがに今日は休業にした岩本の子供らも、弔問客の応接に追われ、ひと息入れる間もなかった。

通夜の夜がふけるに従って降りしきる雨は収まる気配がなく、雷鳴《らいめい》すらとどろき始めていた。

にもかかわらず、仲町の茶屋の亭主や女将さん、また余所の子供屋の芸者衆、男芸者らも、座敷の勤めを終えてから、お座敷勤めの化粧に羽織を着けたまま、蛇《じゃ》の目《め》や唐傘《からかさ》を差し、あるいは合羽に笠をかぶって、通夜の弔問にきた。

中には柳橋から、ひどい雨の中をわざわざ弔問にきた客もいた。

寛政の御改革で取り締まりを受け、三十三間堂町から柳橋に勤めを替えた、鶴次とは若いころからの知り合いの年配の芸者だった。

「鶴次さんには、本途に世話になりやした。鶴次さんとお喋りをしてちっとも厭《あ》きなかった、あの若い日が懐かしい。ああ、悲しいですね、旦那さん」

老芸者は目に涙を一杯溜めて博龍に言った。

路地の狭い裏店は、ひと晩中絶やさない香が芸者衆の脂粉《しふん》や酒の匂いと混じり合い、生前の鶴次を偲《しの》ぶ話もつきなかった。またそれに雷雨の音も相俟《あいま》って、しめやかな通夜のはずが、まるで宴《うたげ》のような賑やかさで、わいわいがやがやと夜はふけていったのだった。

だが、それは通夜のまだ五ツをすぎて間もないころだった。

弔問客ではない見知らぬ男が、博龍を窃《ひそか》に訪ねてきた。

店に入った男は、身につけた縞の引廻合羽とかぶった菅笠の雫を土間に垂らし、たまたま寄付きに集まっていた弔問客に応対していた吉次に、ひっそりと声をかけ、博龍へ取次を頼んだ。

吉次には、ぽとりぽとりと雫が滴る菅笠の陰になって、男の顔はよく見えなかった。それでも、日焼けした顔にうっすらと無精髭が生え、目つきが鋭い旅人風体だった。弔問の客とは思えなかった。

吉次は、胸騒ぎを覚えた。男が土間を出ていくのを見送ると、祭壇のそばで客の弔問を受けていた博龍の背後から、そっと声をかけた。

「旦那さん、ちょいとかまいませんか」

「ふむ。なんだい」

博龍は肩ごしに、後ろの吉次へ見かえった。

「信濃の神林村の里助と仰る方が、旦那さんをお訪ねです。ずっと以前、旦那さんがまだ信濃の松本城下にお住まいだったころ、おつき合いのあった神林村の権《ごん》太左衛門《たざえもん》の倅と言えばわかる。そう仰っていました」

「神林村の権太左衛門の倅？」

「はい。数日前、江戸に着いて、少々遅れたけれど、今夜ようやく訪ねることができた。伝えなければならないことがあると仰って」

博龍は、肩ごしに吉次を凝っと見つめた。

しばしの沈黙ののち、吉次に質した。

「里助と名乗ったんだな」

「はい。とりこみ中の邪魔にならないようにと、外の路地の角で待っていらっしゃいます」

博龍は、客の頭ごしに台所の土間のほうを見やった。それから、弔問客へ向きなおり、さりげなく断りを入れた。

「済まねえ。ちょいと野暮用でね」

博龍は、杖をとって座を立ち、少し前かがみに杖を突いていくのを、吉次は胸騒ぎに押されてあとを追った。

軒には遅くになってからくる通夜の弔問客のために、岩本の提灯を吊るしていた。路地の角の里助が、軒下の提灯の明かりの中に姿を見せた博龍と吉次へ、菅笠を廻した。

軒から雨垂れが滝のように滴り落ち、どぶ板を叩いていた。

博龍はまだ喪服の裃ではないが、弔問客を迎える通夜の亭主らしく、黒紺の羽二重の着流しに角帯をぎゅっと巻きつけて下腹を支え、白足袋を履いていた。

里助から目を離さず、杖をわきに抱え、その羽二重を尻端折りにした。

「旦那さん、これを」

吉次が唐傘を、ばんっ、と雨の中に開き、博龍に差し出した。

「済まねえ」

と、博龍は懐からそうめん絞りの長手拭をとり出し、頬かぶりにして傘をとった。そして、里助のほうへ前かがみの杖をどぶ板に鳴らした。

吉次は、雨の飛沫が着物の裾を濡らすのもかまわず軒下に佇み、博龍が里助と名乗った男へ近づいていく様を見守った。

博龍は里助と二間ほど隔て、立ち止まった。

降りしきる雨の音に遮られ、博龍と里助の声は聞きとれなかった。路地におき忘れられた立像《りつぞう》のように、二人は動かなかった。

ただ、稲妻が夜空に走った一瞬、菅笠の下の里助が険しく顔を歪め、博龍に言葉を投げつけている様が見えたばかりだった。

それから、博龍は路地の角に里助を残し、軒下の吉次のほうへ戻ってきた。

軒下の吉次の数歩手前まできて、吉次に言った。

「吉次、用ができた。このまま、ちょいと出かける。客には何も言わなくていいが、訊かれたら、よんどころない用ができたんで、それを済ませにいった、用を済ませ次第戻ってくる、とだけ伝えてくれ」

里助はたち去らず、路地の角で博龍を待っていた。

「よんどころない用って、信濃の権太左衛門という方の用なんですか」

「まあ、そうだ。権太左衛門は、遠い昔の知り合いさ。権太左衛門の用は、おめえらにも、岩本にもかかり合いのねえ、おれひとりの野暮用さ。野暮でも用は用だ。済まさなきゃならねえこともある。おめえらは、鶴次が寂しがらねえようにそばについていてやってくれ。頼んだぜ」

「どちらまで、いかれるんですか」

「近所だ。そこで人が待ってる。どうしてもおれに、会いてえそうだ」

「長くかかるんですか」

「たぶん、長くはかからねえ。用を済ませたら、すぐに戻ってくる」

博龍は唐傘をくるりと廻し、里助のほうへ再び向かった。

その後ろ姿を、一瞬の稲妻が青白く照らした。

「博龍さん」

と、吉次は思わず名を呼んだ。

「明日は鶴次の葬儀だ。よろしく頼むぜ」

博龍は後ろ姿のまま吉次に言ったが、雷鳴がかき消した。

神田堀の土手道から高砂町と難波町の境を通る駕籠屋新道にも、降りしきる雨が家々の屋根瓦に雨煙を巻き、軒からは雨垂れが滝のように流れ落ちて、無数の水飛沫が跳ねていた。

雨の夜空を一瞬の稲光《いなびかり》が照らし、続いて雷鳴がとどろいた。

その駕籠屋新道の尾上天海の《清明塾》には、二階家の主屋の裏手に小さな土蔵があった。

以前、古着屋がここで店をかまえていたころ建てた平屋造りで、古着を仕舞った葛籠や箪笥《たんす》、行李《こうり》や木箱が積みあげられ、衣紋掛に吊るした夥《おびただ》しい古着が、屋根裏の梁にぶらさげられていた。

尾上天海がこの店に清明塾を開いてからは、古着は運び出されたが、傷ついた古壺や黄ばんだ枕屏風、破れた障子戸、穴の空《あ》いた板戸、汚れた筵などが片隅に積まれていた。

その土蔵の土間に、髷が乱れて蓬髪《ほうはつ》になり、何日も顔を洗っていない垢じみた小田彦之助が、べったりと坐っていた。彦之助の着物は袖がとれかかり、袴も裂けて、しかも泥に汚れてぼろ同然のあり様だった。

腰には刀を帯びておらず、力なくうな垂れていた。

一灯の燭台《しょくだい》の炎が、今にも消え入りそうな果敢なさで、彦之助の影をゆらしている。尾上天海門弟の、広岡繁治《はんじ》、宝井昇吉郎《しょうきちろう》、上坂達生《たつお》の三人が、腕組みをしたり顎を撫でたり、退屈《たいくつ》そうに肩をほぐしたりしながら、彦之助の周りをぶらついていた。

彦之助は二人組から解き放たれたのち、清明塾に戻らず、新堀川の寺院に身をひそめ、縁の下に物乞いのように寝起きしていた。

持ち金はすぐに使い果たし、刀を売り払って飢《う》えをかろうじてしのいだ。

昨日、寺院の境内で高砂町の顔見知りと偶然出会い、顔見知りの知らせを受けた上坂と広岡、宝井の三人が、清明塾へ連れ戻しにきた。

彦之助は土蔵に押しこめられ、一体何があったと厳しく問いつめられた。

黙秘《もくひ》しようがなく、また、隠している気力も失せて、事情をすべて話した。

その間、尾上天海は一度も土蔵に顔を出さなかった。

丸一日がたち、夕方近くになって雨が降り出したその日暮れ、三人が土蔵にきて言った。

「先生が、子細をお訊ねになる」

彦之助は三人に囲まれた恰好で、天海を待っていた。

ほどなく、土蔵の木戸が気だるげな音をたてて引かれ、着流しに袖なし羽織を着け、両刀を帯びた尾上天海が、唐傘を差して現れた。

天海は傘をすぼめて片手に下げ、埃っぽさや臭気《しゆうき》を払うように、もう一方の手をひらひらさせ、土蔵の中に入ってきた。

土蔵の木戸は開けたままで、稲妻が走った刹那《せつな》、青白い明るみが、土蔵に積みあげられたがらくたを、くっきりと映し出した。

天海は彦之助の前に立ち、傘の雫を土間に垂らした。やがて、俯いた彦之助に、投げつけるように言った。

「顔をあげろ」

彦之助はわずかに顔を持ちあげた。

「その汚い顔を、真っすぐに見せろ」

天海は、彦之助の顎に雫の垂れる傘をあて、いきなり持ちあげた。

彦之助は怯えて、天海に向いた目をそむけた。

「おまえを生け捕《いど》りにしたその船頭らが何者か、どこに閉じこめられたか、何もわからぬのか」

天海が腹立たしげに問いつめた。

「は、はい……」

彦之助は瞼を震わせ、ようやく言った。

「ずっと、頭から袋をかぶせられ、何も見えませんでした。しかし、賊は二人です。それは間違いありません」

「その者らは、十二月五日の夜の、淡井順三郎を始末した子細を問うたのだな」

「そうです。首を袋の上から気を失うほど絞められ、何度も死にかけました。十二月五日の夜、何があったか、全部話せと」

「全部話せとは？」

「はい。あの夜われらが、淡井順三郎を築出新地へ連れ出してから、洲崎の海辺に埋めるまで、全部です」

「木場のずっと先の、芥の埋めたて地に埋めろと命じたのに、おまえらは、洲崎に埋めたのだな。愚か者が」

天海が周りの三人を睨み廻すと、三人はばつが悪そうに目をそらした。

「おまえはそいつらに問われるまま、われらと佐河さまとの、これまでのかかわりも、洗い浚い話したのだな。わたしのこともだな」

「申しわけございません」

彦之助は、首を折るようにうな垂れ、土間に這いつくばった。

ちっ、と天海は舌打ちした。

「一体何者だ。そいつらが町方ならば、淡井順三郎を埋めた場所は疾《と》うに暴かれているはずだし、そもそも、町方がそんな手のこんだ真似をするはずがない。とすれば、佐河さまに意趣《いしゅ》を抱く何者かが、佐河さまをかどわかしたか」

「え、佐河さまがかどわかされたんで？」

彦之助が呆然と顔をあげた。

「おまえが生け捕りにされている間に、佐河さまが門前仲町の茶屋でかどわかされたのだ。おまえを生け捕りにした二人組と、佐河さまをかどわかした賊は、仲間かも知れんのだ」

「先だって、いきなり訪ねてきた霊岸島の掛取も一味なのでは」

と、上坂達生が言った。

「確かに、あの七助という掛取も怪しい。ただの掛取とは思えん」

広岡繁治が言いかえした。

天海はむっつりと考えこんでいた。

「あの、そ、それとですね」

彦之助はおずおずと頭をもたげた。

「あのとき、大島川の川縁で淡井を痛めつけていたのを婆あに見られ、上坂と広岡が婆あを始末した、そのことも訊かれました」

「おまえたちの始末した通りかかりの婆あのことも、賊は訊いたのか」

「そうです。まさかそのことと、佐河さまのかどわかしに、な、なんぞ、かかり合いがあるので……」

彦之助は、伏せていた目を見開いた。

「あの婆あは、伊勢崎町の裏店にひとり暮らしで、だいぶ前から惚けて、何もわからず彼方此方彷徨《さまよ》い歩いていたのです。去年のあの晩も、彷徨い歩いた挙句、誤って大島川に落ちて溺れたと、片《かた》がついておりました。われわれのことは、知られていなかったはずです。あれから二月半もたって、二人組はどこでわれわれのことを知ったのでしょうか。何ゆえ今ごろになってなのか、解せません。むしろ、佐河さまの配下に裏切者がいると見たほうがいいのでは」

上坂が言った。

「よい。これ以上詮索しても無駄だ。みな、ここを引き払う。今夜中に江戸を出る。佐河さまはもう生きてはおらぬ。ぐずぐずするな。このままでは、われらも佐河さまと同じ運命をたどる恐れがある」

三人が、えっ、と声をつまらせた。

「彦之助、おまえも立て。しゃんとしろ」

彦之助は慌てて立ちあがり、袴の埃を払った。

途端、天海は手にしていた唐傘を土間に捨て、彦之助をすっぱ抜きの一刀両断にした。

折りしもとどろいた雷鳴と降りしきる雨の音が、彦之助の絶叫をかき消した。

五

北町奉行所の指揮を執る与力に当番同心三人、奉行所雇いの中間《ちゆうげん》小者《こもの》、町方の御用聞を務める岡っ引《おかぴき》にその下っ引ら十数人が、《清明塾》と標した古木を扁額ふうにかけた表木戸前の、駕籠屋新道を固めた。

裏庭の板塀に潜戸《くぐりど》のある裏手のほうは、南町の与力と同心、中間小者、同じく御用聞らが押さえている。

与力と同心は朱房《しゆぶさ》の十手を携え、小者や中間らは、六尺棒《ろくしやくぼう》に鉄棒、寄棒、突棒《つくぼう》、刺股《さすまた》、袖がらみ、捕り縄、鳶口《とびぐち》、そして、掛矢《かけや》に梯子《はしご》をかついだ者もいて、雨に備えた龕灯《がんどう》が表木戸を照らしていた。

みな笠をかぶり紙合羽を羽織っていて、紙合羽に降りそそぐ雨が鳴り、煙のような飛沫を散らしていた。

「かかれ」

と、与力の指図とともに、同心が木戸の前へ進み、

「御用検《あらた》め。御用検め」

と、雷雨の中、高らかに二度声を発した。

むろん、戸内になんの動きも応答もない。

同心は掛矢をかついだ中間へ目配せし、中間は直ちに表木戸へ掛矢を打ちこんだ。掛矢が表木戸をたちまち打ち破って、同心を先頭に捕り方は一斉に店の前庭へなだれこんだ。

いくつもの龕灯の明かりが、雨や捕り方の撥ねるぬかるみの泥と交錯《こうさく》した。

主屋の表戸に迫った捕り方は、即座に表戸へ掛矢を打ちこみ、一撃で破った戸

板の破片を周りに降らせた。

表側の北町の突入がはじまったのに呼応《こおう》して、裏手を押さえた南町の一隊も、裏庭の塀の潜戸を叩き割って押し入っていた。

尾上天海とその門弟三人は、今夜中に江戸を離れるはずが、支度を調える間もなく捕り方が店を囲み、戸を破って踏みこんできたため、支度どころか、着の身着のまま逃げるしかなかった。

正面と搦手《からめて》の二手から町方の突入が始まったとき、尾上天海はひとつかみの金を懐にねじこみ、二階へ駆けあがった。

「頭あ」

と、上坂達生が叫んで天海のあとを追った。

広岡繁治は動転し、先ほどまでいた裏庭のほうへ逃げたが、たちまち南町の捕り方に囲まれた。

いくつもの龕灯の明かりを受け、土蔵の中へ逃げこんだ広岡は、刀をめくら滅法《めっぽう》にふり廻し、喚き散らして抵抗したが、悪あがきにすぎなかった。

広岡は刺股で動きを止められ、突棒や六尺棒の殴打《おうだ》を浴びて横転し、小田彦之助の亡骸の傍らでとり押さえられた。

宝井昇吉郎は、表戸を破って突入してきた北町の一隊をきり開いて突破するつもりで土間へ飛び降りた途端、慌てて足を滑らせひっくりかえってしまった。

坐りこんで刀をかまえたところへ、同心の長十手を腕に受けて刀を落とし、四方八方から六尺棒と鉄棒の痛打《つうだ》を浴びて朦朧とする中、御用となった。

捕り方の別の一隊は、二階へ逃げた天海と上坂を追っていった。

天海と上坂は、二階の部屋の出格子を乗り越えて屋根へ出て、屋根伝いの逃走を図った。

しかしながら、降り続く雨に瓦が滑り、思うように進めなかった。

背後に捕り方が迫り、下の庭のほうからは龕灯の明かりが、屋根を逃げ廻る野良猫を追うように二人を照らしていた。

天海の後ろについて屋根に出た上坂は、格子をつかんでいた腕を、捕り方の袖がらみにからめとられた。

片手は出格子にすがって離せず、からんだ袖がらみを無理矢理はずそうと片腕だけで抗《あらが》ったところへ、鳶口を肩に打ちこまれた。

はああ、と叫んで身体をよじり、出格子を放して鳶口の柄をつかんだ。

途端、足がすべって屋根に転倒し、袖がらみに千切《ちぎ》れた片袖を残したまま、滝のような雨垂れと一緒に、軒下へすべり落ちた。

天海は出格子を跨《また》いで、屋根伝いに主屋の端まできていた。家屋を囲う板塀と細い路地を隔てた隣家の屋根がある。隣家の屋根へ飛び移り、屋根から屋根へと逃げるつもりだった。

だが、暗いうえに飛沫が跳ね、首尾《しゅび》よく飛び移れそうになかった。

逡巡《しゅんじゅん》していたそのとき、後ろについてきた上坂が悲鳴をあげて屋根から庭へすべり落ちていった。

逡巡している間はなかった。

天海は、やあっ、と雨中へ飛んだ。

一瞬、稲妻が走って隣家の屋根を照らし、天海の足がその瓦屋根にかかった。と、足がかかった瓦が屋根からはずれてがらがらと落ちていき、それに足をすくわれ、隣家の土塀と板塀を隔てる狭い路地に転落した。

幸い、雨で地面がぬかるんでいたため、足腰の打撲《だぼく》だけですんだ。

隣家の壁にすがってすぐに立ちあがり、路地の前後を見廻した。

駕籠屋新道のほうにも、清明塾の裏の潜戸へ曲がる路地のほうにも捕り方の姿はなかった。ただ、龕灯の明かりがゆらゆらと人魂《ひとだま》のようにゆれていた。

天海は咄嗟に、駕籠屋新道へ走った。

駕籠屋新道を神田堀へ出て濱町河岸をいき、三俣へ出て、暗い大川へ身を躍らせる。この雨と大川の暗がりにまぎれてなら、逃げ遂《おお》せる、と天海は思った。

天海は一目散《いちもくさん》に雨を突っきり、泥水を散らし、路地を駆け抜けた。


七蔵と嘉助、お甲、樫太郎の四人と、水戸家の斗島半左衛門、半左衛門の二人の供侍が、神田堀の土手道をふさぐように、捕り方が駕籠屋新道の先の清明塾へ踏みこんでいくのを見守っていた。

七蔵は着流しを尻端折りにして、紺足袋に雪駄、独鈷《どっこ》の博多帯に朱房の十手と二刀を帯びている。

嘉助と樫太郎も尻端折りに鍛鉄《たんてつ》の目明《めあか》し十手を帯に差し、紺木綿を裾短《すそみじか》に黒の手甲脚絆《てっこうきゃはん》に黒足袋草鞋をつけたお甲も、十手を携えている。

半左衛門と供侍は、打《ぶ》っ裂《さ》き羽織を着て野袴《のばかま》に両刀を帯びている。

七蔵ら四人も半左衛門と供侍ら三人も、菅笠に紙合羽を着て、一向に収まりそうにない雷雨に打たれていた。

天海と門弟らを捕らえ、茅場町の大番屋《おおばんや》にしょっ引き、七蔵がとり調べ、半左衛門が立ち会うことになっていた。そのさい、一件が表沙汰にならぬよう、ほかの町方は訊問《じんもん》には立ち会わない、という手はずを決めていた。

七蔵と半左衛門が並び、七蔵の後ろに、嘉助、お甲、樫太郎、半左衛門の後ろは二人の供侍が並んでいた。

町方らが清明塾に踏みこみ、ほどもなく、捕物の喚き声や物音が収まり、聞こえるのは雨とときおり鳴る雷鳴だけになった。

指揮をとる与力と捕り方らが表木戸の前を固め、店に踏みこんだ一隊が捕縛を終えて出てくるのを待っている様子だった。

「旦那、案外、早く終りそうですね」

嘉助が後ろから声をかけた。

「呆気《あっけ》なかったな。だが、厄介なのはこのあとだ。天海がどれほどの事情を知っているか、洗い浚い白状するか、そこが肝心さ」

七蔵は嘉助に言って、半左衛門へ一瞥《いちべつ》を投げた。

半左衛門は、暗い駕籠屋新道の先へ向いて、冷然《れいぜん》と佇んでいた。

そのとき、清明塾のわきと思われる路地のあたりから、駕籠屋新道の暗がりに走り出てきた人影に、樫太郎が気づいた。

「あっ、旦那」

捕り方の龕灯が影を追った。しかし、龕灯の弱い明かりは、暗がりを走る人影と、降りしきる雨のぬかるみを映しただけだった。

人影は一瞬もためらわず、神田堀の土手道のほうへ駆けてくる。

しかし、表木戸の前を固めている捕り方らは、誰も追ってこなかった。呼子《よぶこ》も鳴らなかった。

「おいおい、どういうこった。まさかとり逃がしたのかい」

七蔵は思わずうなった。

やがて、ぴしゃぴしゃ、と足音をたてて人影が迫ってきた。

わずかに届く龕灯の微光《びこう》が、人影をおぼろに浮きあがらせた。

着流しの裾を後ろになびかせ、筋張《すじば》った地黒の両腿の上の下帯まで晒し、泥に汚れた白足袋を躍動《やくどう》させていた。

しかし、総髪を束ねた髷が、雨に打たれて歪み、光っていた。まぎれもなく、尾上天海だった。腰の両刀にしっかりと手をあてていた。

「樫太郎、呼子を吹け。親分、お甲、尾上天海だ。ここで引っ捕らえるぜ」

七蔵は紙合羽を脱ぎ捨てて言った。

「承知」

嘉助とお甲が声を合わせ、十手を抜いた。

「斗島さま、とんだどじな始末だが、ご心配なく。逃がしはしません。やつを捕えるまでは、町方の仕事です。ここはお任せを」

七蔵は雪駄をぬぎ、一歩二歩と進んで刀の柄に手をかけ、身を低くした。

樫太郎の呼子が、ひりひりひり、と吹き鳴らされた。

尾上天海はようやく立ち止まって、同じく身を低くし、前方の人影を訝しげに見透かした。

そのとき、稲妻が夜空を走り、およそ三間を開いて、抜刀の体勢で向き合った七蔵と天海を映し出した。

樫太郎はなおも呼子を吹き続けたが、町方が駆けつけてくる気配はなかった。

冗談だろう。どういうことだ。

七蔵は戸惑った。

天海が、怒りを投げつけた。

「おのれ、霊岸島の七助か。なるほど、胡乱な掛取は町方の犬だったか。犬、尻尾を巻いて退け。退かねば容赦なく斬り捨てるぞ」

「尾上天海、御用だ。逃がしはしねえ。神妙にしろ」

「御用だと。所詮は町家に集《たか》る腐《くさ》れが」

「なんとでも言え。おめえに訊かなきゃならねえ、大事なことがあるんだ。ここがいき止まりだ」

「おのれ。邪魔だ」

明らかに天海は焦《あせ》っていた。

天海は七蔵へ突進し、あいやあ、と吠えた。

すっぱ抜きの一撃が、ぶうん、とうなって飛沫を散らし、大上段《だいじょうだん》に浴びせかけられた。

七蔵は左を踏み出して抜刀し、右を踏みこみながら、天海のすっぱ抜きを、鋼を打ち鳴らして上段へ払いあげた。そして、払いあげた上段よりすかさず刀をかえし、たあ、と袈裟懸を放った。

天海の一刀は、七蔵の袈裟懸を俊敏《しゅんびん》にはじきかえすと、身を鋭く躍動させ、さらに激烈な一刀を上段から打ち落とした。

七蔵は一歩引いて、ぎりぎりにそれを再び打ち払う。

しかし、天海は瞬時もおかなかった。

刀を鋭く旋回《せんかい》させ、一歩また一歩と大きく踏みこみ、撃刃《げきじん》をたたみかけてきた。三の太刀、四の太刀、五の太刀……と瞬時もおかず七蔵を攻めたて、七蔵は右に払い、左に払って、まるで誘いこむかのように、こちらも一歩また一歩と、土手道のほうへ引き退《の》いていく。

かん、かん、と鋼が鳴り、水飛沫が散り、天海の雄叫《おたけ》びが雨を引き裂いた。

嘉助とお甲は、後退《こうたい》する七蔵に合わせて退《さが》りながら、天海の隙をうかがい、樫太郎は呼子を吹き続けていた。

だが、天海の六打目に続いて七打目が放たれた刹那、異変が起こった。

天海の一撃を払った刹那、七蔵の刀が悲鳴を発して鎺の二寸（約六センチ）余先で、かちん、と悲鳴をあげて折れた。

折れた刀身が飛んで、道端の店の壁に突きたった。

ああっ、と周りで一斉に声があがった。嘉助もお甲も樫太郎も、また後方に退っていた半左衛門と供侍らも、一瞬、唖然とした。

「おおっと、拙《まず》いぜ」

七蔵は目を丸くして、刀身のない刀の柄を見つめ、呆れて呟いた。

「未熟者。それでは人は斬れぬ」

死ね。

天海はひと声叫び、即座に刀をかえした右袈裟懸を放った。

刃がうなりを発して七蔵に浴びせられ、止《とど》めを刺しにかかった。

咄嗟に、七蔵は二刀に並んで帯びていた朱房の十手を逆手《さかて》に引き抜いた。

天海の猛烈な袈裟懸を、皮一枚の差を残し、かざした十手が受け止めた。

刃が十手に嚙みついたその一瞬、七蔵はすでに腰の小刀を抜き放ち、天海の脾腹を斬り抜けていたのだった。

七蔵の体軀が天海の傍らをよぎったとき、天海は身体を折って七蔵と立ち位置を入れ替え、たたらを踏んだ。

それから、堪えきれずに片膝をぬかるみへ落とした。

天海は脾腹の疵を手で押さえ、刀を杖にしてかろうじて転倒は堪えた。

押さえた手に染み出る血を雨が洗った。

七蔵がふりかえり、天海に言った。

「縮尻った。浅手だったな。こっちは人斬りには慣れてねえんだ」

「おのれ、犬。まだだ……」

天海は七蔵を見あげ、怒りを剝《む》き出した。

「観念しろ。これまでだ。おめえには訊かなきゃならねえことがあると、言っただろう。簡単には死なせやしねえぜ。樫太郎、呼子を鳴らせ」

七蔵が樫太郎に言ったとき、半左衛門と二人の供侍が進み出て、三方から天海を囲んだ。

そしてそれは、瞬時の間の出来事だった。

半左衛門はひと言も発さず抜刀し、天海を右袈裟懸に斬り落とした。

顔面を割られた天海が、わっ、と仰《の》け反《ぞ》ったところへ、二人の供侍が止めの一刀を冷徹に浴びせた。

血飛沫が雨に混じった。

「何をする」

七蔵が叫んだ。

半左衛門につめ寄ろうとする間に、供侍が立ちはだかった。

半左衛門は刀の血をふり落とし、冷然と鞘に納めた。それから七蔵へ向きなおり、膝に手をあて恭《うやうや》しく一礼した。

「萬さん、ありがとうございました。かような仕儀《しぎ》にいたり、申しわけありません。しかしながら、わが水戸家においては、これ以上の詮索は一切無用にいたすことにと、相決まり申したのです」

「詮索無用？　冗談でしょう。淡井順三郎さんも佐河丈夫さまも、行方知れずのままなんですぜ。二人の行方は、もうどうでもいいってんですかい」

「明らかにしなければならぬことと、明らかにしないほうがよいこともあります。わたしにこの調べを命じられた上の方が、もうよい、これまでにせよ、と命じられたのです」

「それはあんたらの言い分だろう。明らかにしてくれ、このままにしないでくれと、どっかで言ってるかも知れねえんだぜ」

「そういうこともあるのです。われら家臣は、それを覚悟で主家に仕えているのです。それは、萬さんも同じでしょう。お家あっての家臣なのだと、それが侍なのだと、萬さんもご存じでしょう。この仕儀は、わが水戸家より、両奉行さまにすでにお伝えいたし、お奉行さまのお許しをいただいております。捕り方の方々も、ご承知のうえです」

えっ、と駕籠屋新道のほうを見ると、清明塾の表木戸前に捕り方の一群が集まり、土手道のほうへ龕灯の明かりを向けていた。

半左衛門が捕り方のほうへ向きなおり、張りのある声を投げた。

「相済み申した。捕り方の方々、お願いいたします」

捕り方のかざす龕灯の明かりが、ぞろぞろと向かってきた。

「なんてこった」

七蔵は、嘉助とお甲と樫太郎に言った。

三人は降り続く雨に打たれて、呆然としていた。

六

博龍は里助の五間ほど後ろを歩んだ。

雨が唐傘を叩き、間をおいて夜空に走る稲妻が、前をいく里助の菅笠と引廻合羽を闇の亡霊のように照らした。

三十三間堂町から十五間川の永居橋《ながいばし》を大和町《やまとちよう》、大和町から仙台堀に架かる亀久橋《かめひさばし》を東平野町《ひがしひらのちよう》へと渡った。

仙台堀は真っ暗で見えなかった。

ただ、普段は鏡のように静かな堀川が水かさが増して激しく流れているのが、ごうごうという音と、船寄せにつないだ船同士が船縁を、ごとんごとんとぶつける音でわかった。

里助は、仙台堀の土手道から二十間堀《にじっけんぼり》の土手道へ、後ろの博龍へ見向きもせず曲がっていった。

遠いはるかな昔の覚えが、博龍の胸には深く刻まれていた。

博龍はそれを、忘れたことはなかった。

松本城下はずれの、神林村の貸元《かしもと》・権太左衛門を斬ったのは、やはり春のこんな雨の日だった。権太左衛門の打擲とおつなの悲鳴と、子供たちの泣き声がありありと甦ってきた。

あれから気の遠くなるほど長いときがすぎていった。

それでいて、束の間の、果敢ない歳月だった。

鶴次の通夜の日にきたこの廻り合わせはころ合いだと、博龍は思った。

博龍は信濃六万石の松本藩に仕える、家禄三十俵二人扶持の納戸衆《なんどしゅう》・桔梗伝吉郎《でんきちろう》の倅だった。名を龍之介と言った。

子供のころから剣術学問に秀《ひい》でていて、近所でも評判の子だった。

けれども、先の望みは父親の三十俵二人扶持の納戸衆を継ぐ以外になく、その三十俵二人扶持も一割五分を御借米《おかりまい》として主家に召しあげられていて、まことに貧しい下級武士の暮らしだった。

　父親を病いで早くに亡くし、桔梗家を継いでから納戸衆の役目に就き、城下の組屋敷に母と二人の、寂しく質素《しっそ》な日々を送っていた。

　二十歳をひとつ二つ、三つをすぎた二十四歳のときだった。

　剣術ができ学問もあり、容姿にも恵まれていた龍之介に、嫁をもらう話がいくつかあった。中には、下級武士の身分にはすぎた縁談もあって、まとまりそうになったが、結局のところ身分の違いが隔たりとなって破談になった。

　いくつかきた話も、その都度《つど》、何やかやと障《さわ》りになる事情が重なり、なかなか嫁とりの話はまとまらなかった。

　そんな折り、納戸方組頭の不正に心ならずも龍之介は巻きこまれた。

　組頭の命ずるままに、わずかな誤魔化しに加担《かたん》した。龍之介ひとりではなく、組下《くみした》の者はみな組頭の命令に逆《さか》らえず、やっていたことだった。

　わずかだ、という油断があった。

　武士がなんだ、役目がなんだ、正しきことがなんだ、所詮は権勢《けんせい》にへつらい食うためにあくせくしているだけではないか、という驕《おご》りが、内心のほんの片隅に巣食《すく》っていた。

不正のわずかな零《こぼ》れ物に与《あずか》り、傍輩らと束の間の遊興に、ときをすごすようになった。遊興のあと、耐えがたいほど自分に嫌気がさした。

不正が発覚し、藩の台所事情の苦しくみなが忍耐しているこの折りに、とお上は激怒した。

厳しい裁断がくだされ、組頭は斬首《ざんしゅ》となって、一門は追放となった。

組頭の命令に従って不正に加担した組下の者も、処罰を受けた。

減封《げんぽう》や蟄居《ちっきょ》で済んだ者もいたが、桔梗家は改易《かいえき》となった。

領国追放にはならず、親類に累《るい》がおよばなかったことが、せめてもの救いだった。

組屋敷を追われ、城下場末《ばすえ》の粗末な裏店に母親とともに越した。

暮らしの方便《ほうべん》に手習所を始めたが、手習にくる町家の子弟はわずかで、食うや食わずの日々が続いた。

母親は親類の屋敷を窃《ひそか》に訪ね、物乞い同様に無心《むしん》をし、龍之介は、人足仕事の日銭を稼ぎ、かろうじて食いつないだ。あまりにみすぼらしい暮らしに母親は、情けない、それでも武士か、と泣いて龍之介を責めた。

おれはもう武士ではない、武士がなんだと、母親と言い争った。

だが、そんな食うや食わずの貧乏暮らしが三年余続き、かつての武士の面影は消え失せ、半纏に下帯ひとつの人足稼業《かぎょう》に染まっていながら、龍之介は二刀を捨てきれなかった。

刀を抜いて、人と斬り合ったことはなかった。

しかし、子供のころから入門した道場での腕前は、道場主も驚くほどだった。上背《うわぜい》もあり、道場の稽古でなら誰にも負けない自信があった。

ある日、人足らの溜場《たまりば》で言葉を交わした男に、城下はずれの寺で毎夜開いている賭場の貸元が腕のたつ用心棒を探している話を聞きつけた。

ああ、そういう裏稼業もあるのだなと、ふと思いたった。

母親が心労《しんろう》と貧乏暮らしで病気がちになり、寝こむことが多くなっていた。母親の病気療養《りようよう》に、新たに薬料《やくりよう》が龍之介の肩に圧《の》しかかっていた。

龍之介は襤褸《ぼろ》同然の袴姿に着替え、捨てきれなかった二刀を帯び、賭場の開かれている寺へ向かった。

賭場の貸元は、神林村の番太《ばんた》を務めながら、近在を縄張りにするやくざの親分にのしあがった、権太左衛門という男だった。

権太左衛門は、襤褸着姿の頰の痩《こ》けた龍之介を見つめ、食いつめ浪人か、と不機嫌そうな薄笑いを浮かべた。まあ、喧嘩騒ぎや賭場荒しが収まりゃあいいんだと、龍之介は賭場の用心棒に雇われた。

賭場の用心棒稼業は、慥《たし》かに、日雇いの人足より金になった。

賭場は博徒の客同士や、負けがこんで因縁をつけるやくざらとの、ごたごたや喧嘩騒ぎが絶えなかった。あらくれらを相手に、ごたごたや喧嘩騒ぎを鎮《しず》めるのが用心棒の仕事だった。

それから、龍之介はやくざ相手の喧嘩場で初めて人を斬った。

「桔梗さん、厄介なもめ事があるだで、今晩、ちょっと手え貸してくれ」

権太左衛門は、食わしてやっているんだから当然だろう、という素ぶりで言った。何人ものやくざらが長どすをふり廻して入り乱れる喧嘩場にかり出され、命を的《まと》にかけて斬り合い、二人疵つけた。

疵つけた相手も破落戸《ごろつき》じみた助っ人だった。生死は知らない。

龍之介は、とうとうやくざに落ちぶれ果てたと自嘲した。仕方あるまい、金が要るのだ、貧乏暮らしよりはましだ、と自分に言い聞かせた。

龍之介が二十九歳のとき、病気がちだった母親が亡くなった。

城下の親類縁者とは、もう以前から没交渉《ぼっこうしょう》で、縁がきれたも同然だった。

江戸へ出るか、とあてもなく思ったのは、母親をひとりで葬り、苦汁《くじゅう》と辛酸《しんさん》を舐めて亡くなった母親の墓前で何度も詫び、許しを乞うたときだった。

このままやくざな暮らしでいつか朽《く》ち果てるなら、国を捨てて、仮令、路傍《ろぼう》に野垂《のた》れ死にしたとしても、大して変わりはせぬ。どうせ死ぬなら、一度は江戸を見て死ぬのもよかろう、と思いたった。

母親を葬って半月余がたった晩秋《ばんしゅう》だった。

龍之介は、江戸に出る意向を伝えに神林村の権太左衛門を訪ねた。村の集落のはずれにある村道をはずれて権太左衛門の店へ歩みを進めていたとき、凄《すさ》まじい怒声と女の悲鳴が聞こえた。

がらがらと物の倒れる音がし、幼い子供が怯えて泣き喚き、赤ん坊が火のついたように泣き出した。床が激しく震え、権太左衛門の怒声とともに、ばちんばちん、と人を叩く音が続き、女が必死に許しを乞うた。

すると、けたたましい悲鳴を甲走らせ、店から女が逃げまどうように現れ、それをすぐ後ろから権太左衛門が追って走り出てきた。

女は、権太左衛門の女房のおつなだった。

権太左衛門はおつなの髪を鷲《わし》づかみにして足下に引き摺り寄せ、日に焼けた大きな掌《て》を顔面に、繰りかえし浴びせた。

「この馬鹿女。なんべん言うたらわかるだで。性根入れ替えるまで、痛え目に遭わされてえか」

おつなの顔は赤く爛《ただ》れ、腫《は》れあがっていた。

幼い兄弟が戸口に立ち、泣きながらそれを見て震えていた。四歳の仁吉郎と二歳の丹次郎で、戸内で泣く赤ん坊は、生まれて三月ほどの里助だった。

権太左衛門が一旦怒りにかられて暴れ出したら、誰も手がつけられないと聞いていた。これか、と龍之介は思った。しかし、黙って見ていられなかった。

「権太左衛門さん」

「ああ？　なんだ」

昼間の明るみの中で龍之介を睨んだ顔が、怒りで青黒くなっていた。

「それぐらいになされては。おかみさんが死んでしまいますぞ」

「他人の口を出すことではねえ。おめえ、何しにきた」

「今日は権太左衛門さんのご機嫌がよろしくないので、日を改めます」

「日を改めるだと。おめえ、何を企んでいやがる。承知しねえぞ」

権太左衛門がおつなを捨て、龍之介に怒りを向けた。

その隙に、おつなは地面を獣のように這って権之介の足下から逃れ、素早く起きあがって村道を駆けていった。

「くそ、待て」

追いかける権太左衛門の前に立った。

「お止めなさい」

「おめえ、打ちのめされてえか」

権太左衛門は目をむいた。

と、戸口で泣いていた兄弟が「母ちゃん」と、おつなを追いかけていきかけるのを、大きな手で二人の首根っこを、ぎゅっとつかんだ。

「がきどもは、どこへもいかさねえ」

赤ん坊の泣く店へ、悲鳴をあげる二人を両手に引き摺って戻っていった。

権太左衛門と子供らが戸内に消えると、龍之介は踵をかえした。

村道を城下のほうへ引きかえす途中、おつなが道端の木陰にうずくまって、すすり泣いていた。

面倒なと思いながら、声をかけた。

「おかみさん、大丈夫ですか」

おつなはすすり泣きながら、小さく頷いた。その横顔が紫色になって、見る影もないほど腫れあがっていた。ひどいことを、と思った。だが、権太左衛門のことを言える柄でもあるまいと、わが身を恥じた。

「おかみさん、それではつらいでしょう。わが店はぼろ長屋だが、ここからそう遠くではありません。うちで休んでいきますか」

おつなはしばしの間をおき、ゆっくりと立ちあがった。

龍之介のあとをついてくるので、おつなの歩みに合わせてやった。

陋屋《ろうおく》でも母親と暮らしていた店で、二部屋あった。奥の部屋に布団を敷いて寝かせ、冷たい水に浸《ひた》した手拭を腫れあがった顔にあてた。

おつなは凝っと横たわり、目を閉じて動かなかった。よほどつらかったのに、違いなかった。

夕方、おつなは目を覚まして起きてきた。紫色が赤黒くなった腫れは収まっていなかったが、昼間よりだいぶ楽そうに見えた。

国を出ると決めていたので、龍之介は、自分の物のほかに、母親の遺品の整理にかかっていた。

「目が覚めましたか」

「済まねえことで。助かりました」

おつなは、龍之介の傍らに手をつき、頭を垂れて言った。

「いえ。わたしは、ご亭主の権太左衛門さんの賭場の用心棒です。これから飯を食って、賭場に出かけます。みそ汁を拵えて漬物だけの、一汁一菜《いちじゅういっさい》です。おかみさんも食いますか。遠慮はいりません。賭場に食い物はありますが、粗食《そしょく》のほうが貧乏侍の身に合っていますのでね。夜明け前に戻ってきます。ここにいてもかまいません。戻るなら、飯を食ってから村の近くまで送っていきます」

「飯の支度はおれが。せめてこれぐらい……」

と、おつなはみそ汁を拵え、漬物と麦飯の膳を支度した。

自分は食べずに龍之介の給仕をし、あと片づけも済ませ、送っていくと言うのを、「かまわねえ」と断り、日の暮れた暗い道をひとりで帰っていった。

おつなが次にきたのは、三日後の日暮れどきだった。

顔の腫れはだいぶ引いて、まだ年若い母親の面影が戻っていた。

「どうしました。何かご用ですか」

すると、おつなは寂しそうに頰笑んで言った。

「出かける前で、よかった」

龍之介はおつなを入れたが、戸惑いを覚えた。

「うちの人は、女のところへいって、今夜は戻ってこねえだで」

龍之介はおつなと向かい合い、沈黙した。

外は暗く、一切の物音が途絶え晩秋の静けさがたちこめていた。

おつなは物憂い沈黙を守り、龍之介が言うのを凝っと待っていた。

「子供たちは、どうしたのです」

ようやく、龍之介は言った。

「親類のおばちゃんに預けてきた。赤ん坊は乳をたっぷり飲ませてきたから、眠ってる。上の子らはおばちゃんになついてるし。戻るのが遅くなっても、おばちゃんがいるからかまわねえ」

龍之介はまた沈黙し、言葉を探した。

「賭場に、いかねばなりません」

「遅れていけばいい。おまえに、まだ礼をしていないから」

「礼を？　礼など無用です」

しかし、おつなは龍之介の前ににじり寄った。そして、龍之介の手をとった。

おつなの冷たい手は、やわらかだった。働き者のふっくらとした手だった。胸が静かにゆれていた。

「なぜ」

「おまえは、優しい」

おつなは言った。

七

もともと、国を出るのはひと冬をすごし春になってから、と考えてはいた。桔梗家が代々続いたこの郷里に、二度と戻ってくることはないと思っていた。父親の遺品、また母親の遺品の整理もあったし、下級武士の家ではあっても、国を捨てるからには両親の墓のこともあって、縁がきれたも同然の親類にひと言挨拶ぐらいは、という気持ちもあった。

どの親類も大抵すげない対応だった。だが、中に、

「そうか。国を出るか。やむを得ぬだでな。まあ、おまえの両親に罪はない。わたしが生きている間ぐらいは、両親の墓参りぐらいはしてやる」

と、言ってくれた親類もいた。

しかし、龍之介が旅だちを春に決めた事情には、おつなへのひっそりとした思いもなくはなかった。

おつなは、四、五日ほどをおいて、日暮れどきに龍之介の裏店を訪ねてきた。そして、提灯をひとつ携え、人気《ひとけ》の途絶えた夜更《よふ》けの路地のどぶ板を鳴らし、暗い村道をひとりで帰っていくのだった。

おつなは、龍之介が国を出ることを知っていた。

「おまえが、国を出るそれまではこうして。けれど、おまえが国を出るときは、黙って消えておくれ」

と、寂しげに笑った。

龍之介はおつなが哀れだった。そのような生き方しかできぬおのれが情けなく、みじめだった。

年が明けて飛騨《ひだ》の連山《れんざん》に雪を頂いた冬が終り、春がたちまち半ばをすぎて、おつなは店に姿を見せなくなった。龍之介の旅だちのときが近づき、おつなはもうこないのかもしれなかった。黙って姿を消すときが近づいていた。

それは、春三月のそぼ降る雨の夜だった。

不意に、店の板戸が心細げに叩かれた。

戸を開けると、まだ冷たい春の雨に打たれ、おつなが路地に立っていた。

菅笠と蓑《みの》を着け、蓑の中に赤ん坊の里助をしっかりとくるんでいた。そして、倅の仁吉郎の手をとり、仁吉郎は弟の丹次郎の手を引いていた。

まだ幼い兄弟は、大人のかぶる菅笠で顔が隠れていて、小さな身体に合わない蓑を地面に引き摺っていた。

子供たちは雨に叩かれ、寒そうに震えていた。

「助けて……」

おつなが龍之介を見つめて言った。

「お入りなさい」

子供らと赤ん坊を抱いたおつなを中に入れ、菅笠と蓑を脱がせた。兄の仁吉郎の顔が、ひどく腫れていた。去年の晩秋の、おつなをこの店に連れてきたときの腫れた顔を思い出した。

そうか、こんな小さな子を、と胸が痛んだ。

子供らが跣《はだし》につけた藁草履は、ぐっしょりと濡れていた。濡れた足を手拭でふいて、「おあがり」と部屋にあげた。

おつなは、菅笠の下の束ね髪を覆っていた長手拭で自分の濡れた素足をぬぐい、部屋にあがって、腕の中で眠る赤ん坊をしっかりと抱いた。

「今、温かい茶を淹れてやる」

残り火のくすぶる竈にかけた鉄瓶の湯で、茶を淹れた。仁吉郎と丹次郎は、おつなの両わきにぴたりと寄り添っていた。湯気ののぼる湯呑をおいてやると、湯呑をふうふうと吹いて、少しずつ茶を飲んだ。

龍之介は、仁吉郎と丹次郎に言葉をかけた。

「寒かったか」

子供らはこくりと頷いた。

部屋の隅に柳行李があって、隣に合羽と菅笠、二刀を重ね、旅の支度が整っていた。おつなはそれを見やり、

「もういなかったら、どうしようと、思っていた」

と、のぼる湯気をゆらして言った。

「往来切手も手に入れた。明日、古道具屋がくる。どうせ二束三文だろうが、売れるものは売り払って、あとの始末をして、明後日かその次ぐらいには、ここを出るつもりだった」

龍之介はおつなに聞いた。

「何があった」

「この子らが、父親にひどい目に遭わされる。今日の昼間、あの男がひどく機嫌が悪くて、この子らの行儀が悪いのは母親のおまえが馬鹿だからだ、おれが行儀をしつけてやらねばならねえと、ああしろこうしろと言いつけた。けど、この子らが大人みたいにできねえので、ひどく腹をたてて、頭を何度も打《ぶ》ち始めた。どんなに泣いて、ちゃんとやると謝ってもやめねえだで。兄の仁吉郎には、昼間から暗くなるまで、それをずっと続けて、おれがとめても打っ飛ばされるだけで、どうにもならねえ。仁吉郎がぐったりしたら、無理矢理ゆり動かしたり、耳元で喚いたりして、気がついたらまた始めて、このままだと仁吉郎が殺されちまうと思った。だから、子供らを連れて逃げてきた」

仁吉郎が、腫らした頬に埋もれそうな目で、龍之介を見あげていた。

「よく逃げ出せたな」

「酒を呑んで飯を食ったら、いつもひと眠りする。目が覚めたらまた始める。いつもそうだ。あの男は、気が済むまでやめねえ」

「親類のおばちゃんに、助けを求めたらどうだ」

「無理だ。おばちゃんも、恐がってとめられねえ。あの男がああなったら、村役人さんらでも、とめられねえだで。気が静まるのを、待つしかねえ。けど、こんな小さな子は、長くは持たねえ」

「そうだな。ここなら心配ない。仁吉郎、丹次郎、腹は減ったか」

龍之介が言うと、二人は目を瞬《またた》いておつなの腕にすがった。

「逃げるのに精一杯で、この子らは何も食ってねえ」

「よし。飯を炊《た》いてやる。炊きたての飯で大きな握り飯を作ってやるぞ」

と言ったそのとき、だあん、と店が震えるほど勢いよく表戸が引かれた。

蓑笠をつけた権太左衛門が、雨の飛沫を散らして戸口に立っていた。菅笠の下の、権太左衛門の憤怒《ふんぬ》に燃える形相が店の中へ向いていた。

片手につかんだ長脇差に、軒から滴る雫が跳ねていた。

権太左衛門は、土間へ大股で入ってきた。

「おつな、許さねえ」

権太左衛門が、凄まじい怒声を寄こした。

おつなは啞然とし、子供らが悲鳴をあげておつなの後ろに隠れた。

権太左衛門は、ぽとぽとと雫が垂れる蓑笠の下に、毛深い臑毛《すねげ》が濡れて斑模《まだら》様にこびりついた臑を剝き出しにして、濡れた藁草履のまま、ひと跨ぎで部屋へあがった。菅笠が、天井のない長屋の屋根裏につかえそうに見えた。

「おつな、干田《ほしだ》のおばばから聞いたでな。おめえ、亭主の目を盗んで密通《みっつう》してやがったな。不埒な雌猫が、男と見りゃあ盛《さか》りやがって。二度と盛りがつかねえようにしてやる」

権太左衛門は太い腕を伸ばして、声もなく見あげるおつなの白い首を、鷲づかみにした。おつなは赤ん坊を抱いたまま、抗う術《すべ》もなかった。母親の腕の中で赤ん坊が異変を察したか、突然、引きつったように泣き出した。

仁吉郎と丹次郎も、恐怖に震えて泣き叫んでいた。

「権太左衛門、手を放せ」

龍之介は言った。

権太左衛門は太い首をねじり、龍之介へ憤怒の形相を向けた。

「そうだ。まずはおめえからだった」

龍之介はすでに刀をとり、片膝つきの体勢で柄に手をかけていた。

「桔梗、食いつめ浪人が、恩を仇でかえしやがったな。おめえの素性は、知ってるぜ。お城の勘定をちょろまかしたこそどろが、今度は恩人の女房に、ちょっかいを出しやがったか。こそどろは、どこへいってもこそどろの性根が抜けねえかい。こんな雌猫、ほしけりゃくれてやる。けどな、おめえは生かしちゃおけねえだで。こそどろの首を、ちょん切ってやるだでな」

権太左衛門はおつなを畳に投げ捨て、蓑を払った。

長脇差をつかんだ腕を大きく廻しながら、長脇差の柄をぎゅっとにぎった。

鞘を払った途端、片膝つきの龍之介へ怒声を浴びせた。

「生かしちゃおかねえ」

雫を散らし、ぶうん、と刀をふり落とした。

龍之介は鞘を半ば払いかけた一刀をかざし、権太左衛門の刃を頭上すれすれに受け止めた。

だが、権太左衛門の憤怒の形相が龍之介を見おろし、濡れた臑毛が斑模様にこびりついた太い足で、龍之介の上体を蹴り飛ばした。

龍之介の痩軀は間仕切の腰付障子を突き破り、奥のひと間へ転がった。

「打《ぶ》った斬る」

権太左衛門が吠えた。

再び長脇差をふりあげて踏み出したとき、間仕切の鴨居《かもい》に刃が嚙みついた。

ああ？　と権太左衛門が見あげた。

咄嗟に身を起こした龍之介は、権太左衛門のわきをくぐりながら胴を斬り抜け、一回転して再び片膝つきに身がまえた。

権太左衛門は悲鳴をあげた。

長脇差を鴨居に残し、斬られた胴を抱えるように身体をひねった。そして、両足をぐにゃりと折り曲げて転がっていった。

「痛たたた、おつな、痛え、痛えぞ……」

権太左衛門は虫のように身体を丸め、助けを呼んだ。抱えた胴から噴き出る血が、権太左衛門の太い腕に朱の帯を巻くように流れた。

すると、おつなは抱いていた赤ん坊を畳に寝かせ、懸命に起きあがった。鴨居に嚙んだ権太左衛門の長脇差の柄を両手でにぎり締め、引き抜いた。

赤ん坊が母親を求めて泣き続け、仁吉郎と丹次郎は怯えて震えながら、おつなを見あげていた。

八

雨が降り、稲妻が走り、雷鳴がとどろいた。

小道はひどくぬかるみ、博龍は歩くのに難儀《なんぎ》した。足袋をつけた足下《あしもと》は、とうにずぶ濡れだった。

そこは武家屋敷地の小道で、武家屋敷地の先は元加賀町《もとかがちょう》の町家である。町家といっても、元加賀町から北の小名木川までの武家屋敷地をくねる裏道の一円を、《藪内》と呼ばれる寂しい界隈だった。

と、前をいく里助が立ち止まり、五間ほど後ろに博龍がきていることを確かめ、一戸の門の中へ消えた。

博龍は土塀に沿って門前へいき、提灯をかざした。

泰耀寺《たいようじ》という黄檗宗《おうばくしゅう》の山門だった。門の上に《福聚山《ふくじゅさん》》の扁額が掲げてある。

住持と小僧がいるだけの小寺で、博龍はずっと昔に一度きたことを思い出した。

山門から本堂へ参道の石畳が続いて、里助の影が本堂へ向かっていた。

本堂は闇にまぎれ、かすかな影しか見えなかった。ただ、稲妻が走ると、黒い夜空を背にした本堂の勾配《こうばい》の急な屋根が、一瞬、ありありと見えた。そして、本堂の廻廊《かいろう》へのぼる階段の下の石畳に、三体の人影を認めた。

本堂正面の両側に石燈籠がおかれ、石燈籠に灯した小さな火が、雨に煙る境内を薄々と映していた。

博龍は里助に続いて、参道の石畳に前かがみで杖を突き、草履を鳴らした。参道の両側の並木が、雨に打たれてささやくような音をたてていた。

やがて、本堂の屋根庇の下に立つ三人の姿が見分けられるところまできた。

里助は三人に駆け寄り、真ん中の男に声をかけた。

真ん中の男も左右の男らも、博龍から目を離さず黙って頷いた。

男らは菅笠をかぶり、着けた合羽を背中へ払っていた。

黒紺の衣装を尻端折りにからげ、黒の甲掛《こうかけ》に草鞋を履いて、角帯に長脇差の一本を落とし差しにしていた。

里助は縞の引廻合羽を同じように背中へ払うと、角帯の後ろに差していた長脇差を腰に帯びなおした。

四人は屋根庇の下に散らばり、唐傘を差した博龍が杖を鳴らし、とぼとぼと歩んでくる様子を見守った。

庇から流れ落ちる雨垂れが、石畳に水飛沫を散らしていた。木々が雨に打たれてさざめき、稲妻が走り、雷鳴がとどろいた。

博龍は本堂の正面に足を止めた。

前かがみの腰を、やれやれ、という風情で伸ばした。

薄々と灯る石燈籠の微弱な明かりでは、男らの顔つきは見分けられなかった。

しかし博龍は、三十七年前のあの春の雨の夜、母親のおつなを怯えて震えながら見あげていた、五歳の仁吉郎と三歳の丹次郎の、もうあるはずもない童子《どうじ》の面影を探していた。

母親を求める赤ん坊の泣き声が、脳裡に甦った。

ふと、左端の四人目の若い男は誰だ、と思った。定かに、顔つきは見分けられなかったが、知った男のような気がした。三人と比べてずっと若い。

博龍が凝っと目つめると、男はわずかに目をそらした。

おまえ誰だ、と博龍は目で言った。

「桔梗龍之介、とうとう会えた。いつか、会わなきゃならねえと思っていたが、もう会えねえかもしれねえと、諦めかけてた。信濃の松本城下はずれの、神林村の仁吉郎だ。弟の丹次郎。それから、おめえをここまで連れてきたのが、末の弟の里助だ。老いぼれて、まさか忘れちゃあいめえな。おれたちの親父は、権太左衛門。神林村と周辺を縄張りにする貸元だった。桔梗龍之介の騙し討《う》ちに遭って命を落とした。あのときおれは、五歳のがきだった。それでも、あの雨の晩のことははっきりと覚えてるぜ。忘れたくても忘れられねえ。桔梗龍之介が、倒れて命乞いをしていた親父に、止《とど》めを刺した。今でもあの晩のことを夢に見て、恐ろしくって、親父が可哀想で目が覚めるんだ」

仁吉郎は、父親の権太左衛門に似て大柄だった。分厚い胸板《むないた》の前で腕を組み、両足を踏ん張った仁王立《におうだ》ちになっていた。

「桔梗龍之介、おれが十歳のとき、おれたち三兄弟は、親父の墓前で誓った。親父の仇を討って、桔梗龍之介に借りをかえすってな。心ならずも、それから長いときがすぎた。やっと会えたところが、おめえはもうよぼよぼの老いぼれときた。しかも、よりによって、今夜がおめえの女房の通夜だったとはな。けどな、これも何かの因縁だで。老いぼれだろうがなかろうが、親父の仇を討つこととは別の話だ。あの晩の借りをかえして、渡世の筋を通さなきゃあならねえ」

仁吉郎は、左右の男らへ目配せした。

「桔梗龍之介、おれは親父の顔をはっきりとは覚えちゃいねえが、父親代わりにおれたち兄弟を育ててくれた小父貴《おじき》から聞いたでな。親父は、渡世人なら誰もが一目おく男伊達《おとこだて》だった。卑怯《ひきよう》にも、おめえに騙し討ちをされなきゃあ、もっともっと大きな縄張りを仕きる大親分になってたと、小父貴は言ってた。あの晩のことは、おれも忘れちゃいねえ」

「ああ、忘れちゃいねえとも。ここで会ったが百年目だ。覚悟しやがれ」

と、丹次郎に続いて里助が言った。

博龍は眉ひとつ動かさず、三兄弟ともうひとりの若い男を見つめた。

「そうかい。渡世の筋を通しにきたのかい」

博龍は言った。

「里助、あの晩も、こんなひどい雨だった。おめえも覚えているのかい。あのときおめえは、おっ母さんの乳をしゃぶる赤ん坊だった。赤ん坊のおめえはおっ母さんに抱かれて、一体どこにいた。覚えているなら言ってみろ」

「そ、それも小父貴が教えてくれた。あれは、おめえのこ汚え裏店だった。兄貴らと、お袋もいた。ちゃんと、知ってるぜ」

「そうだ。あの晩、おめえらのおっ母さんのおつなと、おめえら三兄弟は、おれの店にいたんだ。なぜだ。なぜおめえらは、おつなとおれの店にいた。そのわけを小父貴は教えてくれたのかい」

「おつなだと。気安く呼ぶんじゃねえ」

里助が声を荒げた。

「里助、おまえは何もわかっちゃいねえ。おつながおめえら三人を連れておれの店にきたあの晩、赤ん坊のおめえはおつなの腕の中で眠っていたんだ。丹次郎、おめえは三歳だった。おめえらがおつなと、なぜおれの店にいたのか、知ってるなら言ってみろ。仁吉郎、五歳だったおめえはどうだ。おつなはおめえらを連れて、あの晩なぜおれの店にきた」

丹次郎と里助はこたえられなかった。二人は仁吉郎を見た。仁吉郎は腕組みを解き、落とし差しにした長脇差の柄に両腕をだらりと乗せた。

「桔梗龍之介を討って、親父の仇を討つと決めたんだ。知らねえわけがねえだろう。言いたかねえが、どうせ最後だ。言ってやる。お袋はおめえに誑《たぶら》かされていた。あの晩、お袋はおめえの誘いに迷わされて、まだ何もわからねえがきだったおれたちを連れて、おめえの店にいった。親父がそれに気づいて、おれたちを連れ戻しに追いかけてきたところを、おめえは親父を騙して油断させ、その隙に親父の命を奪って逃げた。詳しい事情は、全部小父貴から聞いたし、あの晩何があったか、おれはこの目でちゃんと見たんだ」

「ちゃんと見ただと。仁吉郎、おめえも四十をこえた男だろう。そんな小芝居みてえな筋書きを、本気で信じてるのか。胸に手をあてて、あの晩何を見たか、よおく考えてみろ。おつながおれの店にくるときは、千田のおばちゃんにおめえたちを預かってもらっていたんだ。おめえたちは千田のおばちゃんになついていた。千田のおばちゃんになついていたのを、忘れたか。よかろう。どうせ最後なら、おまえらに教えてやる」

博龍は丹次郎と里助へ目を向けた。

「おめえらの親父の権太左衛門は、人を自分と同じ人とも思わず、むごたらしい目に遭わせても平気だった。おめえらのおっ母さんのおつなを、人前で顔の形が変わるほど打《ぶ》って、罵り、怒声を浴びせても、微塵《みじん》も恥じなかった。人でなしの獣のような性根を持った男だった。おまえたちにも、恐ろしい親父に打たれ泣いて謝った覚えが、ちっとは残っているはずだ。権太左衛門が、恐ろしく、優しさの欠片《かけら》もない親父だった覚えがな。おつなは、権太左衛門に怯えて、つらく苦しく悲しい毎日を送っていた。誰も助けちゃくれねえ。泣く泣く耐えて、我慢するしかなかった。おまえらの思っている通り、おつなは、子供のおめえたちを千田のおばちゃんに預けて、おれの店にきた」

「やっぱりそうか」

里助がまた荒々しく投げつけた。

「黙って聞け。おつなはきたが、おれとおつなは、誑かしも誑かされもしちゃいねえ。おつなは、ほんの束の間の、ほんのひとときの救いを、おれに求めた。誰かに、助けてほしかったんだ。雨のあの晩、おめえたち三人を連れておれの店にきて、おつなは助けてと言った。なんでなら、あの日も権太左衛門の腹の虫の居所が悪く、子供のおめえらに折檻《せっかん》を始めたんだ。殊に、兄の仁吉郎はひどい折檻を受けて、顔が真っ赤に腫れあがっていた。おつなは、このままだと、仁吉郎が権太左衛門に殺されてしまうと恐れて、逃げてきたんだ。おつなが命がけで、おめえらを守ろうとしたんだ。仁吉郎、丹次郎、おまえらは怯えて震えていた。あの晩、おめえらを守ったおっ母さんの恩は、忘れたのかい」

仁吉郎のかぶった菅笠が、ゆっくりと左右にゆれた。薄暗くとも、菅笠の下の仁吉郎の顔に薄笑いが浮かんでいた。

「仁吉郎、おかしいかい」

と、博龍は続けた。

「そこへ権太左衛門が追ってきた。おまえたちは怯えて泣き叫び、おつなの後ろに隠れた。権太左衛門がおつなの息の根をとめなかったのは、先におれの始末にかかったからだ。権太左衛門はおれを打った斬ろうとした。やむを得ず、権太左衛門を斬った。だがな、仁吉郎、おまえは覚えているはずだ。倒れた権太左衛門に止《とど》めを刺したのはおつなだ。おっ母さんのおつなが、権太左衛門の刀をにぎって、止めを刺した。おまえはそれを、無理矢理忘れただけだ。自分の都合のいいように、おれが止めを刺したのを見たと思いこんでいるだけだ。だから、今でも夢に見るんだ。おつなが権太左衛門に止めを刺したところをな」

「おいぼれが、戯言《たわごと》をだらだらとよく喋りやがる。桔梗龍之介、言い逃れはそれまでだ。刻限だでな」

仁吉郎が長脇差の柄をつかみなおし、

「いくぞ」

と、三人に指図した。

庇下《ひさししした》から一歩一歩と踏み出し、仁吉郎に呼応して、里助が雨を散らして博龍の片側を山門のほうへ走り抜け、博龍の背後へ廻った。

同じく、丹次郎ともうひとりの若い男が、博龍の右側と左側の石燈籠のほうへと走り、境内の泥水が撥ねた。

博龍は四方から囲まれた。

正面の仁吉郎が長脇差を抜き放ち、周りの三人も次々に抜いた。

石燈籠の薄明かりが、四人の菅笠に飛び散る雨水を映していた。

だが、博龍は唐傘を差して佇み、なおも動かなかった。そして言った。

「仁吉郎、最後に聞かせてくれ。おつなは、あとの始末はする、おまえは逃げろ、ぐずぐずするな、二度と国に帰ってくるなと、おれに言った。おつなが逃がしてくれたんだ。あれから、おつなはどうなった」

「どうなっただと。お袋はおめえのために亭主殺しの罪を着せられて、牢《ろう》に入れられたでな。亭主殺しは打ち首になるところを、温情がかけられて、お裁《さば》きは領国からの所払《ところばら》いだ。けど小父貴は、お袋のことは忘れろ、二度と口にするな、おまえたちにお袋はいねえと思えと言った。それから音沙汰は途絶えた。桔梗龍之介、お袋は死んだんだ。おめえに殺されたも同然だでな」

「可哀想に。おつなは何も悪くない。おつなは、おめえたちを守るために、ああするしかなかったんだ。なのに、村を追われたのか」

博龍は声を絞り出した。

「桔梗龍之介、ぐずぐずと未練たらしい。もう沢山だでな。親父の借りをかえすだでな。丹次郎、里助、鉄太郎、ぬかるな」

仁吉郎が声を放ち、男らが喚声をあげた。

「鉄太郎だと」

博龍が、左手の石燈籠のほうへ廻った若い男を睨んだ。

そのとき、夜空に耀いた一瞬の稲光が、菅笠の下の相貌を白く浮きあがらせ、博龍は、あっ、と息を呑んだ。

夜空をゆるがすように、雷鳴がとどろいた。

「鉄太郎、大島村の、お蝶の亭主の鉄太郎じゃねえか。おめえ、ここで何をしている。おめえに、なんのかかり合いがあるんだ。おめえが生まれるずっと前の話だぞ。かかり合いのねえおめえは、引っこんでろ」

博龍は叫んだ。

「仁吉郎親分に助っ人を頼まれた。博龍さんに恨みはねえが、これも渡世の義理だ。覚悟しろ」

鉄太郎が右わきに刀を溜めて身がまえたが、鍔が鳴るほど刀が震えていた。

「渡世の義理だと。馬鹿野郎。家へ……」

博龍が言いかけたところへ、最初に斬りかかったのは丹次郎だった。

長脇差を上段へとり、雄叫びを発して泥を撥ねて迫った。

博龍は咄嗟に丹次郎に唐傘を差し向け、束の間、唐傘の陰に姿を隠した。

丹次郎が邪魔な唐傘を打ち払った一瞬の隙に、博龍は仕込を抜き放ち、丹次郎が再び上段にとったところへ、片手上段の袈裟懸を浴びせた。

仕込が丹次郎の菅笠を割り、こめかみを斬り裂いた。ぶっ、と音をたてて菅笠の割れ目から血が噴きこぼれた。

丹次郎は絶叫とともに四肢《しし》を広げ、境内の水溜《みずたま》りへ仰のけに飛び退《の》いた。

「丹次郎」

仁吉郎が叫んで躍りあがった。

大上段にふりかぶり、博龍に打ちかかった一刀を、博龍は仕込杖の鞘で、ぎりぎりに払った。

だが、勢いよく突進した仁吉郎の長い足が、博龍の痩軀をひと蹴りにした。

蹴りを受けながらも、博龍は仁吉郎の顔面へ仕込を走らせた。

仕込の切先が仁吉郎の頰をひと筋にかすめ、仁吉郎は顔をそむけて一歩二歩と引き退いた。そのため、追い打ちがかけられなかった。

博龍は、仁吉郎の蹴りを受け身体を折ってよろけ、堪えきれずに転倒した。枯れ木のような足を懸命に踏ん張り、片膝づきまでやっと身を起こした。

そこへ、里助の袈裟懸を背中に受けた。

「やったぜ」

里助が喚いた。

わあっ、と博龍は身をよじった。しかし、その一撃にも堪えた。立ちあがり様《ざま》にふりかえり、里助へ袈裟懸を浴びせかえした。

里助は悲鳴をあげ、雨の中へ血飛沫を噴いた。そして、ひと廻転して石畳へくずれ落ち、ごろごろと転がっていった。

そのとき、鉄太郎が雄叫びを発し、横合いから博龍へ斬りかかった。

博龍に刀をかえす間はなかった。

「馬鹿野郎」

と叫び、横合いからの一撃を仕込の鞘で受け止めた途端、鞘は真っ二つになって刃が博龍の肩先をかすめた。

博龍は一方の石燈籠のほうへ後退《こうたい》し、後退する足はもつれた。背中に受けた疵と疲労で、動きが乱れた。

若い鉄太郎は後退する博龍を追いかけ、縦横《じゅうおう》に荒々しく刀をふるってくるのを、右に左にと払い、躱《かわ》すだけで精いっぱいだった。

「家へ帰れ、鉄太郎」

博龍は言ったが、そのとき、もつれた足がぬかるみにとられ、ずるっ、とすべって博龍は背中から石燈籠にぶつかった。

「今だ。鉄太郎、やっちまえ」

仁吉郎の怒鳴り声が聞こえた。

鉄太郎の放った荒っぽい一刀が、博龍に襲いかかり、かちん、と石燈籠を打って折れ、折れた刃がくるくると雨の中へ飛んでいった。

そして、鉄太郎は攻めかかった勢いのまま、ぬかるみへ突っこんでいった。

博龍は咄嗟に鉄太郎のわきへ身を躱し、尻端折りにした剝き出しの腿を一閃《いっせん》しながら、石畳のほうへひと廻転して擦り抜けていた。

鉄太郎のわきを擦り抜けた博龍が、かろうじて片膝づきに体勢を立てなおしたところへ、仁吉郎の一撃が博龍の肩に喰いこんだ。

「親父の仇だ」

仁吉郎が吠えて、博龍を撫で斬りに刀を引いた。

瞬間、博龍の仕込が仁吉郎の腹をひと突きに貫《つらぬ》いた。

博龍の肩から噴き出す血飛沫とともに、仁吉郎の身体がくの字に折れた。

仁吉郎は刀を落とし、くの字の恰好のまま仕込の刃をにぎった。

博龍が仕込をさらに突き入れ柄を放すと、力つきたかのように俯《うつぶ》せた。

仁吉郎は後ろへよろけ、やがて膝からくずおれるように横転した。

石畳に俯せた博龍は、雨が石畳に跳ねる音に混じって、血のしゅうしゅうと噴く音を聞いていた。

鉄太郎が石燈籠のわきのぬかるみの中で身を起こし、博龍を見ていた。鉄太郎の腿から鮮血が噴きこぼれ、雨が洗い流していた。

博龍は仰のけに転がり、帰れ、家へ帰れと、鉄太郎へ枯れ枝のような手をひらさせた。

そのとき、博龍を上から、傘を差した男がのぞきこんだ。

博龍の目はもう霞んでいて、男が誰か、わからなかった。のぞきこんだ男の周りにも人影が見えたが、みな霞んでいた。

傘の雫が、博龍の顔に降りかかった。

「門前仲町の、岩本の博龍さん、まだ息があるのかい」

のぞきこんだ男が言った。

「だ、誰だ、あんた」

博龍はようやく、聞きかえした。

「亥ノ堀の栄吉ってんだ」

「亥ノ堀の栄吉親分か。名前は知ってる。な、なぜここに……」

「あんたにやられた仁吉郎らに、義理があってな。本途はあんたの亡骸を始末するようにと、頼まれてた。こんな顚末《てんまつ》になるとは思わなかったぜ。四人を相手にここまでやるとはな。けど、面白い話を聞かせてもらったし、いい物も見せてもらった。前に、博龍さんを仲町で見かけたとき、あんたは杖を突いたよぼよぼの爺さんに見えた。博龍さん、本性を隠してたな」

亥ノ堀の栄吉は、うす笑いを見せた。

「仕方がねえから、仁吉郎ら三兄弟の亡骸は弔《とむら》ってやるが、あんたはどうする。仲町の岩本まで、運んでやってもいいぜ」

「いや、おれはいい。おれのことは、放っといてくれ。栄吉親分、あいつを、あの男を……」

博龍は、鉄太郎へ震える手を指した。

「ああ、ひとりだけまだ生きてるのがいる。名前は鉄太郎だな。鉄太郎が、どうかしたかい」

「あ、あいつを、大島村の、鍛冶屋のお蝶のところへ、か、帰してやってくれねえか。鍛冶屋のお蝶は、あいつの女房だ。頼む。帰してやって……」

そこまで言った博龍の手が落ちた。

亥ノ堀の栄吉は、博龍の目を凝っと見つめ、それから目を閉じてやった。

「よし、これまでだ。みなで仏を始末しろ。それから誰か、あの男の疵を手当してやれ」

栄吉は立ちあがり、周りをとり巻く手下らに言った。

結　恩　讐

淡井順三郎のひどく傷《いた》んだ亡骸が、深川洲崎の蘆荻に覆われた海辺で掘り出されたのは、江戸の名所の桜が咲いて果敢なく散ったあとの、はや晩春の三月半ばだった。

町方に捕らえられた尾上天海の手下らが、去年の十二月五日の夜ふけ、淡井順三郎を始末し洲崎に埋めた顚末を白状したが、それが夜ふけの暗がりの中で行われたため、埋めた場所がわからず、場所を探すのに手間どった。

小石川御門外の水戸家に町奉行所より知らせがいき、水戸家の侍衆によって淡井順三郎の亡骸は火葬場へ運ばれて荼毘に付され、遺骨は仮の弔いののち、領国の水戸城下の淡井家へ届けられた。

しかし、門前仲町の尾花屋でかどわかされた佐河丈夫の行方は、なんの手がかりも得られなかった。佐河丈夫の生死は、未だ不明のままである。

町奉行所は淡井順三郎の探索に助力《じょりょく》したが、佐河丈夫については、水戸家の要請により一切手を引いていたので、探索がどのように進んでいるのか、何も伝わってこなかった。

水戸家はすでに佐河丈夫の探索そのものを打ちきり、佐河丈夫とのかかり合いが疑われる江戸留守居役入用の不正に蓋をし、不正などなかったことにして処理するらしい、という噂が町奉行所の廻り方の間に流れた。

水戸家では、佐河丈夫に疑われる不正が、万が一、幕府勘定衆や勘定頭、あるいは勘定奉行にまで飛び火しては、水戸家の台所事情の障りになる懸念が生じかねず、詮索に及ばずと、水戸家の上のほうの意向が働いたらしい。

噂はさほど広まらず、すぐに消えていった。

夏の気配が少しずつ感じられ始めた三月下旬のある日、北町奉行所の内座之間《うちざのま》に、目安方の内与力・久米信孝と萬七蔵が対座していた。

中庭を囲う廊下の明障子が両開きに開かれて、中庭に植えた夾竹桃《きょうちくとう》の枝葉に午後の高い日が降っていた。

「……よって、井筒重造と川中左助の処罰については、両名を水戸に帰し、水戸で裁きをくだすことになったそうだ。斗島半左衛門が言うには、両名の切腹は免れぬということだった。上役の佐河に命じられたとは言え、傍輩の淡井順三郎の殺害に結果として関与したのだから、切腹やむなし、だそうだ。だが、両名の家は改易にはならぬ。佐河一門には、佐河丈夫当人の行方がわからぬままでも、相当厳しい処罰がくだされると、斗島半左衛門は言っていた」

継裃の久米信孝は、そろえた膝においた手の指先を、ゆっくりと調子をとって遊ばせつつ、今さらどうでもいいがな、という口ぶりだった。

「そうなので」

七蔵はあっさりと、それだけを言った。

七蔵は隠密廻りゆえ、くだけた茶袴の平服《へいふく》である。

「一件の始末の道筋があらかたついたので、斗島は水戸に帰るそうだ。そこで、萬《まん》さんには世話になった、水戸へ帰る前に一席を設《もう》けるゆえおこし願いたいと、言って寄こした。どうする、萬さん」

「世話になった、と言われましても、自分の務めを果たしただけです。一席などと堅苦《かたくる》しく考えず、名残り惜しいので国に帰る前に一杯やろうというほうが、気楽でいいんですがね」

「気乗りがしないようだね。やっぱり、中途半端な幕引きにした水戸家の始末のつけ方が、ひっかかるのかい」

「水戸家の都合や思惑《おもわく》を、江戸の町方風情が気にかけても、どうなるものでもありません。斗島さんは斗島さんで、上のどなたかにいろいろ忖度《そんたく》して、気苦労なことだとは思いますがね」

「はは、忖度か。そのもやっとした気遣いが、面倒だね。しかし萬さん、われらとて斗島と変わりはしないよ。その面倒を面倒がってちゃあ、あとあと、恐いつけが廻ってくるからね」

「肝に銘《めい》じます」

「じゃあ斗島には、承知した旨、伝えておくよ」

「よろしく」

七蔵が言うと、久米が皮肉な薄笑いを寄こした。

話はそれだけだったが、久米は何か言いたそうに首をかしげた。

「萬さん、先月、門前仲町で子供屋の岩本を営んでいた博龍という爺さんが、亡くなったあの件なんだがね」

久米が言い出した。

「女房の鶴次が卒中で亡くなった通夜のまさにその夜、弔問客ではない人物が岩本を訪ねてきて、博龍を連れ出した。博龍は、訪ねてきた者と出かけてから、二度と戻ってこなかった。翌朝、藪内の泰耀寺の境内で博龍の亡骸が見つかった。亡骸は、刀疵をいくつか受けて斬殺《ざんさつ》されていた。あの夜は激しい雷雨で、血痕は殆ど洗い流されていたが、それでもひどく争ったかで、相当の斬り合いがあった跡が残っていたらしい。察するに、博龍のほかにも何人かのけが人や死人が出たんじゃないかと言われている。ただし、博龍の亡骸のほかには何も残されていないので、子細は不明なんだがね」

「あの雷雨の夜は、高砂町の尾上天海の店に町方が踏みこんで、天海が斬られました。あとになって博龍の件を聞き、驚いたというか、因縁めいたわだかまりが残ったというか……」

「因縁めいた？　どういうことかね」

「これ以上の詮索は無用ということで、天海は斬られました。偶然、同じ夜に博龍が亡くなって、こっちもこれ以上の詮索は無用ってことなのかなと、勝手に思ったんです。お天道さまが、そうしろと言ってるのかなと」

「へえ、お天道さまが言うのかい」

久米は訝し気に七蔵を見つめた。

「萬さん、博龍は信濃の侍だったのが、わけありで国を捨て江戸へ出てきた、と嘉助親分が言ってたな。萬さんは、淡井順三郎の手がかりをつかみに、博龍の話を訊きにいったんだろう。会って、どんな男だと思った」

「杖を突いて、腰も少しかがんで、髷は真っ白な、見た目は歳相応の人のよさそうな爺さんでした。斬殺されて亡骸を放っておかれるような、そんな男には見えなかった。ですが、見た目の人のよさとは違う遠い昔のわけありを、肚の底に隠していたんでしょうかね。そうそう。博龍の杖は仕込でした。仕込は残っていたと、聞いていますが」

「ふむ。それは残っていた。仕込の鞘が真っ二つになって、ひどく刃こぼれした刀身が、亡骸の傍らに寝かせてあった」

「杖を仕込にするとは、博龍の元は武士の意気地や俠気《きようき》を感じますよ。表の顔は子供屋の老いた亭主でも、武士の性根は捨てきれなかったんですね」

「萬さん、お天道さまが言う詮索無用とは、博龍の遠い昔の、わけありの事情を言っているのかい」

久米が訊いたが、七蔵はこたえなかった。しばし、沈黙した。

久米は七蔵を見つめ、七蔵が背にした中庭の夾竹桃の、青い葉に照りかえす日の光をまぶしいと思った。

「久米さん、根も葉もないわたしの勝手な推量を、ここだけの話として、聞いてくれますか」

「いいとも。聞かしてくれ」

七蔵は顔を伏せ、広い額に指の長い手をあて、またしばし考えた。

それから顔をあげ、やおら、言い始めた。

「博龍の亡骸が泰耀寺の境内で見つかったあとの、先月のことです。たまたま、別の一件の調べで佃島の漁師から聞いたんです。先月のまん丸のお月さんが、空に高くのぼった夜、静かに広がる海のはるか沖に、江戸のほうへ戻る船影が見えたそうです。遠く離れているんで、どんな船かはわからなかったが、漁師船じゃないことはわかった。漁師は今ごろなんだと思ったものの、大して訝りもせず漁を続けました。すると、はるか沖のたぶんその船影のほうから、さんさ節が、聞こえてきたそうです。さんさ時雨か萱野の雨か、音もせできて濡れかかる、と綺麗な丸いお月さんの光のような、淡くかすかな、物悲しげな女の唄声が聞こえてきたんです。漁師は漁の手をとめ、うっとりと聞き惚れたそうです」

「さんさ時雨は、手拍子で唄う祝儀唄だ。三味線で囃《はや》したりもするが」

「三味線も手拍子もなく、女の声が独特の艶やかな節廻しで、ただひとりで唄っていたんです。先月のまん丸お月さんのころ、つまり、佐河丈夫が尾花屋の二階の座敷で二人の賊にかどわかされ、尾花屋の裏戸をくぐり、裏路地を永代寺の堀端へ抜け、そこに泊めていたきりぎりすに乗せられ、どこかへ運び去られたあの夜のことです」

久米の膝を叩いていた指先が、いつの間にか止まっていた。

「ところで、尾上天海の手下らが白状したことが、ほかにもありましてね。去年の十二月五日のあの夜、淡井順三郎を大島川の川原で痛めつけていたとき、土手道を婆さんが通りかかった。手下らは見られたと思い、婆さんを大島川へ沈めて始末した。翌朝、お笙という婆さんの溺死体が、新地橋の下の水草にからんで浮かんでいた。お笙は伊勢崎町の裏店にひとり暮らしで、世話をする女が雇われていたんですが、惚けて徘徊《はいかい》がとまらなかった。あの日も、世話をしている女がちょいと目を離した隙に姿が見えなくなった。近所の住人らも一緒に、夜ふけまで捜し廻ったんですが、見つからなかった。翌朝、大島川に浮かんでいたのが見つかって、徘徊しているうちに誤って大島川に落ちた。そのときは、そういう見立てだったようです」

しかし……

と七蔵は続けた。

「証拠はなくとも、間違いありませんよ。十二月五日の夜、天海の手下らが大島川に沈めた通りかかりの婆さんは、翌六日朝、新地橋の下に浮いていたお笙です。手下らは頭の天海に命じられ、淡井順三郎を始末した。天海は佐河丈夫に頼まれ淡井順三郎の始末を請けた。たまたま大島川の土手道を彷徨っていたお笙は、誤って大島川に落ちたんじゃなく、手下らに落とされ、殺されたんです。お笙を殺した張本人は、天海の手下らじゃない。天海でもなく、佐河丈夫です。もしもですよ、お笙の身内の者がそれを知っていたら、母親を殺した張本人を許しておきますかね」

「萬さん、何が言いたいんだい」

「佐河丈夫をかどわかした賊は、少なくとも四人はおりました。尾花屋の裏戸の閂をはずしておいて、賊を導き入れたひとり。佐河丈夫をかどわかして、一緒にいた吉次を縛りあげた二人。もうひとりは、きりぎりすの船頭。で、ふとね、佃島の漁師があの夜、さんさ節を沖で唄う女の声を聞いた話で、もしかしたら、賊は男だけとは限らない、女もいたんじゃないかと思ったんです」

「女が？」

七蔵は久米へ、物憂げに頷いて見せた。

「お笙は、浄瑠璃語りの辻芸人でした。器量よしで評判の二人の娘がおり、姉がお蝶で妹がお花。姉妹もお笙とともに三味線を抱えて町家から町家へ、辻から辻へと廻って、三味線を鳴らし、浄瑠璃を語って、足をとめた通りかかりにわずかな銭を乞う暮らしだった。お笙の亭主は姉妹が幼いころに亡くなり、お笙は女手ひとつで姉妹を育て、三味線と浄瑠璃語りを仕込んだ。ですが、今、姉のお蝶は大島村の農鍛冶の徳兵衛と女房のおとね、そして、お蝶が産んだ娘のお斉の四人で、徳兵衛の店で暮らしています。お蝶は浄瑠璃語りの芸人をやめ、徳兵衛に仕込まれて女鍛冶になったんです。お蝶の産んだお斉は、徳兵衛の倅の鉄太郎の子です。ただ、鉄太郎は七年前に行方知れずになった。なぜそうなったか、そいつは話が長くなりますんで端折《はしょ》りますがね」

久米は七蔵を凝っと見つめていた。

「お蝶がお斉を身籠って、大島村の徳兵衛おとね夫婦の店で暮らし始めたのは十九歳のとき。で、妹のお花は十六歳でした。お笙は、姉のお蝶が自分の手元を離れていき、きっと、思うところがあったんでしょう。お花を門前仲町の子供屋の岩本に売ったんです。お花は岩本の子供に抱えられ、吉次と名がつけられ、仲町の羽織になった。お花が岩本に抱えられたとき、お蝶は母親のお筌を大島村に呼んで、お花もそれを勧めたんですが、お筌はひとりで暮らすから放っといておくれと、伊勢崎町の裏店を離れなかった。そこは、お筌が亡くなった亭主と所帯を持った裏店で、お筌はきっと、離れたくなかったんでしょう。それで、老いて惚けても、伊勢崎町の裏店でひとり暮らしを続けていた」

「萬さん、お筌の身内は、お蝶と羽織の吉次なのか。萬さんは、佐河丈夫をかどわかしたのは、お筌の娘のお蝶と吉次が、母親の仇を討つためにやったと、推量するのかい」

「訊きこみをしたところ、どうやら、お筌の身内はお蝶と吉次しかいないようですね。だったら、お筌の仇を討つのは、お蝶と吉次しかいないでしょうね」

「吉次は佐河とともに襲われ、猿轡を嚙まされ、厳重に縛られていた。なのに、吉次も賊の仲間だと、萬さんは言うのかね」

「佐河丈夫がかどわかされた事情を聞いて、いかに油断していたとは言え、二人の賊が佐河と吉次を、声も出させず、じたばたもさせず、ほかの部屋には客もいるのに気づかせもせず、ずい分と鮮やかに縛りあげ、かどわかしていったもんだと驚きました。けれど、馬鹿に手際がいい、よすぎると、気にかかってはいたんです。それが、賊の中に女がいて、そのひとりが吉次だとしたら、二人の賊と吉次の三人で、佐河丈夫をかどわかしたことになる。そう考えれば、手際がいいのはもっともだと、すとんと腑に落ちたんです。吉次は、佐河丈夫かどわかしの仲間ですよ。尾花屋の裏戸の閂をはずしたのは、吉次です」

久米は平静を装いつつも、眉をひそめた。

「賊が四人で、きりぎりすの船頭が男だとしたら、部屋に侵入して佐河を筵にくるんで運び出していった二人の賊のひとりは、お蝶です。お蝶は、お笙とともに辻芸人で稼いでいたときから、浄瑠璃語りも三味線も、母親をしのぐ腕前だったそうです。浄瑠璃語りだけじゃありません。地唄や流行唄、民謡も得意で、自分で独特の節廻しに変えて唄うのが、得意だったようです。きっと、さんさ時雨も唄ったでしょうね」

七蔵は言った。

「お蝶と、もうひとりは誰だね」

「そいつは、門前仲町の裏店を隅から隅まで知りつくし、お蝶と吉次の仇討ちに手を貸すほど親密な間柄で、なおかつ、お蝶と吉次が心底から頼りにできる人物に違いない。そんな人物は岩本の博龍しか、わたしには思いつきません」

「博龍は、腰の曲がりかけた、杖をついて歩くほどの年寄だ。年寄と女の二人であれほど鮮やかに、佐河のかどわかしをやってのけたと言うのかね」

「お蝶は、並の男と変わらぬほどの大柄です。鍛冶場仕事で鍛えた力持ちで、男以上に働けるでしょう。博龍は、老いて衰えたように見えて、仕込杖に男の侠気と武士の性根を仕舞っていたんです。あんな最期を見せるほどの男です。博龍だからこそやってのけた。そもそも、この一件の要は博龍だと、博龍が頭になって指図したと、わたしにはそう思えてなりません」

「萬さんは、すると今も佐河丈夫の行方を追っているのかい」

「賊は二挺櫓のきりぎりすを使い、筵にくるんだ佐河丈夫を、はるか沖へと運んでいって、おそらく海へ沈めた。江戸中の船宿や船貸屋、あるいは船持ちの船頭らを虱潰《しらみつぶ》しにあたっていけば、あの夜の二挺櫓のきりぎりすと、櫓を漕いでいた船頭に、いきあたるんじゃないかと思いましてね。斗島さんが途中で探索をやめたきりぎりすを探っていけば……」

「船を探すのかい。ときがかかるだろうな」

「ならば、お蝶と吉次をお縄にして、白状するまで締めあげるとか」

ええっ、と久米は思わずうなった。

「ですが、やめました。水戸家はこれ以上の詮索は無用としているんです。佐河丈夫かどわかしの指図をした頭の博龍も、もういないんですから、こちらもこれ以上追っても無駄だと気づきましたので。元々が根も葉もない、勝手な推量ですよ。そんないい加減な推量で、辰巳一の羽織の吉次をお縄にし、女鍛冶になって地道に働いているお蝶をお縄にしたら、世間が許しちゃくれませんよ。それに、お蝶と吉次がやったなら、親の仇を討っただけじゃありませんか。親の仇を討った殊勝なお蝶と吉次をお縄にするなんて、できませんよ」

「お天道さまが、そうしろと言ってるのだな」

「はい。お天道さまもそれでいいと」

久米は表情をゆるめ、また指先で調子をとるように、膝を打ち始めた。

「じつはな、面白い話を聞いたんだ。萬さんに教えてやろうと思っていたんだが、今の話と比べたら、面白くもなんともない」

「どんな話ですか。聞かせてください」

「あのな、佐河の一件で斗島が吉次に、訊きとりをした。それはまあ、当然のことだな。かどわかしのあった当夜だけでなく、そのあとも吉次を訪ね、二度か三度。子供屋の岩本が、亭主の博龍も女将の鶴次もいなくなって、あれ以来閉じているので、吉次はどこの抱えにもならず町芸者として勤めているそうだ」

「それは聞いています」

「斗島はそののちも、しばしば仲町の茶屋に揚がり、吉次を指名しているというのだ。佐河の一件は幕引きになったのだから、そんなに訊きとりする用はないはずだろう。でだ、聞いた話では、斗島は吉次にぞっこんで、どうやら、吉次に芸者をやめさせて水戸に連れて帰り、妻にするつもりらしいという噂が、水戸屋敷に流れている、という話だ」

「おっと、そいつは意外ですね」

「斗島は歳は三十一歳らしい。水戸藩では古い家柄の惣領《そうりよう》らしいが、役目ひと筋の男で、未だ独り身らしい。それが、辰巳の吉次の訊きとりをしているうちに、どうやら、逆に心をとられたらしい」

七蔵は、あの目のぱっちりと大きな、才槌頭の斗島半左衛門を思い出した。すると、不意におかしさがこみあげ、つい、くすくす笑いをもらした。

「おかしいか？　そうだな。なんか、おかしいよな」

久米は七蔵に誘われて、同じようにくすくす笑いをしながら言った。

「いえ。別におかしくはありませんが、そうでしたか」

七蔵は言ったが、七蔵も久米もくすくす笑いが止まらなかった。


その春三月の終りごろ、もう単衣《ひとえ》の明るい着物を着けた吉次が、十間川の土手道の、徳兵衛の鍛冶場に姉のお蝶を訪ねていた。

そろそろ昼の近い天道が空に高くのぼり、少し暑いくらいの日和だった。

吉次は、筒袖の長着に山袴姿、髪を桂包にしたお蝶と、十間川の川端に並んで、青い川の流れや、対岸の町家や寺院の甍や、高い空を眺めていた。

二人の周りを、紋白蝶《もんしろちょう》がひらひらと飛び廻っていた。

「妙なことになってしまったね。でも、その話を受けるつもりなら、心を鬼にするくらいの、相当の覚悟をしないといけないね。その覚悟をして進んでいけばいいと、あたしは思うよ。お花の身の上のことだもの」

お蝶が言った。

「あたしは深川で生まれ育って、深川のほかは、江戸の町だってあんまり知らない。江戸の町ったって、おっ母さんと姉さんのあとについて廻っただけだもの。それが江戸を離れた遠い他国の水戸なんて、考えただけでも気が遠くなるの。どんな人が棲《す》んでいるのか、わかりゃしない。ああ恐いって思うし、それにあたしなんかが、しきたりも何もわからないお武家屋敷で、暮らしていけるんだろうかって、不安で心配で苦しいくらいなの」

吉次が言った。

「そりゃあそうだろう。わかるよ」

お蝶は吉次をいたわるように言った。

「でもね、見た目はちょっと変だけど、あの人の言うことやることに実《じつ》があって、ああ、いいなって思うの。芸者だからって見くだしたりしないし、さりげない気遣いができる人なの。でね、あの人が女房に望んでくれるなら、頑張ってみようかなって、だんだんそんな気になったの」

「お花ならできるよ。頑張れるよ。あのことは胸の奥に仕舞って、固い錠をおろして、おっ母さんと博龍さんに祈って、前を向いていくんだね」

「うん。姉さんにそう言ってもらえると、嬉しい」

お花が言ったとき、大島橋が十間川に架かる上大島町のほうから、土手道を刺子の長着を尻端折りにした鉄太郎が、片手をお斉、片手を文太と手をつなぎ、お蝶と吉次のほうへくるのが見えた。

「あ、戻ってきた」

お蝶が三人のほうへ向いて言った。

鉄太郎は、不自由になった片側の足を引き摺《ず》っている。

お斉は、父親が戻ってきたのが嬉しいというより、子供心にも安らぎを覚えるのか、足どりが明るく感じられた。

文太は、子供屋の岩本がああなって休業状態が続き、見番の番頭さんや仲町の茶屋組合の旦那衆が寄合を開いて話し合いを重ねているけれど、いつまた始まるか、始まってもどんなふうになるのかわからず、当分は、吉次姐さんが町芸者としてひとりだちしたので、吉次姐さんの世話になることにしたのだった。

「鉄太郎さん、だいぶ具合がいいみたいね。お斉も前よりうんと明るくなった」

吉次は言った。

お蝶は川縁の土手から三人のほうを見やり、頬笑んでいる。

「鉄太郎さんは、これからもずっとここにいるんでしょう。もう、出ていったりはしないんでしょう。姉さんは、鉄太郎さんを許してあげるんでしょう」

「そうね。胸に閊《つか》えがないって言ったら、嘘になるよ。けど、仕方がないのかなって思うんだ。徳兵衛さんもおとねさんも、口には出さないけれど、内心は倅が帰ってきて喜んでいるし、お斉も生まれてからずっと一緒だったみたいに、すっかり馴染んでいるもの」

鉄太郎は足を引き摺り引き摺りゆっくりと歩み、お斉と文太が、土手のお蝶と吉次に手をふって寄こした。

お蝶と吉次は、白い手をかざして、蝶が舞うようにひらひらさせた。

「姉さん、こうなる定めは、博龍さんがあたしたちに与えてくれたんだね。あたし、そんな気がするの」

吉次が、手をひらひらさせながら言った。

「女将さんの通夜のあの雨の晩、博龍さんに何があったのかわからないけれど、博龍さんはきっと何もかも承知して、あたしたちの苦しみも悲しみも、それから、あたしたちの罪も全部背負って、女将さんと一緒に、三途の川を渡っていったんじゃないかって、なんだかそんな気がしてならないの」

「そうだね。すぎた昔の恨みはもう全部なしにして、こうしろって、博龍さんがね」

お蝶が、やはり手をひらひらさせながらこたえた。

光文社文庫

文庫書下ろし／長編時代小説

夜《や》叉《しゃ》萬《まん》同《どう》心《しん》 お蝶《ちょう》と吉《きち》次《じ》

著 者　辻《つじ》 堂《どう》 魁《かい》

2021年2月20日　初版1刷発行

発行者　鈴木広和
印　刷　堀内印刷
製　本　ナショナル製本

発行所　株式会社 光 文 社
〒112-8011　東京都文京区音羽1-16-6
電話 (03)5395-8149　編集部
8116　書籍販売部
8125　業務部

ISBN978-4-334-79148-3　Printed in Japan

組版　萩原印刷